Laura Ziepe vit à Brentwood, dans l'Essex, avec son mari Terry, leurs jumeaux, Harry et Darcey, et deux chiens. La passion de Laura pour l'écriture remonte à son enfance ; elle a commencé à écrire dès l'âge de huit ans. Laura a poursuivi son rêve et s'est inscrite en Écriture créative et Littérature à l'université de Twickenham. En plus d'écrire des livres, Laura adore voyager, ce qu'elle fait aussi souvent que possible.

Vous pouvez suivre Laura sur Twitter (@lauraziepe) ou Instagram (@lauraziepewriter).

De la même autrice :

Enfin seules pour Noël
Ce qui reste à Vegas

Ce livre est également disponible
au format numérique

www.editions-hauteville.fr

Laura Ziepe

Ce qui reste à Vegas

Traduit de l'anglais (Grande-Bretagne) par Claire Allouch

Hauteville

Hauteville est un label des éditions Bragelonne

Titre original : *The Morning After the Wedding Before*
Originellement publié en Grande-Bretagne en 2019 par HQ,
une marque de HarperCollins*Publishers* Ltd.

ISBN : 978-2-38122-143-4

Bragelonne – Hauteville
60-62, rue d'Hauteville – 75010 Paris

E-mail : info@editions-hauteville.fr
Site Internet : www.editions-hauteville.fr

À Stacey.
Toujours dans mes pensées.
À jamais dans mon cœur.

1

Holly

Holly regarda autour d'elle, hypnotisée par la scène. Ce voyage était prometteur. Pourtant, ce n'était pas la première fois de sa vie qu'elle se rendait à une soirée piscine : elle en avait fait des dizaines lorsqu'elle avait vingt ans, en vacances. Mais c'était sa première fois à Las Vegas. La piscine était tout bonnement immense, le soleil était torride, la musique assourdissante, l'endroit débordait de jeunes, c'était le paradis de la fête, vingt-quatre heures sur vingt-quatre. Elle était vraiment ravie que son amie de fac, Emma Langford, ait choisi de se marier à Las Vegas. Holly était maman célibataire de deux bambins… C'était exactement le genre de pause que lui conseillait son médecin. Ce mariage représentait l'alibi idéal pour échapper aux hurlements de ses enfants et s'engouffrer dans ce paradis du plaisir.

— Emma ? hésita Holly en s'approchant d'une jeune femme svelte occupée à prendre un selfie.

La fille, en bikini blanc, lui tournait le dos, et ne l'entendait pas avec la musique à plein volume. Holly savait qu'Emma avait perdu beaucoup de poids, mais elles ne s'étaient pas vues depuis six mois. Était-ce réellement elle ?

Emma se retourna. Son joli visage se fendit aussitôt d'un sourire.

— Holly, tu es là !

Avec un éclat de rire, elle se jeta dans ses bras et remonta ses lunettes de soleil sur ses longs cheveux bruns.

— Ça me fait tellement plaisir de te voir ! reprit-elle. C'est bondé ici, je suis ravie que tu aies réussi à nous trouver. Où est Kim ?

— Elle fait la sieste dans la chambre.

Holly et sa meilleure amie avaient atterri à peine deux heures plus tôt. Kim s'était sentie trop fatiguée pour sortir. Elle aussi était maman de deux enfants, Mylo, trois ans, et Willow, neuf mois. Ceux de Holly, Lottie et Jacob, avaient à peu près le même âge. Ce que Kim attendait avec le plus d'impatience, c'était de récupérer du sommeil en retard. À peine avaient-elles découvert leurs vastes lits dans leur chambre d'hôtel que Kim s'était écroulée sur le sien.

— J'espère que Kim pointera le bout de son nez tout à l'heure… Tu es superbe, Emma, franchement, magnifique. J'ai failli ne pas te reconnaître, avoua Holly, sincère, en la regardant de la tête aux pieds avec admiration. Et je n'arrive pas à croire qu'en plus, tu as maintenant près d'un demi-million d'abonnés sur Instagram. C'est complètement fou. Tu dois être tellement fière !

Emma était blogueuse lifestyle. Holly consultait souvent sa page, émerveillée par ses lointains voyages. Tout avait commencé lorsqu'Emma avait partagé une image de sa perte de poids. Après avoir gagné des milliers d'abonnés au cours de son régime, elle avait peu à peu changé son compte pour montrer sa vie en général. Emma postait tout : une nouvelle tenue, son assiette, sa routine beauté. Son nombre d'abonnés ne cessait de croître, à une vitesse impressionnante. Les photos d'Emma étaient parfaites, inspirantes. Parfois, Holly avait du mal à croire qu'Emma était la même personne que l'adolescente plantureuse qu'elle avait rencontrée à la fac longtemps auparavant, et qui s'habillait au rayon grandes tailles. Elle semblait mener une vie de rêve… Sa seule carrière consistait désormais à poster sur les réseaux sociaux. C'était dingue, et Holly était enchantée pour son amie, qui avait autrefois une piètre estime d'elle-même. Emma était à présent très mince, constata Holly, surprise de sa métamorphose. Elle devait porter du 36, peut-être même du 34. Holly savait bien qu'elle avait encore perdu du poids depuis leur dernière rencontre, d'après son compte Instagram, mais elle avait imaginé qu'Emma trichait un peu avec ses photos. Qu'elles étaient prises sous un angle flatteur, avec peut-être un petit filtre en plus et l'exposition un peu retouchée. Mais elle avait maintenant Emma sous les yeux, aussi pomponnée que sur ses photos. Les cheveux brillants, le teint lumineux… Holly était fascinée par ses abdos toniques. C'était presque impossible de se souvenir à quoi ressemblait Emma lorsqu'elle mettait du 46. Comme quand on a des enfants qui grandissent, et qu'on n'arrive plus à se les rappeler nouveau-nés. Holly n'arrivait tout simplement plus à se la représenter.

— Merci, répondit Emma, le rouge aux joues. Mais je n'aurais jamais réussi tout ça sans Charlie. Il m'aide depuis toujours à gérer mon compte Instagram, et c'est comme ça que je me retrouve avec cinq cent mille abonnés. Ça a été une année de folie… Être fiancée à un coach, forcément, ça aide à se remettre en forme, et avec le mariage, j'étais motivée…, expliqua-t-elle avant de changer de sujet. C'est trop dommage, pour Kim, mais peut-être qu'elle a juste besoin de souffler après l'avion. Viens, je vais te présenter les autres.

Holly fit connaissance avec certains des amis d'Emma, allongés sur le grand transat rond à côté d'elle. Elle était contente de retrouver des visages familiers : Fran et Danni, deux filles de la fac, étaient là. Elle n'avait encore jamais rencontré Charlie, mais elle avait l'impression de le connaître déjà, à force de suivre le compte Instagram d'Emma. Ça faisait drôle, cette sensation de déjà-vu basée seulement sur un réseau social. Comme Emma, il semblait aussi parfait que ce qu'en montrait Internet. Il accueillit Holly d'un sourire chaleureux.

— Et voici Frankie, le cousin de Charlie, déclara Emma en désignant l'homme qui se tenait à côté de son futur époux. Il vit quasiment avec nous ! ajouta-t-elle avec un rire bon enfant. Impossible de s'en débarrasser, il fait partie des meubles.

Frankie surjoua un air vexé.

— Quand je prépare le dîner, je ne t'entends pas te plaindre, pourtant, rit-il.

— En toute franchise, c'est un cordon-bleu, reconnut Emma avec un sourire. Et tu nous as apporté une aide énorme pour le mariage… même plus que Charlie, je dois dire.

Elle regarda son fiancé, sourcils levés, mais de toute évidence, cela ne la dérangeait pas vraiment.

— Eh, je me suis occupé de l'organisation, protesta Charlie sans conviction. Frankie est plus doué que moi pour planifier, c'est tout. À croire qu'il aime tous ces trucs de filles.

Frankie lui donna un coup de coude taquin.

— Viens, allons chercher un verre au bar, proposa Emma à Holly. On a des tonnes de choses à se raconter.

Holly emboîta le pas à Emma et se sentit vibrer d'excitation. Cela faisait une éternité qu'elle n'avait pas bu d'alcool en journée. Cela lui semblait complètement fou, un véritable acte de rébellion. Ce cas de figure était devenu rare depuis qu'elle était maman, et elle se sentait totalement libérée à l'idée de ne pas avoir besoin de penser à ses enfants durant son séjour. Pas de nez à essuyer, de figures à débarbouiller ni de couches à changer ; Holly était bien décidée à profiter de chaque seconde et à savourer le fait de n'avoir que son propre bien-être à l'esprit. On était tellement loin de ses mercredis après-midi habituels, pendant la leçon de natation de Lottie, à courir après Jacob qui trottinait d'un pas chancelant de plus en plus près de la piscine, et lui donner des quantités astronomiques de cochonneries à grignoter pour le faire tenir tranquille.

— Ça me touche vraiment que tu aies fait tous ces kilomètres pour mon mariage, dit Emma, reconnaissante, alors qu'elles commandaient des cocktails. Je sais bien que ce n'est pas tout près, et je me doute que c'est difficile, avec les enfants. Comment vont-ils ? Je ne les ai pas vus depuis des lustres. Il faut absolument qu'on se voie plus souvent, au retour, conclut-elle d'un air coupable.

— Tu as bien raison.

Avant que Holly et Kim deviennent mères, elles passaient leur temps avec Emma. Ce n'était la faute de personne si elles se voyaient de moins en moins souvent. C'était le cours de la vie, tout simplement. Elles avaient pris des chemins différents. Kim et Holly se retrouvaient souvent au parc ou à la ferme pédagogique avec leurs enfants, alors qu'Emma était très occupée à profiter de sa glorieuse carrière. Elles avaient invité Emma quelques fois, mais Holly n'était pas surprise que celle-ci ait trouvé des raisons de décliner : si elle n'avait pas été mère, elle-même n'aurait certainement pas eu tellement envie d'aller passer son après-midi dans une aire de jeux gonflables.

Leurs virées nocturnes semblaient avoir cessé dès le début des grossesses de Kim et Holly. Pour tout dire, celle-ci ne se souvenait même pas de la dernière fois qu'elles s'étaient retrouvées toutes les trois pour s'amuser comme autrefois. Convaincre Kim de sortir le soir sans ses rejetons était la croix et la bannière, et Holly avait fini par laisser tomber. Kim était une grande anxieuse. Elle détestait confier ses enfants, même à son mari, Andy, ou à sa mère. Mais il fallait vraiment qu'elles fassent l'effort, et Holly se promit de s'y tenir. Emma allait se marier, et elle ne connaissait même pas son fiancé ! Cela faisait vraiment trop longtemps qu'elles ne s'étaient pas vues.

Elle ne put retenir un sourire en pensant à ses enfants. Indéniablement, ce n'était pas facile de s'occuper de deux petites personnes à temps complet, surtout depuis sa rupture avec leur père, Rob, mais elle les aimait plus que tout au monde. Ils étaient son unique véritable fierté.

— Ils vont bien, reprit-elle. Ils passent quelques jours chez ma mère, puis Rob ira les chercher. Il a une nouvelle copine, expliqua-t-elle. Il me l'a annoncé le jour où tu as envoyé tes invitations pour le mariage.

Elle ne savait pas encore vraiment que penser du fait qu'une autre femme entre dans l'entourage de ses enfants. La blessure était encore vive.

— Oh, dis donc, c'est vrai ? J'allais justement te demander comme ça se passe entre vous, maintenant que vous n'êtes plus ensemble. Est-ce que tu l'as rencontrée ? J'imagine que ça doit te faire bizarre…

Emma contempla Holly, les yeux pleins d'empathie. Holly acquiesça.

Holly n'avait vu Emma qu'une fois depuis la rupture, huit mois plus tôt. Ça venait alors de se produire. Jacob n'avait encore que cinq mois, et il faisait ses dents lorsque

Holly était venue voir comment Holly tenait le coup. Ça avait été difficile de parler avec un bébé grincheux sur les genoux. Emma ne savait pas grand-chose de la rupture en elle-même.

Holly repensa à ce jour où Rob lui avait parlé de sa nouvelle copine. Kim était passée dans l'après-midi, et elles avaient discuté du mariage d'Emma, car elles venaient de recevoir les invitations. Holly était folle de joie à la perspective de se rendre à Las Vegas, mais Kim était réticente à l'idée de quitter ses enfants pour partir à l'autre bout du monde ou presque. Holly n'était pas sûre de vouloir y aller sans Kim, et elle avait presque renoncé au projet. Elle n'y pensait plus, le soir, lorsque Rob toqua à la porte pour venir chercher les enfants. Ils s'étaient mis d'accord pour qu'il les prenne tous les mardis soir en plus d'un week-end sur deux. Cela lui faisait vraiment bizarre de faire entrer Rob comme un invité dans la maison qu'ils avaient partagée. Autrefois, il ouvrait la porte avec sa clé et claironnait un « Holly ? » pour annoncer son retour. Désormais, il attendait qu'elle vienne ouvrir. Ils n'en avaient jamais discuté, mais Rob avait pris cette habitude dès son départ. C'était plus poli. Cela lui ressemblait tellement ! Holly était contente qu'ils éprouvent toujours du respect l'un pour l'autre et ne soient pas en froid. Elle s'enorgueillissait d'être amie avec son ex. Elle n'appartenait pas à la catégorie des femmes qui envoient des textos aigris et utilisent leurs enfants comme des armes. Ils se comportaient tous deux en adultes. Le bien-être de leurs enfants passait avant tout.

Holly avait tendu à Rob le sac qui contenait les affaires des enfants. Il avait l'air distrait… Elle s'était demandé ce qui le rendait si nerveux.

— Euh, il faut que je te parle, avait-il annoncé d'un ton soudain sérieux.

— Ah, d'accord.

Sourcils froncés, elle avait envoyé Lottie et Jacob chercher leurs doudous dans la pièce d'à côté, afin d'être tranquilles. Puis elle avait dévisagé Rob, perplexe, persuadée qu'il voulait échanger leurs week-ends ou quelque chose comme ça.

— Vas-y, je t'écoute.

Gêné, Rob se mordillait la lèvre. Il avait les narines qui palpitaient. Holly sentait la tension irradier de lui.

— Euh… je voulais juste te dire que j'ai rencontré quelqu'un. Elle s'appelle Nikki.

Les situations embarrassantes n'avaient jamais été le point fort de Rob. Holly se souvenait de la fois où elle lui avait demandé de dire au jardinier qu'il avait facturé trop cher, et de celle où ils étaient entrés dans un sex-shop pour acheter un ensemble de lingerie, au début de leur relation. Le vendeur lui avait demandé s'il cherchait quelque chose en particulier, et Rob avait été incapable de le regarder en face. Il se balançait d'un pied sur l'autre en toussotant, comme si cela pouvait chasser sa gêne. En voyant ses joues cramoisies ce soir-là, Holly l'avait presque pris en pitié. Presque. Car ses mots lui avaient fait l'effet d'une violente gifle. Elle avait toujours cru que si Rob rencontrait quelqu'un, elle le devinerait bien avant qu'il le lui dise. Elle le connaissait si bien qu'elle se pensait capable de déceler les signes. Quand ils s'étaient mis ensemble, il ne pouvait s'empêcher de sourire en permanence. Le simple fait de lui demander si elle voulait boire quelque chose semblait le transporter de joie. On aurait cru qu'il venait de gagner au loto. C'était comme s'il avait du mal à croire qu'elle était là. Il ne croyait pas sa chance. Holly avait l'impression d'être la personne la plus précieuse, la plus aimée du monde entier.

Du coup, ça avait été un choc total de le voir planté devant elle, en train de lui dire qu'il avait rencontré quelqu'un. Holly prit conscience qu'elle ne s'était pas attendue à ce qu'il refasse sa vie aussi rapidement.

— C'est chouette, parvint-elle à dire d'une voix qui se voulait enjouée.

Elle avait les joues en feu et savait que ce n'était pas à cause de la chaleur de cette soirée d'été. Elle était agacée de ne pas s'être préparée à cette éventualité, et de ne pas se sentir aussi détendue qu'elle l'aurait imaginé. Elle avait l'impression d'avoir été trahie, poignardée, alors même qu'elle savait que c'était idiot, et elle était un peu gênée. Holly n'avait rencontré personne depuis leur séparation. Elle n'avait même pas eu l'ombre d'une conversation un peu piquante avec quelqu'un du sexe opposé. Pas même un SMS innocent. Ce n'était pas dans ses priorités. Elle avait ses amis, sa famille et ses enfants, et c'était le plus important.

Rob avait ensuite expliqué que Nikki souhaitait la rencontrer. Holly ne pouvait nier que c'était raisonnable et adulte, puisque Rob voulait la présenter à leurs enfants.

Aussitôt que Holly eut accepté, l'embarras de Rob avait fondu comme un glaçon en août. C'était au tour de Holly d'être stressée.

— Tu l'as rencontrée où ? Elle a quel âge ? avait-elle questionné, incapable de réfréner sa curiosité.

Il avait eu un petit rire, tout heureux. *Ça*, c'était l'expression qu'elle n'avait pas vue depuis des années, et elle avait compris alors que c'était du sérieux. Ce n'était pas une relation sans lendemain – Rob était tombé amoureux. C'était une situation étrange, mais Holly était contente pour lui. Rob occuperait toujours une place à part dans son cœur.

— Sur internet. Je sais que tu vas trouver ça complètement triste, mais fais-moi confiance, c'est vraiment une personne gentille. Elle a vingt-cinq ans. Ce n'est pas une paumée ou quoi ; en fait, elle est étudiante en médecine. Elle te plaira, j'en suis sûr.

— À propos, moi aussi j'ai quelque chose à te dire, avait débité Holly sur un coup de tête.

Qu'est-ce qu'elle racontait ? Elle n'avait absolument pas réfléchi, mais elle venait de décider, en cet instant précis, de se rendre au mariage d'Emma. Rob pouvait avoir sa future docteure, elle aurait Vegas. Sans bien savoir pourquoi, elle ne voulait pas qu'il soit le seul avec une grande nouvelle à annoncer ce jour-là.

— Oui ?

— Je pars à Las Vegas pour le mariage d'Emma, avait-elle affirmé avec audace.

Avec ou sans Kim, elle irait. Elle n'était pas certaine qu'il y ait d'autres personnes de sa connaissance, mais elle s'en sortirait très bien toute seule. Elle se considérait comme quelqu'un de sociable, souriant, qui n'avait aucunement besoin d'être accompagnée pour se faire des amis. La vie était trop courte, et elle méritait de s'amuser. Rob, c'était incontestable, s'amusait bien maintenant qu'il avait Nikki, et c'était son tour de penser à elle et de prendre une pause, pour une fois. Le lendemain, ce fut une agréable surprise lorsque Kim lui annonça qu'elle venait aussi.

Holly revint à l'instant présent et regarda Emma, qui semblait inquiète pour son amie. Elle prit une gorgée du daïquiri fraise que le barman venait de lui tendre.

— Du coup, j'ai rencontré Nikki avant de partir, et elle est vraiment gentille, déclara-t-elle, sincère.

C'était impossible de ne pas apprécier Nikki. Ce n'était pas une beauté renversante, mais elle avait du charme. De beaux yeux noisette, piquetés d'ambre et de vert (le genre que Rob aurait décrits comme intéressants) et un sourire parfait. Elle était certainement très photogénique. Elle était vraiment, vraiment gentille. Holly avait été terrifiée à l'idée de la détester. Et si cette femme ne s'entendait pas avec ses enfants ? C'était assez angoissant de penser qu'une autre personne jouerait les mamans pour Lottie et Jacob lorsqu'elle n'était pas là. Elle avait eu peur, aussi, de jalouser son corps jeune, tonique, et dépourvu de vergetures. Elle ne voulait pas non plus être envieuse du fait que Nikki et Rob pouvaient sortir au restaurant quand l'envie les en prenait. Ou au cinéma. Qu'ils avaient du temps à deux, sans devoir se farcir des émissions pour enfants, les *Télétubbies* ou *Dora l'exploratrice*. Mais à son grand soulagement, cela ne s'était pas passé comme ça, au contraire. Nikki avait un tempérament insouciant et joyeux très contagieux. Holly la voyait très bien donner de l'argent chaque mois à une association, ou distribuer de la soupe le jour de Noël. Elle était compréhensive, sans une once de méchanceté. Au fond d'elle-même, Holly savait qu'elle avait beaucoup de chance que ce soit elle que Rob ait choisie désormais. Elle lui accorda sa confiance d'emblée, sans éprouver de crainte à l'idée qu'elle fréquente ses enfants. Nikki adorait les bambins et brûlait d'impatience de rencontrer Lottie et Jacob ; elle leur avait même acheté de petits cadeaux.

— En fait, elle m'a beaucoup plu. Elle est très mûre pour ses vingt-cinq ans, et elle était super impatiente de rencontrer les enfants. C'est impossible de ne pas s'entendre avec elle, et il est évident qu'elle va très bien avec Rob. Ils sont bien mieux assortis que lui et moi.

— Tu gères drôlement bien la situation ! J'imagine que rares sont celles qui apprécient la nouvelle copine de leur ex. C'est vraiment génial que vous puissiez devenir amies.

— Oui, j'espère de tout cœur qu'on y arrivera. Bref, parle-moi du mariage ! Comment est ta robe ? À moins que ce soit un secret…

Holly ne voulait pas que la conversation tourne uniquement autour de son nombril.

— Charlie m'a dégoté un service de location, et ils m'en prêtent une gratuitement à condition que je les identifie dans mes posts de mariage. Je vais te montrer une photo. Elle est tellement belle ! s'écria-t-elle en faisant défiler sa galerie.

— Oh, mais c'est super, ça, Em. Je n'arrive pas à croire que tu aies une robe de mariée sans débourser un centime !

— Charlie a aussi trouvé des costumes en location pour tous les hommes, gratuitement. J'ai vraiment de la chance de l'avoir ! Il a vraiment assuré pour tous ces trucs à l'œil. Mais il me reste encore quelques détails à régler avant le jour J, et je me demandais si Kim et toi accepteriez de m'aider à choisir. J'ai toujours du mal à me décider…

Elle montra à Holly une éblouissante robe ivoire, décolletée dans le dos.

— Bien sûr, on ferait n'importe quoi pour toi, tu le sais. Ta robe est magnifique ! s'écria Holly, bouche bée, en prenant le téléphone d'Emma pour mieux voir.

Le tissu semblait délicat, hors de prix. Il soulignerait à ravir la mince silhouette d'Emma. C'était le genre de robe que Holly fuyait comme la peste à cause de son petit ventre. Depuis ses deux grossesses, l'idée d'un ventre plat appartenait au passé. Mais cela ne la dérangeait pas.

Elle préférait nettement aller à la pizzeria avec ses enfants et prendre une glace au dessert que de se demander si elle allait rentrer dans son bikini. Ça n'avait plus d'importance.

— Merci, Holly. C'est juste que je veux que tout soit parfait, tu vois ? Et si on allait piquer une tête ?

Holly acquiesça. En tant que coiffeuse, elle avait l'habitude de travailler avec des mariées. Son agenda était complet jusqu'à la fin de l'année, mais elle avait proposé à Emma de la coiffer le jour J. C'était Edna, la maman de Holly, qui lui avait suggéré de laisser un trou dans son planning en été afin de pouvoir s'offrir un peu de repos, et Holly avait suivi son conseil. Elle était bien contente, car sans cela elle n'aurait jamais pu venir à Las Vegas. Les réservations pour les mariages semblaient régir sa vie.

— C'est bien normal de vouloir la perfection. C'est le souhait de toutes les mariées, la rassura-t-elle.

En arrivant près de l'eau, Emma posa son verre au bord de la piscine avec un sourire crispé.

— Il faut *vraiment* que tout soit parfait. C'est ce que tout le monde attend de moi. Je ne peux pas les décevoir.

Holly la dévisagea, surprise, mais avant qu'elle ait pu répondre, Emma avait plongé et s'était éloignée de plusieurs brasses.

2

Holly

Alors que le taxi descendait le Strip en direction de l'hôtel *Planet Hollywood* où elle résidait, Holly ne savait où poser le regard. Le boulevard étincelait de tous ses grands hôtels, promesse de réjouissances débridées. Elle était fascinée par les vives lumières qui clignotaient partout. C'était une véritable ruche. Un endroit où l'aventure ne s'arrêtait jamais, comme dans les films, et elle avait du mal à croire qu'elle s'y trouvait vraiment. Le véhicule s'arrêta devant l'hôtel, et Holly fut soulagée de retrouver la climatisation glaciale. Dehors, la chaleur était étouffante, et elle sentait la sueur lui couler sur la nuque. Pas la moindre brise ne rafraîchissait l'atmosphère. Elle avait rendez-vous quelques heures plus tard avec les autres pour boire un verre, et elle espérait que Kim se joindrait à eux. Elle n'avait quand même pas l'intention de passer le reste de la journée dans la chambre ? Elle savait bien que Kim était fatiguée et en plein décalage horaire, mais leur séjour à Las Vegas ne serait pas bien long et il lui semblait qu'il fallait en profiter au maximum.

En entrant dans la chambre, Holly trouva Kim, vêtue d'un pyjama satiné, assise dans son lit devant un grand écran de télévision.

— Coucou, comment tu te sens ? Y a une ambiance de folie autour des piscines, ici. C'est vraiment dommage que tu ne sois pas venue. On va s'éclater !

Kim s'étira paresseusement.

— Je n'ai pas dormi, en fait. Je me suis juste reposée et j'ai regardé un film. Le bonheur absolu… Je ne me souviens pas de la dernière fois que j'ai vu un film en entier sans être dérangée.

Holly, pour sa part, ne se rappelait pas la dernière fois qu'elle avait regardé autre chose qu'un Disney. Même quand ses enfants dormaient enfin, elle se retrouvait toujours avec quelque chose à faire. La plupart du temps, ranger la salle de jeux ou rattraper son retard de lessive. Être parent, c'était renoncer au temps libre.

Holly examina la carte du room service.

— Oh, commandons du champagne ! Pour se mettre dans l'ambiance pour ce soir, s'écria-t-elle, les yeux brillants, en faisant glisser son doigt sur le papier glacé.

Kim n'avait pas l'air convaincue.

— Je ne suis pas sûre d'avoir l'énergie… Il est 2 heures du matin à Londres, là, observa-t-elle après un regard vers l'horloge digitale.

— Et alors ? protesta Holly, en ébullition. Ça ne nous a jamais arrêtées jusqu'ici. Les enfants ne sont pas là, pas vrai ? Emma m'a dit qu'on se retrouverait tous dans un bar du *Caesar Palace*, mais on a encore une heure environ.

— Vraiment ? bâilla Kim. Je vais peut-être passer mon tour, tu sais. J'ai juste envie d'une soirée calme pour récupérer un peu de sommeil. Ça me séduit beaucoup plus que de picoler dans un bar… Je suis tellement fatiguée…

Holly ressentit un pincement de déception. Elle aimait son amie de tout son cœur, mais depuis la naissance de ses enfants, Kim avait beaucoup changé. Cela faisait une éternité qu'elles n'étaient pas sorties, et elle avait attendu ces vacances à Las Vegas avec tant d'impatience, pour retrouver avec sa meilleure amie les moments de proximité qu'elles partageaient autrefois. Elle avait espéré que sans les enfants, elle redeviendrait la Kim drôle d'avant, au lieu de cette nouvelle version, raisonnable et dénuée d'enthousiasme. Certains jours, Holly se demandait ce qui était arrivé à son amie. Au départ, c'était la moins maternelle des deux. Elle avait toujours dédaigné l'idée d'avoir des enfants : elle aimait trop la vie, disait-elle, pour l'abandonner au profit de quelqu'un d'autre.

— Je crois que je préfère les animaux, avait-elle déclaré un jour en revenant d'une visite chez une amie qui venait d'accoucher. Un chiot ou un chaton est plus agréable à câliner qu'un bébé.

Holly, de son côté, s'intéressait davantage aux nouveau-nés. Elle était toujours ravie de l'arrivée d'un poupon qu'elle pouvait prendre dans ses bras, et rêvait d'être mère un jour. Elle avait toujours eu des cousins plus jeunes, ainsi que quatre neveux dont elle était gaga. Kim, à l'inverse, n'avait pas programmé Mylo. Il était arrivé comme ça (une boulette, avait-elle expliqué), et tout avait changé. D'un coup. On aurait cru que Kim avait reçu une greffe de personnalité : elle s'était soudain retrouvée obsédée par les bébés et les enfants, et se demandait combien elle pourrait en produire avant quarante ans. Du jour au lendemain, elle ne voulait plus sortir. Pourtant, elle avait toujours été la plus délurée des deux. Même à cinq ans, lorsque les deux amies s'étaient rencontrées à l'école, c'était Kim la plus turbulente, l'experte en bêtises. C'était à cause d'elle que Holly se faisait réprimander pour bavardage en classe, elle qui l'avait incitée à fumer sa première cigarette et à boire une canette de cidre, elle qui l'encourageait à ne pas rentrer avant 6 heures du matin. Même quand elle devait travailler le lendemain. Quand Holly sortait avec Kim, elle était assurée de se réveiller avec une gueule de bois d'enfer, ça ne ratait jamais. On ne s'ennuyait pas avec elle, et c'était ce qui la rendait si attachante aux yeux de Holly. Pour sa part, elle était la plus organisée, ordonnée et raisonnable, alors que Kim était insouciante, et réfléchissait rarement aux conséquences de ses actes.

Holly adorait Kim, elles seraient toujours meilleures amies, mais elle ne pouvait s'empêcher de regretter la spontanéité qui la caractérisait avant d'avoir des enfants, et elle espérait que c'était uniquement en cette première soirée qu'elle avait décidé de lever le pied.

— Tu es sûre de ne pas vouloir sortir ? demanda-t-elle, pleine d'espoir, bien qu'elle connaisse déjà la réponse.

— Oui, mais vas-y, toi, répliqua Kim en agitant la main. Ne te prive pas pour moi.

— Et tu es certaine que tu ne préfères pas que je reste avec toi ? proposa-t-elle.

Elle n'en avait pas du tout envie, d'autant plus qu'elle avait promis à Emma de la rejoindre, mais elle savait que c'était son devoir d'amie. Elle aurait fait n'importe quoi pour Kim. Donc si celle-ci souhaitait qu'elle reste pour regarder un film et manger dans la chambre, elle le ferait. Mais cela l'aurait étonnée que Kim l'empêche de sortir voir les autres.

— Non, je t'assure que c'est parfait, assura son amie avec un sourire. Je ronflerai sûrement avant même d'avoir touché l'oreiller.

Holly acquiesça et lui lança un regard de regret.

— Je me demande comment Andy s'en sort tout seul avec les enfants, soupira Kim, l'esprit manifestement toujours à la maison. Demain, je l'appelle dès que je me réveille, pour vérifier que tout va bien. Tout ira forcément bien, vu que j'ai laissé des instructions précises sur le moindre détail… pas vrai ?

Kim n'avait pas l'air capable de couper le cordon et de se détendre comme Holly.

— Ça va aller. Andy est un super papa, la rassura Holly. Ça me paraît inimaginable qu'il fasse une bêtise.

Kim sourit, mais le sourire ne remonta pas jusqu'à ses yeux. Holly supposa qu'elle était fatiguée, et n'insista pas. Elle se dirigea vers la salle de bains pour se doucher avant de sortir.

3

Emma

Emma n'arrivait pas à croire que la semaine de son mariage était arrivée. Elle allait devenir pour de bon *l'épouse* de Charlie. Elle se sentait toujours beaucoup trop jeune pour faire quelque chose d'aussi adulte, bien qu'elle ait trente-trois ans. C'était curieux comme son corps continuait à mûrir, bien que son esprit ne soit pas différent de ce qu'il était à vingt et un ans. C'était effrayant et elle aurait vraiment voulu que le temps ralentisse…

Se marier à Las Vegas était le choix d'Emma, et en regardant par son balcon le Strip animé et les couleurs éclatantes des hôtels, elle sut que c'était la bonne décision. Il y avait tant à faire et à voir, et chacun de ses invités s'amuserait. Ils avaient tous consenti un gros effort en faisant tout ce chemin ; c'était très important pour Emma qu'ils y prennent plaisir. Il faisait beau, avec un soleil magnifique et le mercure bien au-dessus de trente degrés : au moins, elle ne risquait pas un mariage pluvieux. Bien qu'il fasse si chaud dehors, on n'était jamais loin de la climatisation des hôtels. On passait d'un extrême à l'autre.

Emma n'avait jamais rêvé d'un grand mariage avec robe blanche et tout le tralala. C'est tout juste si elle parlait à ses parents, retraités, qui étaient partis vivre aux Canaries. Elle n'avait pas été tellement surprise lorsque sa mère lui avait annoncé au téléphone qu'il était hors de question qu'ils parcourent une telle distance, avec l'arthrite de son père, même pour leur fille unique. À peine Emma avait-elle trouvé son premier emploi et pu se payer un loyer qu'ils avaient décampé comme s'ils n'attendaient que ça.

— Le soleil fera un bien fou à ton père, avec ses articulations, avait dit sa mère à l'époque. Tu peux nous rendre visite quand tu veux.

Pourtant, c'était toujours à Emma de faire l'effort si elle voulait les voir. Ses parents n'avaient plus jamais remis les pieds au Royaume-Uni, et Emma ne pouvait nier que ça lui faisait mal. Comment pouvaient-ils se soucier si peu de leur seule enfant ?

Emma n'avait pas une grande famille désireuse d'assister à son mariage. Mais de toute façon, elle n'aurait pas eu envie d'une grande fête. Certes, son métier consistait à poster des photos d'elle-même ; mais contrairement à ce qu'on aurait pu croire, elle détestait se mettre en avant. À la fac, elle avait volontairement choisi les cours dans lesquels elle n'aurait pas besoin de faire d'exposés ; l'idée que tout le monde la regarde suffisait à lui donner les mains moites et lui nouer l'estomac. Un mariage rapide et discret lui correspondait nettement mieux. C'était moins de pression. Cela ne faisait que deux ans qu'elle était avec Charlie, et elle n'avait pas voulu s'imposer des mois et des mois de préparatifs. Pour tout dire, le projet était d'expédier le mariage et de commencer à essayer d'avoir un bébé. Tout ce à quoi aspirait Emma, c'était une famille. C'était étrange : elle aurait toujours cru qu'à cet âge, elle serait déjà mariée et maman. Ne pas se marier ne la dérangeait pas, mais ne pas avoir d'enfants était impensable. Elle adorait les petits. Pour sa part, plutôt mourir que de les abandonner pour s'installer à l'étranger, même une fois adultes. Sa mère, très occupée par sa brillante carrière d'avocate, avait pris son temps et eu Emma à quarante-trois ans. Ses parents s'étaient toujours montrés stricts, sévères. En vacances, elle ne s'amusait pas tellement, et elle n'avait personne avec qui échanger des habits. Lorsque ses amies se plaignaient que leurs frères et sœurs plus âgés leur donnaient tout le temps des ordres, elle n'avait rien à raconter. Elle aurait aimé qu'on lui donne des ordres. Ça ne l'aurait pas dérangée que sa sœur lui pique ses chaussures et ne les lui rende jamais. Ça aurait forcément été plus marrant que d'être seule en permanence.

Emma voulait au moins deux enfants, et même si elle n'aimait pas le reconnaître, elle était un peu inquiète à l'idée que ça devienne difficile si elle attendait encore. La fertilité des femmes diminue de moitié à trente-cinq ans, et ce n'était plus que dans deux ans. Son amie, Kirsty, avait récemment dû recourir à une FIV – raison pour laquelle elle ne pouvait assister au mariage – et Lisa, la femme du cousin d'Emma, venait d'annoncer que son deuxième cycle de traitement avait échoué. Les difficultés à concevoir semblaient devenir de plus en plus fréquentes. Elle espérait de tout cœur que la grossesse se produirait facilement pour elle, mais elle savait déjà que si ce n'était pas le cas, elle aimerait adopter. Même s'il n'y a pas de mal à cela, elle n'avait pas envie de devenir mère pour la première fois passé quarante ans, comme sa propre mère. Elle avait toujours souhaité être une maman drôle, énergique. Elle s'imaginait faire du vélo au parc avec ses enfants. Elle ne voulait pas être une de ces mères qui ne comprennent rien à la dernière appli qu'utilisent leurs enfants. Elle ne voulait pas les entendre ricaner parce qu'elle leur demanderait de l'aide pour aller sur Internet. Elle voulait être suffisamment jeune pour être une maman cool.

Emma mit du gloss et enfila une étincelante robe argentée à bretelles. Elle passa les doigts sur le tissu texturé du vêtement, qui moulait à la perfection sa silhouette mince. Elle mettait désormais du 36. Si quelqu'un lui avait dit, trois ans plus tôt, alors qu'elle peinait à entrer dans du 46, qu'elle achèterait un jour une robe de mariée en 36, elle lui aurait ri au nez. Elle n'était pas de ces femmes qui prétendent être heureuses en étant rondes. Elle aurait toujours préféré être fine, mais en vérité, elle aimait profiter de la vie et les kilos s'étaient installés au fil des ans. Elle appréciait la nourriture. Elle raffolait de tout ce qui est mauvais, bourré de calories et de sucre, et il n'était pas rare qu'elle siffle une ou deux bouteilles de vin après le travail plusieurs fois la même semaine. Si elle avait envie de descendre un litre de Coca, si vraiment c'était ce qui lui faisait plaisir, elle n'y réfléchissait pas à deux fois. Deux donuts au chocolat après le déjeuner ? Juste normal. Elle ne faisait de mal à personne, après tout. Elle ne pouvait nier qu'elle avait une mauvaise estime d'elle-même, et le problème était que lorsqu'elle se sentait dégoûtée d'elle-même, elle mangeait pour oublier. C'était un cercle vicieux. Elle détestait ses cuisses tremblotantes et son ventre mou, mais elle avait toujours réussi à se parer de vêtements larges pour aller travailler – elle était autrefois employée d'une société de comptabilité à Londres – et elle avait toujours eu le sentiment que si elle refusait de penser à son poids, il n'aurait pas d'importance. Elle n'avait d'ailleurs aucun mal à trouver des hommes : on lui disait souvent qu'elle avait un joli visage. En y repensant, c'était vrai qu'on la complimentait rarement sur son corps. Un jour, le bouton de son pantalon avait sauté alors qu'elle était au travail, et elle avait dû emprunter une épingle à nourrice. Lorsqu'elle avait vu le regard de pitié de sa collègue Sue qui lui tendait l'objet, il s'était produit quelque chose. Cela avait assez duré. Elle en avait marre d'être essoufflée rien qu'en montant les escaliers du bureau. Elle avait soudain honte de transpirer au moindre mouvement. Elle voulait être bien dans sa peau. Ce soir-là, elle était rentrée chez elle et avait fait quelques recherches sur un groupe de perte de poids dont lui avait parlé Sue.

— Barbara Seeley a perdu vingt kilos avec eux, lui avait-elle assuré, enthousiaste.

Emma souhaitait aussi perdre du poids pour des raisons de santé. On ne pouvait écouter la radio ou patienter en salle d'attente sans que les risques vous soient perpétuellement renvoyés en pleine figure. Emma ne voulait avoir ni du diabète, ni de la tension, ni une attaque.

— Je pense que ce serait une super idée d'essayer. Ils ont des réunions, avait insisté Sue. Ça ne me ferait pas de mal de maigrir un peu, moi aussi… On n'irait pas ensemble ?

Emma avait étouffé un cri en découvrant sur leur balance qu'elle pesait quatre-vingt-quatre kilos.

Cela lui avait pris deux ans de perdre trente-deux kilos avec l'aide de son groupe, et Emma était fière d'elle. Tout le monde l'était. Désormais, les femmes qu'elle croisait dans la rue n'étaient pas plus minces qu'elle. Elle n'avait plus honte de s'offrir un gâteau en public. Perdre du poids avait été le point de départ d'une nouvelle carrière, bien qu'elle ne s'en soit pas doutée sur le moment. À la fin de son premier mois dans le groupe, Emma avait perdu quatre kilos et demi, et s'était sentie encore plus motivée lorsqu'elle avait été nommée adhérente du mois. Elle en avait éprouvé une grande satisfaction. Puis, au bout de plusieurs mois, la perte de poids s'était ralentie. Elle mangeait pourtant parfaitement équilibré, et ne pouvait cacher sa frustration. C'est alors qu'une rousse, Paula, également membre, l'avait attirée à part. Emma l'avait déjà remarquée par le passé : c'était la femme la plus mince du groupe, et elle ne pouvait s'empêcher de se demander ce qu'elle faisait là.

— Tu vas toujours dans la bonne direction, ne te décourage pas, avait-elle souri. Après, je ne veux pas être négative, mais c'est vrai que plus longtemps tu restes au régime, plus ça devient difficile de maigrir. Si tu veux changer réellement de silhouette et de taille de robes, inscris-toi dans une salle de sport. Il y a une promo dans la mienne en ce moment. Tiens, je te donne le numéro si ça t'intéresse. J'ai un coach personnel, il s'appelle Charlie. Il est génial.

Au départ, Emma n'était pas totalement convaincue. Elle imaginait que ce serait plein d'hommes prétentieux et musclés qui se regardaient dans le miroir en soulevant de la fonte, et de femmes menues en brassière minuscule. Elle avait plutôt envie de continuer à se concentrer sur l'aspect nutrition. Tout était question d'équilibre : avec son régime, elle pouvait toujours manger tout ce qu'elle aimait. Avec modération, simplement. Savourer une part de gâteau plutôt que de se gaver en avalant le machin tout entier. Un verre de jus, pas toute la bouteille. Aucun aliment n'était interdit, mais Emma n'avait droit qu'à un certain nombre de calories par jour, et elle devait choisir. Elle appréciait d'avoir le contrôle sur ses repas. Elle prenait même plaisir à cette discipline, c'était vraiment son truc. C'est ainsi qu'elle avait lancé son blog.

Emma n'avait jamais été vraiment ravie de son emploi dans une boîte de comptabilité à Londres. C'était un job alimentaire, qu'elle n'appréciait pas réellement. Elle éprouvait toujours l'angoisse du dimanche soir, une bizarre sensation de mal-être à l'idée d'aller travailler le lendemain. Elle ne s'y épanouissait pas. C'était un travail ennuyeux, et le seul aspect positif pour Emma était de sortir avec ses collègues. La vie nocturne londonienne l'attirait au plus haut point. Emma avait toujours rêvé de tenter autre chose, mais elle n'avait pas la moindre idée de ce qui pourrait lui plaire. Elle n'avait jamais su. Elle n'avait pas prévu de devenir blogueuse lifestyle, et n'aurait jamais soupçonné pouvoir gagner autant d'argent d'une façon aussi simple. Au bout de six kilos perdus, Emma avait eu l'idée de faire une photo avant/après et de la poster sur son compte Instagram. Elle s'était un peu arrangée pour la photo après, et avait pris le cliché avec l'appareil Canon professionnel de son père. Bien qu'elle n'ait encore perdu que six kilos, la différence entre les deux images était saisissante, et elle avait eu le courage de poser les deux fois en bikini. Elle dégageait tellement plus de bonheur et de santé dans la deuxième alors que ses formes commençaient à se dessiner. Elle se souvenait d'avoir retenu son souffle en postant le montage. Elle était en chemin vers la salle de sport, celle que Paula lui avait recommandée, et avait ensuite laissé son téléphone dans son casier pendant une heure, le temps d'un cours de yoga.

En reprenant son téléphone, elle avait été perplexe d'y trouver une dizaine de notifications. Elle se demandait de quoi il pouvait bien s'agir. Mais en ouvrant son compte Instagram, elle avait eu la surprise de découvrir que son post avait suscité une vague de réactions. Elle avait reçu cent vingt likes, et beaucoup de compliments.

Bravo, Em ! Tu es magnifique !

Waouh ! Quels résultats !

Où as-tu acheté ton bikini, Emma ? La couleur est très jolie sur toi.

Elle avait même reçu deux messages privés. Le premier venait d'une fille :

Bonjour Emma. Ça te dérangerait de me dire quel régime tu suis ?

L'autre, une jeune femme également, avait demandé :

Tu aurais des conseils à me donner ?

Emma avait alors ressenti une euphorie inconnue. Elle se sentait importante. Spéciale, même. Elle aimait le fait d'aider des gens et de les pousser vers une vie plus saine, aussi. Quelques jours plus tard, elle avait décidé de retourner à la salle de sport, cette fois dans l'intention rencontrer Charlie pour un coaching personnel. Le cours de yoga lui avait donné le coup de boost dont elle avait besoin. Elle y avait vraiment pris plaisir. Personne ne la jugeait, contrairement à ce qu'elle avait redouté, et tout le monde avait l'air très sympa. On voyait des femmes de toutes les formes et de toutes les tailles, et elle était déterminée à dépasser ses appréhensions et à se lancer dans un cours particulier. Elle était tout de même nerveuse, surtout à la vue de l'apparence parfaite de Charlie. Mais il l'avait tout de suite mise à l'aise. C'était un coach fantastique, avec lequel elle ne se sentait pas intimidée. Il l'encourageait toujours à faire une pompe de plus, une minute de plus sur le tapis de course, la poussant à chaque fois un peu plus loin que ce dont elle se croyait capable. Lors des pauses, ils se racontaient leurs vies. Charlie était intéressant, et il semblait vouloir la connaître davantage aussi. Il n'était pas du genre à ne parler que de lui. Emma avait découvert qu'il essayait de devenir mannequin fitness, mais travaillait comme coach en attendant de percer. Il n'avait pas fallu longtemps à Emma pour être impatiente de le retrouver à chaque cours. Charlie lui posait des questions générales, comme ce qu'elle faisait le week-end, dans quel secteur elle travaillait, etc. C'était pendant l'une de ces conversations, après une série de séances avec Charlie, qu'elle avait mentionné qu'elle postait des images de son parcours sur Instagram.

— C'est vrai ? avait-il demandé, intéressé. Comment s'appelle ton compte ? Je vais m'abonner !

Emma s'était sentie un peu gênée, car elle savait qu'il verrait son image « avant » en bikini, mais Charlie s'était montré purement encourageant et admiratif.

— Waouh, tu as un sacré paquet d'abonnés, tu sais… Il faut que tu continues. N'oublie pas de poster tous les jours. Les gens sont intéressés, c'est clair. Il y a des personnes qui gagnent des fortunes sur Instagram. Ça ne coûte rien d'essayer…

— J'ai du mal à croire que les gens aient envie de me suivre, avait avoué Emma, modeste.

— Et pourquoi pas ? Tu es trop dure avec toi-même. Tu es une jolie femme, Emma, et ce que tu fais montre que tu as de la volonté, de la détermination. Je suis certain qu'il y a des tas de filles qui te suivent qui aimeraient perdre du poids ou juste se muscler un peu. Elles ont envie de savoir comment tu fais, et si tu encourages les gens à mener une vie plus saine, eh bien bravo. Ne te sous-estime pas.

Emma avait soutenu son regard pénétrant. Elle se sentait pleine de courage. Il avait raison : pourquoi les gens n'auraient-ils pas envie de la suivre, après tout ? Elle avait ensuite posté une autre photo, juste après la séance, pour montrer que son corps continuait de changer. Elle avait aussitôt gagné de nouveaux abonnés. Elle mourait d'impatience de poster encore. Cela était devenu addictif. Elle avait par la suite commencé à s'intéresser à d'autres comptes Instagram qui marchaient bien. Elle regardait ce qu'ils postaient, et quel type de photos attirait les abonnés. Très vite, elle s'était retrouvée à acheter des vêtements qui soulignaient sa silhouette plus fine, et à prendre des selfies. Peu à peu, elle avait cessé de ne parler que de sa perte de poids et de son style de vie : Charlie avait eu l'idée de commencer à identifier des marques dans ses publications pour attirer leur attention. Emma s'était alors rendu compte qu'il n'y avait pas que les marques qui s'intéressaient à elle : Charlie lui envoyait des messages privés par Instagram. Au début, il ne s'agissait que de fitness. Des conseils, des recettes légères qu'il avait testées. Mais peu après, il était devenu plus taquin, et elle s'était aperçue que ce n'était pas seulement en tant que coach qu'elle l'appréciait. Manifestement, il ressentait la même chose. Elle avait toujours pensé que les hommes comme lui étaient trop bien pour elle.

— J'ai reçu un message d'une marque de vêtements de sport qui me propose de m'envoyer gratuitement des tenues à condition que je les identifie, avait-elle annoncé à Charlie lors de leur premier rendez-vous au restaurant. Ça fait tout bizarre de recevoir des articles sans rien payer!

— C'est super! avait-il rétorqué, très enthousiaste. J'ai des tas d'autres idées pour que tu puisses avoir d'autres produits. Plus tu as d'abonnés, plus c'est facile… et il semble que tu continues à en attirer de plus en plus.

— Ah bon? s'était étonnée Emma, qui ne savait par où commencer.

— Bien sûr. Je peux t'aider, si tu veux. Tu me plais, Emma, avait-il affirmé sans hésiter en lui prenant la main par-dessus la table. Dès que je t'ai rencontrée, mon cœur a chaviré.

Emma avait senti ses joues s'empourprer et son cœur s'affoler.

— Je ressens la même chose, avait-elle avoué, timide.

C'est ainsi qu'ils étaient devenus un couple. Emma rejoignait Charlie pour ses entraînements matinaux, et ils travaillaient ensemble. Ils se retrouvaient après leur journée de travail et passaient tout leur temps libre ensemble, week-end compris. L'essentiel de leur temps était consacré à faire du sport, cuisiner des recettes saines ou visiter des endroits nouveaux, sans jamais cesser de prendre des photos pour le compte Instagram d'Emma. Charlie lui avait créé une adresse mail dédiée. Il répondait à toutes les demandes lorsqu'elle n'avait pas le temps.

Elle s'était mise à gagner beaucoup d'argent. La première proposition qu'elle avait reçue consistait à promouvoir une marque de vêtements. On lui avait fourni un code, avec lequel ses abonnés avaient droit à une réduction. Elle recevait un pourcentage pour chaque achat effectué avec le code. Jamais elle n'avait gagné de l'argent si facilement, et elle avait décidé d'offrir à Charlie leurs premières vacances ensemble, à Bali. C'était bien le moins qu'elle puisse faire : c'était grâce à lui qu'elle en était arrivée là, aussi bien en matière de silhouette que de carrière. Charlie avait pris des tonnes de photos : Emma en position du lotus devant le mont Agung, un volcan, Emma riant devant une chute d'eau, Emma de dos devant une piscine à débordement. Les réactions abondaient toujours.

Oh là là, j'adore ta robe ! Tu l'as achetée où ?

Je peux te demander la référence de ton fond de teint ?

Où as-tu trouvé ton sac ? Je veux le même !

Poster sur Instagram état devenu un rituel quotidien. Même si elle ne faisait qu'aller boire un café, Emma prenait une photo : elle faisait semblant de regarder la carte, ou prenait une moue boudeuse, les yeux dans le lointain, lors d'une virée shopping à Londres. Sa boîte mail débordait de questions sur son appareil photo ou son highlighter préféré. C'était une telle folie que Charlie lui avait suggéré de commencer un blog lié à son compte. Aussitôt, elle avait reçu de nouveaux cadeaux. Du moment qu'elle postait à ce sujet, les marques ne désiraient rien tant que la voir utiliser leurs produits. Les réseaux sociaux étaient devenus pour elle une obsession. Son nombre d'abonnés et de likes continuait de grimper. Les voyages étaient devenus une occasion de prendre des photos, et plus vraiment un plaisir, et il lui arrivait de se demander pourquoi elle faisait tout ça. Quand elle se sentait un peu trop prise dans le jeu, elle s'accordait une pause de quelques jours. Au début, Charlie était toujours enthousiaste, et prenait des selfies d'eux deux. Il lui conseillait de poster un peu sur leur couple pour voir s'ils pourraient se faire offrir des week-ends en amoureux. Il avait alors fait partie de son compte. Les abonnés ne cessaient de répéter qu'ils formaient le couple idéal. Leur premier voyage gratuit avait été Paris, et Emma avait dû se pincer pour y croire.

— Espérons que ce ne soit que le début, avait ri Charlie en trinquant au champagne dans l'Eurostar.

Emma avait filmé la scène pour sa story.

Malgré ce que l'on aurait pu croire, Emma n'avait pas envie de passer pour une poseuse, mais elle savait que pour passer des accords avec les marques, il fallait qu'elle puisse influencer le public, que les gens aient envie d'acheter sa dernière tenue, sa montre ou son rouge à lèvres. C'était ainsi qu'elle gagnait sa vie. Et donc, elle devait s'arranger pour apparaître à son avantage. Emma espérait juste que les gens savaient que derrière sa galerie parfaite, elle n'était qu'une fille comme les autres. Elle détestait les gens imbus d'eux-mêmes, et pour cette raison, elle postait de temps en temps des avant/après, afin que l'on voie le chemin parcouru. Emma n'avait pas toujours été une personne enviée ni même désirée. Autrefois, elle portait du 46, et se sentait timide et insécurisée. Bien qu'elle entre maintenant sans difficulté dans du 36, elle ne s'idolâtrait pas. Du reste, elle était bien consciente du caractère creux et superficiel des réseaux sociaux. Ce n'était qu'un univers fabriqué. Elle le savait, elle n'était pas idiote non plus.

Emma fut ramenée au présent lorsque Charlie ouvrit la porte de la salle de bains, une serviette nouée autour de la taille. Il la détailla de la tête aux pieds, plissa les yeux et sourit imperceptiblement.

— Tu es jolie. Tu essaies de plaire à quelqu'un ?

— Ah, ah, très drôle. Tu es la seule personne à qui j'ai besoin de plaire, et tu as accepté de m'épouser, répondit Emma avec légèreté. Quand tu seras habillé, ça t'embêterait de…

— … te prendre en photo ? coupa-t-il sèchement. Pas de problème.

— Merci, répondit Emma, reconnaissante.

Elle savait à quel point ses photos avaient désormais le don de l'agacer. Ce qu'il avait autrefois trouvé si passionnant lui semblait dorénavant fastidieux, sans intérêt. Cela l'embêtait moins lorsqu'ils étaient tous les deux dans le cadre ; il aimait les feux de la rampe, surtout quand on lui envoyait des articles gratuits. Mais c'était surtout Emma qui gagnait bien sa vie grâce à son blog lifestyle, non seulement grâce à la publicité sur son site, mais également par le biais de plusieurs applis où elle avait maintenant des contrats pour faire la promotion des tenues qu'elle portait. Elle avait mieux réussi qu'elle ne l'aurait jamais imaginé, et elle commençait à en avoir assez de devoir rappeler à Charlie qu'elle ne prenait pas des photos pour le plaisir. Cela faisait partie de son métier, et c'était lui qui avait insisté pour qu'elle embrasse cette carrière lorsqu'ils s'étaient rencontrés. Un métier qu'il trouvait fascinant, avant.

Quelques minutes plus tard, Emma se tenait sur le balcon, les yeux tournés vers le Strip au loin. Elle savait que la lumière était parfaite. Elle tourna la tête selon un angle photogénique.

— C'est fait, déclara Charlie d'un ton brusque après deux clichés.

— Tu veux bien en prendre encore quelques-unes, s'il te plaît ? demanda Emma poliment.

Il savait aussi bien qu'elle qu'il lui fallait en général un bon nombre d'images pour en choisir une bonne. Elle en prenait parfois une centaine afin d'avoir la photo parfaite. Elle n'en attendait évidemment pas tant en cet instant.

Rien qu'à le voir lever les yeux au ciel, elle savait qu'il valait mieux ne pas y compter.

Il soupira bruyamment et en prit quelques autres.

— Il faudra peut-être que tu arrêtes tout ça quand on sera mariés, tu sais, décréta-t-il avec humeur. Je ne suis pas certain de pouvoir supporter de te partager avec le reste du monde éternellement.

Emma l'ignora et prit sa meilleure pose.

Une heure plus tard, elle débordait de joie de vivre lorsqu'elle retrouva ses amis au bar de l'hôtel.

Elle accueillit Holly avec un grand sourire et une embrassade.

— Tu es belle. Kim était trop fatiguée pour venir ?

— Elle est déjà en pyjama et sur le point de se coucher. Je suis sûre que c'est juste aujourd'hui. Demain elle sera debout et prête à s'amuser, surtout que c'est ton enterrement de vie de jeune fille, répliqua Holly avec entrain en regardant tout autour d'elle. Waouh, ce bar est super joli, et toi aussi, Em. J'adore ta robe. Je n'arrive pas à croire que tu aies perdu autant de poids. Tu es magnifique !

— Merci, dit Emma, gênée une fois de plus.

Elle ne s'habituerait jamais aux compliments, malgré tous ses efforts.

— Je voulais te demander, reprit-elle, si Kim et toi voudriez bien venir voir les fleurs avec moi, demain ?

— Avec plaisir. Envoie-nous juste un texto pour nous dire où et quand.

— Ce sera fait. Et ne t'inquiète pas, on n'ira pas trop tôt vu que ce soir, on picole. À propos, je vais nous chercher des verres ? J'ai encore des gens à te présenter, qui n'étaient pas à la piscine tout à l'heure.

Elle tourna le regard vers Frankie, le cousin de Charlie, qui traversait la foule, les yeux rivés sur elle. Il lui sourit, et Emma se réjouit qu'il soit là, car elle voulait lui parler de la voiture qu'il avait prévue pour le mariage. Frankie était serviable : il proposait constamment à Emma de la soulager de certaines tâches, car Charlie n'avait pas fait grand-chose à part essayer d'obtenir le plus possible d'avantages gratuits. Emma était reconnaissante de recevoir tout ça, bien sûr : c'était fantastique d'être dans une position où les cadeaux pleuvaient, c'était un privilège. Mais ça aurait été bien qu'il s'intéresse au reste de l'organisation aussi. Frankie demandait continuellement s'il pouvait faire quelque chose. Charlie avait bien de la chance que son témoin soit aussi attentionné.

— Coucou, lui souffla-t-elle alors que Charlie le saluait d'une tape dans le dos.

— Je voudrais une photo des fiancés, demanda Jason, un ami de Charlie, quelques secondes plus tard en haussant la voix par-dessus la musique.

— Tiens, je te passe mon téléphone, répondit Emma, dont l'appareil prenait de très bonnes images, parfaites pour Instagram.

Elle avait besoin de poster des stories : beaucoup de ses abonnés mouraient d'impatience de suivre ses aventures à Las Vegas. Ils raffolaient de ses photos de Charlie et elle. Les gens commentaient souvent *#couplegoal*. Ils pensaient vraiment qu'elle vivait une relation idyllique.

Charlie était ravi d'obtempérer. Il se plaça à côté d'elle, une main posée sur le bas du dos d'Emma d'un air protecteur. Il la serrait un peu trop fort alors qu'ils souriaient tous deux à l'objectif.

— Cette robe est un peu trop décolletée, tu ne trouves pas ? siffla-t-il entre ses dents. Tu t'exhibes devant tout le monde.

Comme toujours, Emma chassa le commentaire de son esprit et se concentra sur la photo. Elle savait que Charlie et elle rayonneraient de bonheur. Les abonnés se pâmeraient, persuadés qu'Emma avait beaucoup de chance en amour, et qu'elle allait épouser l'homme idéal.

C'était le problème des réseaux sociaux : ils n'étaient qu'un tissu de mensonges.

4

Holly

Holly prit une gorgée de vin blanc et rendit à Emma son verre de gin après sa photo avec Charlie.

— Je vais te présenter ceux que tu ne connais pas encore, proposa Emma en tapotant l'épaule de deux femmes qui se tenaient à côté d'elles. Voici Jenny et Stephanie, d'anciennes collègues.

Holly leur sourit, puis Emma lui montra quatre personnes au bar.

— En rose, c'est ma cousine, Gill, avec son mari, Doug, et je crois que tu as déjà rencontré mon amie Michelle et son chéri, Peter, quand on a fêté mes trente ans, non ? Je ne sais plus si je t'ai dit que mes parents ne seraient pas là ?

Elle avait beau sourire, ses yeux brillaient tout de même de déception.

— Oh, non ! Pourquoi ?

Holly était vraiment désolée pour son amie, car c'était vraiment triste de se marier sans ses parents, mais elle n'était pas réellement surprise. Le père d'Emma était un homme austère, et sa mère avait toujours paru froide, peu affectueuse.

— L'arthrite de mon père ne va pas en s'arrangeant, d'après ce que m'a dit ma mère. Ça aurait fait trop pour eux, un si long voyage.

C'était une piètre excuse, et elles le savaient toutes deux. Emma lui avait un jour dit qu'ils trouvaient un nouvel alibi à chaque fois qu'elle leur proposait de venir lui rendre visite au Royaume-Uni. L'arthrite avait bon dos... Emma lui avait souvent confié que son père postait sur Facebook beaucoup de photos de lui en train de jouer au golf avec ses amis ; il ne devait pas souffrir tant que ça.

— C'est dommage, mais comme je te le disais, Kim et moi on est là pour t'aider. Il suffit de demander. Tu as raison, je crois que je reconnais quelques personnes par là-bas, enchaîna Holly, ravie de retrouver des visages familiers.

— Danni et Fran ne devraient pas tarder, ajouta Emma alors que deux hommes s'approchaient pour lui faire la bise.

Holly ne les vit d'abord pas très bien.

— Tu te souviens de Callum et Max, de la fac ? Max est aussi devenu coach, et nous sommes très liés. Charlie travaille avec lui, et Callum est leur patron. C'est le propriétaire de la salle de sport.

Holly dut les dévisager un moment avant de comprendre qui c'était. À la fac, ils étaient un an au-dessus d'elles, et Holly ne les avait pas revus depuis qu'ils avaient eu leur diplôme, des années auparavant. Max croisa aussitôt son regard avec un sourire farouche. Il avait les yeux noisette, les cheveux foncés et la peau mate. Il semblait doté d'impressionnants biceps sous sa chemise noire moulante, et elle n'avait aucun mal à imaginer son corps d'athlète. C'était un très bel homme, et elle se sentit intimidée comme elle ne l'avait pas été depuis longtemps.

Callum était également très séduisant, mais avec ses yeux d'un vert lumineux et ses cheveux blonds, il n'était pas son genre. Holly avait toujours préféré les hommes grands, bruns et très beaux. Ces deux-là, en tout cas, avaient très bien vieilli par rapport à l'université. Ils avaient mûri. Ce n'étaient plus des adolescents dégingandés, mais des hommes.

— Salut, sourit Max en dévoilant une dentition parfaite. Je crois que je me souviens de toi. Holly, c'est ça ? Il me semble que tu avais essayé de me monter un plan avec ton amie Kim, mais ça n'avait pas marché !

— Ah oui, ça me dit quelque chose, répondit Holly d'un ton amical.

Ça lui revenait, en effet. Ce devait être l'une des rares fois où elle avait parlé à Max. Kim sortait avec un crétin, Lee, qui la trompait. Holly se trouvait en boîte non loin de la fac, et lorsqu'elle était tombée sur Max et qu'ils avaient engagé la conversation, elle lui avait annoncé qu'elle allait lui arranger le coup avec Kim. Cette dernière n'était pas là, et c'était juste une idée pour tenter de la séparer de Lee. Cela ne s'était pas fait, toutefois, car Kim avait peu après confié à Holly qu'elle ne souhaitait pas faire de rencontre. Elle voulait redonner une chance à Lee. Leur relation chaotique s'était prolongée encore six mois, et Max était sorti des écrans radar.

— De l'eau a coulé sous les ponts, commenta Max. Je t'offre un autre verre ? proposa-t-il en lui effleurant l'épaule.

Holly eut un petit frisson dans le ventre. Une sensation oubliée… C'était à la fois grisant et terrifiant. C'était un homme qu'elle aimerait découvrir un peu plus. Un homme qui l'attirait. Cela lui arrivait très rarement.

À part Rob lors de leur rencontre, Holly ne se rappelait pas qu'un homme lui ait réellement plu.

— Oui, je veux bien. Du vin blanc, s'il te plaît. Si ça ne te dérange pas, demanda-t-elle, intimidée.

— Avec plaisir, répondit Max dans un grand sourire.

Il se tourna vers Callum pour prendre sa commande. Holly en profita pour regarder sa main gauche : pas d'alliance, pour sa plus grande satisfaction. Pas d'épouse, donc, pour mettre fin à ses rêves. Cela n'excluait pas qu'il puisse être en couple, évidemment. Elle décida de questionner Callum. Manifestement, c'était le plus discret et aussi le plus détendu des deux, mais il avait un visage ouvert, chaleureux.

— Vous êtes venus avec vos chéries ? s'enquit-elle, l'air de rien.

— Non, on est tous les deux célibataires. On sort d'une rupture. Et toi ?

— Pareil, rétorqua-t-elle en remettant ses cheveux en place d'un mouvement de tête. J'ai rompu avec mon copain il y a huit mois environ. Mais on a deux enfants.

— Filles ou garçons ? demanda Callum, clairement intéressé.

— Un de chaque.

Holly jeta un coup d'œil vers Max, qui était servi à l'instant. Elle se demanda si le fait qu'elle soit maman allait le rebuter. Elle n'était plus toute seule, après tout. Mais il avait peut-être des enfants aussi ?

— J'ai une fille de cinq ans, Eva, lui apprit Callum, rayonnant de fierté.

— C'est vrai ? Rassure-moi, à cet âge-là, ils ne font plus de caprices ? rit Holly.

— Ça me peine de te décevoir… mais non, on n'en est pas encore sortis. En fait, je crois même que ça va en empirant. Mais peut-être qu'Eva est un cas particulier.

— Et Max, il a des enfants aussi ? demanda Holly avec un léger froncement de sourcils.

— Non, pas Max. Il n'en a pas encore, expliqua Callum que cette idée semblait amuser.

Holly ne savait trop qu'en penser. Elle était contente que Max soit célibataire, mais peut-être qu'il ne s'intéresserait pas à une jeune mère, si lui-même était sans enfants. Holly faisait partie d'un package. Ce serait toujours elle *et* deux personnes de plus. Allait-elle avoir du mal à trouver quelqu'un qui les accepte tous les trois ? Lottie pouvait se montrer difficile par moments, et Jacob était encore un bébé. Mais pourquoi s'interrogeait-elle ainsi à présent, alors qu'autrefois elle se fichait éperdument que son excédent de bagages puisse décourager les prétendants ? Elle était très bien toute seule, et s'était même juré de ne plus jamais compter sur un homme. Pourtant, elle se demandait maintenant si elle voulait vraiment rester solo toute sa vie…

Finirait-elle par se sentir esseulée dans les années à venir ? Voir Rob et Nikki tellement heureux ensemble la poussait à s'interroger. Sa mère ne cessait de lui répéter que ses enfants finiraient par grandir. Un jour, ils n'auraient plus besoin qu'elle les coiffe et les débarbouille. Ils choisiraient eux-mêmes leurs vêtements. Ils ne voudraient plus que leur mère les conduise quelque part en voiture. Et alors, que ferait-elle ? Peut-être que si elle s'était imaginé qu'elle était très bien toute seule, c'était seulement parce qu'elle n'avait pas encore rencontré un homme qui lui plaise et lui inspire le désir d'avancer ensemble ?

— Vin blanc ! lança Max avec un sourire dévastateur. Le barman était tellement lent que j'ai préféré nous prendre deux verres chacun…

Il repartit chercher les trois autres boissons.

— Merci, sourit Holly en le regardant revenir.

— Alors, on va où après ? s'enquit Max en parcourant le bar des yeux.

— Il y a une boîte dans l'hôtel, je crois. Charlie a dit tout à l'heure qu'on irait. Ça me tente ! Il paraît que les boîtes sont géniales, à Vegas.

— Parfait, convint Max, enthousiaste, en se léchant les lèvres après avoir bu.

Il posa son regard brun sur Holly, qui sentit son ventre devenir tout bizarre. Il était tellement sexy… Elle était sidérée de constater l'effet qu'il lui faisait alors qu'elle le connaissait à peine.

Une vingtaine de minutes plus tard, elle s'éloigna vers les toilettes et se retrouva nez à nez avec Emma.

— Tu t'amuses bien ? demanda celle-ci d'un air complice, comme si elle connaissait le petit secret de Holly.

— Il est tellement beau…, soupira la coupable contre son gré.

— Lequel des deux ? pouffa Emma. Ils se sont un peu améliorés depuis la fac, pas vrai ?

— Ça, on peut le dire ! Ils sont beaux gosses tous les deux, mais c'est de Max que je parlais. Tu peux m'en dire plus sur lui ? questionna Holly en se lavant les mains.

— Il vient de rompre avec sa copine, Carmen, révéla Emma tout en se remettant du rouge à lèvres devant la glace. Je crois qu'ils sont restés ensemble cinq mois. Avant ça, je ne lui ai jamais connu de petite amie. Ça fait deux ans que je le fréquente à la salle de sport. Sans surprise, toutes les femmes sont dingues de lui. Pour être honnête, je pense que c'est un charmeur.

— Oui, ça ne m'étonne pas, commenta Holly qui se brossait les cheveux. Mais il est tellement craquant…

— Tu lui plais aussi, affirma Emma avec un grand sourire rassurant.

Holly se sentit rosir légèrement. Elle se sentait nunuche.

Sortir en boîte. Craquer pour un garçon. Découvrir par une copine qu'il l'aimait bien aussi. Cela lui rappelait le passé, lorsque c'était monnaie courante. À l'époque, c'était juste normal.

— Quoi ? Comment tu le sais ?

— Je leur ai juste demandé où tu étais passée, ils m'ont répondu que tu étais aux toilettes. Ils ont tous les deux dit que tu étais très chouette, et ensuite Max a rigolé. Il a dit qu'il espérait que tu reviennes vite parce qu'il avait envie de te connaître encore mieux.

— Il a dit ça ? s'écria Holly, le ventre en émoi.

— Ouaip ! Je crois que tu pourrais bien t'offrir un petit amour de vacances, ici à Las Vegas.

Holly ne pouvait s'empêcher de sourire comme une dinde.

— On verra bien…

Trente minutes plus tard, Holly entrait dans l'obscurité de la boîte sur les talons d'Emma. Ils n'étaient plus qu'un petit groupe, qui comprenait Max et Callum. Une partie de la bande avait décidé d'aller se coucher. La boîte était immense, la musique assourdissante, et les tables jonchées d'énormes bouteilles de champagne et de vodka. Des serveuses à demi nues paradaient avec des plateaux de shots. Holly avait peine à croire qu'elle se trouvait là. Une fois de plus, elle eut l'impression de retrouver la période où elle n'avait pas d'enfants et sortait régulièrement avec Kim. Ce genre d'endroits avaient été sa vie entière à un moment – même si les boîtes de Londres n'arrivaient pas à la cheville de celles de Las Vegas – et Holly se souvenait qu'elle avait même fini par s'y ennuyer un peu. Parfois, elle aurait voulu essayer autre chose. Elles sortaient tous les week-ends et retrouver les mêmes têtes dans les mêmes lieux devenait répétitif. À l'inverse, Vegas ne pourrait jamais devenir ennuyeux. Jamais elle ne s'était autant amusée. Elle savourait chaque seconde. Elle allait profiter au maximum de son petit séjour, c'était une certitude. Elle n'était pas pressée de rentrer dormir dans sa chambre. Tout souvenir d'une quelconque fatigue liée au décalage horaire s'était évaporé de son cerveau.

Max l'attrapa par la main et la tira en arrière alors que Callum et Emma marchaient devant, suivant la jolie serveuse qui les conduisait à leur table.

— Qu'est-ce qui se passe ? demanda Holly, perplexe.

Max ne répondit pas. Il se contenta de sourire d'un air amusé avant de la serrer contre lui, le bras passé autour de sa taille.

Holly avait le cœur qui battait la chamade. Elle se perdit dans son regard brûlant et, sans y penser, se pencha pour l'embrasser.

— J'en avais envie depuis que je t'ai vue, confia-t-il, une étincelle dans les yeux, avant de s'éloigner d'un pas assuré sans lui lâcher la main.

Holly reprit son souffle en lui emboîtant le pas, éberluée. Embrasser Max lui avait semblé la chose la plus naturelle au monde, et elle avait des frissons d'impatience dans le ventre. Il était viril, confiant et mystérieux, exactement le genre d'homme qu'elle trouvait séduisant.

Holly était sous le charme.

5

Kim

Kim ouvrit les yeux et s'assit dans le lit, paniquée. *Pourquoi les enfants ne se sont-ils pas encore réveillés ?* Il lui fallut plusieurs secondes pour comprendre que tout allait bien. Elle n'était pas à la maison. Les enfants n'étaient pas là. Elle était à Las Vegas, avec Holly qui dormait à côté d'elle.

Elle inspira profondément, s'étira et vit l'heure sur l'horloge à côté du téléviseur. Elle avait dormi plus de treize heures, et ne s'était réveillée qu'une fois dans la nuit, alors que Holly n'était pas encore rentrée. Treize heures d'une paix absolue, sans la moindre interruption. Elle ne se souvenait pas de la dernière fois que ça lui était arrivé. Il y avait toujours l'un des enfants pour la réveiller. Si ce n'était au milieu de la nuit, c'était à l'aube. Ils étaient si matinaux que Kim n'avait pas dormi jusqu'à 7 heures depuis bien longtemps. Sept heures du matin, c'était désormais une grasse matinée. Quand un des enfants se réveillait et qu'elle voyait que l'aiguille avait dépassé le sept, elle avait un sentiment de triomphe, comme si elle avait remporté une victoire sur la vie. Dans ces rares cas, elle s'autorisait à s'auto-congratuler.

Kim regarda Holly dans le lit jumeau. Elle était heureuse de la voir à son tour profondément endormie. Elle ne l'avait pas entendue rentrer, mais cela s'était forcément produit très tard car lors de son réveil vers 3 heures, elle n'était pas encore là. Elle se demandait où son amie trouvait toute cette énergie. Kim avait attendu avec beaucoup d'impatience leur escapade estivale, mais elle devait bien avouer que son projet était de se reposer le plus possible. Elle avait davantage besoin de dormir que de faire la fête. Elle pouvait comprendre Holly, qui était célibataire et sans doute plus intéressée par les virées en boîtes que les dîners chics et les spectacles. Heureusement, il y avait d'autres gens avec qui Holly pourrait sortir si Kim avait envie d'une soirée plus calme.

Elle attrapa son Kindle sur la table de chevet. Elle allait pouvoir savourer une bonne lecture pendant plusieurs heures avant que Holly se réveille. Et c'était ça, les vacances.

— Salut, bâilla Holly un peu plus d'une heure après.

— Coucou. Tu as passé une bonne soirée ?

— J'ai retrouvé Emma et les autres. On est allés dans un bar, et ensuite en boîte. C'était une super sortie, Kim. C'est dommage que tu ne sois pas venue.

— J'aurais raté la meilleure nuit de sommeil que j'aie eue depuis des années ! rit Kim. Ça ne risquait pas d'arriver. Vous étiez nombreux ?

— Dans le bar, oui, mais beaucoup moins quand on est partis pour la boîte. J'ai retrouvé quelques personnes qu'on connaît. Danni et Fran de la fac, et tu te souviens de la fois où j'ai essayé de te monter un coup avec un certain Max, qui avait un an de plus ? Quand tu sortais avec Lee et qu'il te trompait ?

— Vaguement, répondit Kim en fouillant sa mémoire.

C'était un vrai poisson rouge, incapable de se rappeler les noms de gens, ou les événements survenus quelques années auparavant. Elle avait une fâcheuse tendance à oublier des choses vraiment importantes quand elle sortait, comme des lingettes ou la tétine de Willow. Kim était une catastrophe ambulante, ce n'était pas un secret. Par chance, il y avait toujours quelqu'un pour la dépanner. Quelqu'un de super organisé et efficace, par exemple Holly.

— Bref, il est là, avec son pote Callum de la fac aussi. Ils sont super sympas. C'était génial, soupira Holly en fermant les yeux un instant. Franchement, Kim. Les boîtes ici, c'est un truc de malade. On s'amuse trop bien ! Tu vas adorer. J'ai bu comme un trou. Je suis bien contente de ne pas avoir la gueule de bois. Dieu seul sait à quelle heure je suis rentrée…

— Tu as dû rentrer toute seule ? demanda Kim.

Elle se sentait coupable d'avoir abandonné son amie dans ce pays étranger.

Holly se mordit la lèvre pour réprimer un sourire.

— En fait, non. Max et Callum m'ont raccompagnée. Ils voulaient être sûrs que je rentre bien, ce qui était très gentil de leur part.

— C'est quoi, ce petit sourire ? C'est lequel qui te plaît ?

Kim connaissait suffisamment Holly pour savoir quand elle cachait quelque chose. Holly éclata de rire.

— Ça se voit tant que ça ? J'ai échangé un bisou avec Max, c'est tout, avoua-t-elle après un court silence.

— Mon Dieu, je n'arrive pas à le croire. J'ai loupé une seule soirée et tu as déjà commencé à rouler des pelles à droite et à gauche ! s'écria Kim en feignant de la réprimander.

Ça ne ressemblait pas du tout à Holly de rencontrer quelqu'un qui lui plaise suffisamment pour qu'elle ait envie de l'embrasser. Elle n'avait jamais été du genre à embrasser les garçons en boîte, même quand elles étaient plus jeunes. C'était plutôt le style de Kim. C'était elle qui embrassait à tout va et se réveillait le lendemain sans le moindre souvenir. Holly en aurait été mortifiée, mais Kim s'en fichait éperdument. Ce n'était jamais que des baisers… Ça faisait vraiment drôle de voir Holly célibataire, volant un baiser en boîte à un type qu'elle connaissait à peine. Pour Kim, ce genre de comportement datait d'une autre vie. Elle était mariée, avec deux enfants. Le seul homme qu'elle embrassait, c'était Andy, et ça lui convenait très bien. C'était rigolo dans ses jeunes années, de sortir avec plein de mecs sans savoir ce que réservait l'avenir, mais Kim se rendait compte qu'elle était en réalité bien plus heureuse maintenant, dans sa vie d'adulte, avec un mari aimant et une petite famille. Elle s'était amusée autrefois, avant de se ranger. Depuis qu'elle était devenue mère, elle s'était transformée en une personne qu'elle avait pourtant juré ne jamais incarner. Elle avait toujours pensé qu'être femme au foyer et s'occuper de bambins était d'un ennui mortel, aussi rien ne l'avait davantage surprise que le bonheur éprouvé depuis la naissance de Mylo, pourtant conçu par accident.

Tout avait commencé dans l'angoisse. Mylo était né avec près de deux mois d'avance, et pesait seulement 1,400 kg. Elle se souvenait d'avoir contemplé ce bébé si fragile dans sa couveuse, terrifiée à l'idée de le ramener à la maison et de faire quelque chose de travers. En le voyant si vulnérable et délicat, elle s'était promis d'être la meilleure maman possible. Elle ne s'attendait pas à aimer autant s'occuper de petits êtres et les protéger, veiller à leur moindre besoin, mais elle avait découvert que c'était tout sauf ennuyeux. En fait, elle adorait ça. Elle en avait besoin. Elle trouvait épanouissant de se sentir indispensable, avec deux minuscules êtres humains constamment agrippés à elle, étendus sur ses genoux, la tête appuyée contre son sein.

Elle était éberluée par la vitesse à laquelle Mylo et Willow grandissaient. Elle se demandait où passait le temps, et voulait profiter de chaque seconde avec ses bébés. L'idée de faire la fête comme autrefois ne la tentait tout simplement plus. Elle n'avait rien contre un dîner de temps à autre, c'était toujours sympa de voir les gens, mais de façon générale, elle n'avait pas vraiment envie de sortir se cuiter, et se réveiller avec la gueule de bois. Sa famille avait besoin d'elle, et ça n'en valait pas la peine. Elle avait mûri. Elle était heureuse de la vie qu'elle menait à présent. Quand elles avaient reçu l'invitation pour Vegas, Kim avait aussitôt songé qu'il était hors de question qu'elle parte à dix heures d'avion sans sa famille. Elle savait que Holly serait ravie qu'elle vienne. Son enthousiasme avait été perceptible dès qu'elle avait vu la carte, mais Kim pour sa part n'était pas sûre de pouvoir abandonner ses deux jeunes enfants. Ils passaient en premier.

Elle repensa au retour d'Andy ce soir-là. Mylo et Willow dormaient à poings fermés à l'étage, et elle était en train de disposer le dîner sur la table.

— Ça a été, le travail ? avait-elle demandé comme chaque soir.

Andy était professeur de sport au collège tout près. Son truc, c'était le rugby, et il était aussi entraîneur le dimanche. Il ne vivait que pour le rugby, bien que Kim n'en connaisse même pas les règles.

— Oui, très bien, merci. Avec Lily, on a passé presque toute la journée à préparer la fête du sport. Elle a de super idées, on ne peut pas le lui enlever.

— Lily ? C'est qui, déjà ?

Il lui semblait avoir déjà entendu ce prénom la semaine précédente, mais Mylo était descendu en demandant un verre d'eau, et elle n'avait pas vraiment écouté.

— Juste une nouvelle collègue de sport au collège, avait-il répondu d'un ton vague en servant deux verres de jus d'orange.

— Ah oui. Elle est comment ? Jeune ? Vieille ?

— Vingt-huit ans, mince, cheveux longs et bruns, avait-il lâché avec nonchalance en cherchant deux sous-verre avant de poser les boissons sur la table. Et toi, ta journée ? Tu as vu Holly comme prévu ?

Elle s'était assise en face de lui et lui avait tendu une assiette.

— Oui. On a emmené les enfants au parc, c'est tout.

— Le parc près du marchand de journaux ? Je crois que Lily habite par là. Elle m'a dit aujourd'hui qu'en été, il y a une chouette fête. Peut-être qu'on devrait se renseigner ? Ah, et je voulais te demander si tu aurais envie de sortir bientôt ? Tony et Leah nous proposent d'aller dîner chez eux. Ma mère est d'accord pour garder les enfants.

Tony était le plus vieil ami d'Andy. Chacun avait été témoin au mariage de l'autre. Kim était consciente que cela faisait un moment que les deux couples ne s'étaient pas vus, mais la perspective de passer une soirée avec eux ne la transportait pas de joie. Tony et Leah n'avaient pas d'enfant, et Kim savait qu'ils passeraient leur temps à les resservir de vin et les convaincre de rester « pour un dernier verre ». Ils se retrouveraient à rentrer aux petites heures du jour, et avec Mylo et Willow qui se levaient à l'aube, Kim ne voyait pas ce qui pourrait être pire. Elle savait qu'Andy aurait envie de rester tard, et qu'elle passerait pour l'emmerdeuse de service, en insistant pour rentrer.

— Pour être franche, je n'ai pas tellement envie, avait-elle répondu.

— Pourquoi ? s'était étonné Andy, les sourcils froncés.

— Ça va finir tard, Andy, avait-elle expliqué. Je n'ai pas envie d'être à la ramasse le lendemain alors qu'on a deux tout-petits. Peut-être une autre fois, hein ?

Il avait soupiré et acquiescé, manifestement déçu et conscient que ça ne servait rien à discuter. Une fois que Kim avait pris une décision, il était bien rare qu'elle revienne dessus.

Elle s'était empressée de changer de sujet.

— Emma Langford nous invite à son mariage à Las Vegas. C'est dommage que ce soit si loin, sinon on y serait allés, mais je ne vois pas comment on pourrait demander à l'une de nos mères de garder les enfants, qu'en penses-tu ? Et puis je ne serais pas rassurée de les laisser. Mais je sais que Holly est très tentée.

— Pourquoi tu n'y vas pas, toi, Kim ? avait proposé Andy en se passant la main sur la barbe, qui avait besoin d'être taillée. Va t'amuser avec Holly. Ce n'est pas parce que nous avons des enfants qu'on doit se priver de tout, pas vrai ? L'une de nos mères peut s'occuper des petits quelques jours pendant que je suis au travail, et je prendrai le relais le week-end. Allez, fais-toi plaisir. Il fut un temps où tu te serais jetée sur l'occasion de partir à Vegas.

Kim avait secoué la tête. Elle n'était pas vraiment à l'aise avec cette idée. C'était elle la maman. Même si Andy était un papa formidable, il ne faisait pas les choses à sa manière. Il ne savait pas que Kim devait faire semblant de saupoudrer du sucre sur les cornflakes de Mylo pour qu'il soit content le matin, ni comment bercer Willow pour la rendormir quand elle se réveillait au milieu de la nuit.

— Oui, mais les choses sont différentes maintenant, non ? J'ai des responsabilités. Non, franchement. Merci, Andy, mais je ne crois pas que je devrais les laisser.

Andy haussa les épaules avec une expression indéchiffrable avant de s'asseoir à la table du dîner, les yeux tournés vers le jardin.

— Quand on aura mangé, j'irai tondre la pelouse, avait-il dit.

Une demi-heure plus tard, Kim le regardait aller et venir sur l'herbe, l'air déterminé. Andy ne rigolait pas avec le jardin. Il lui demandait souvent son avis sur les massifs de fleurs ou les lignes qu'il avait tracées avec la tondeuse.

Pour elle, Andy était un gros ours : grand avec son mètre quatre-vingt-sept et sa carrure de rugbyman, il était massif, costaud, mais avec des traits empreints de douceur.

Posé sur la table, le téléphone d'Andy avait vibré ; Kim l'avait saisi pour aller le lui apporter, mais elle s'était aperçue que le message était de Lily.

Salut beau gosse. Tu fais quoi ?

Kim avait senti sa gorge se nouer. Elle avait relu le message, submergée d'angoisse. *Beau gosse ?* Mais qu'est-ce que c'était que ce délire ? Ce n'était pas le genre de choses qu'on écrit à un homme marié, n'est-ce pas ? Mais peut-être que c'était dit en toute amitié. Une petite taquinerie entre collègues. Elle ne voulait pas se montrer soupçonneuse, et elle savait que le mieux à faire était de reposer le téléphone, mais elle avait regardé Andy, dans sa bulle au milieu du jardin, et cliqué sur le message pour lire toute la conversation.

Elle avait les oreilles qui bourdonnaient, l'impression qu'une boule lui obstruait la gorge alors qu'elle découvrait les messages échangés depuis quelques semaines.

Lily : Tu déjeunes où, ce midi ? Tu veux de la compagnie ?

Andy : Ça roule ! Je te rejoins tout de suite.

Lily : J'arrête pas de penser à ce que tu m'as dit tout à l'heure. Je rigole toute seule !

Andy : Eh ouais. Aussi drôle que canon. Je t'avais bien dit que j'étais parfait.

Lily : Peut-être bien :) Ça te dirait d'aller boire un verre vendredi soir ? Je veux te prouver que je peux te faire rouler sous la table ;)

Andy : Peut-être. Je vais voir si je peux me libérer.

Lily : Je pensais à toi aujourd'hui. Je te manque ?

Andy : Autant qu'une épine dans le pied !

Lily : Très drôle ! Je sais que tu mens. Bien sûr que je te manque.

Andy : Peut-être bien, un peu. J'aurais bien besoin d'une paire de bras en plus, ici. Comment vont les microbes ?

Lily : Je remonte la pente, mais encore un peu fragile donc tu devras t'occuper de moi quand je reviendrai. Te mettre à mon service, que mes désirs soient des ordres, ahah. J'espère être de retour demain. Bisous.

Andy : Je croise les doigts ! J'espère que tu seras vite sur pied. C'est pas pareil sans toi. Bisou.

Kim avait l'impression que son cœur battait à un million à l'heure. Est-ce qu'elle se faisait une montagne de rien ? Elle était bien obligée de remarquer le ton dragueur. Pourquoi Andy n'y mettait-il pas un terme ? Elle s'était creusé la cervelle au sujet de la date à laquelle Lily proposait un verre le vendredi soir. Ses parents étaient venus ce vendredi-là, car le père de Kim avait son anniversaire le lendemain. Andy était à la maison avec elle. Elle poussa un soupir de soulagement. Lui avait-il demandé s'ils avaient quelque chose de prévu, afin de voir s'il était libre ? Elle ne parvenait pas à s'en souvenir. Quand il arrivait à la maison, elle était toujours en train soit de donner le bain aux enfants, soit de convaincre Mylo d'arrêter de redescendre réclamer une cinquième histoire pour faire dodo. Elle avait toujours tellement d'autres choses à penser qu'elle prêtait rarement attention à Andy. Les mains tremblantes, elle s'était rongé l'ongle de l'index. L'idée qu'elle n'accordait plus d'attention à son mari la perturbait.

Levant les yeux, elle avait vu entrer Andy, qui semblait très content de lui.

— Belle pelouse, non ? s'était-il écrié en se tournant pour admirer son œuvre.

— Oui, très belle, avait bredouillé Kim après quelques secondes.

Il fallait qu'elle dise quelque chose. Elle savait qu'elle devait aborder le sujet, tout de suite. Elle devait dire à Andy qu'elle n'était pas ravie de ces messages, et que cela devait cesser. Mais elle n'avait rien dit. Les mots semblaient coincés dans sa gorge. Andy avait raison, elle avait changé. Autrefois, c'était une vraie rebelle, toujours d'accord pour sortir et franchir les limites. C'était l'un de ses traits de caractère qu'Andy adorait. À peine Mylo était-il né que tout avait changé. Mais cela n'était-il pas le cas de la plupart des mères ? Andy était-il en train de se lasser d'elle ? Était-elle en train de le pousser dans les bras de Lily, la collègue de vingt-huit ans, sans enfant, qui trouvait son mari « beau gosse » ? Kim avait respiré un grand coup. Elle avait besoin de temps pour digérer tout ça.

— Andy, j'ai réfléchi, parvint-elle à dire. Peut-être que je vais te prendre au mot pour Vegas, finalement.

Les souvenirs de cette soirée s'évanouirent lorsque Kim entendit Holly rire doucement.

— Ce n'était pas une pelle, plutôt un petit smack. Je n'aurais même pas dû t'en parler. Et maintenant, on se prépare et on va prendre le petit déjeuner ? Je meurs de faim, déclara-t-elle en sautant du lit.

— Aujourd'hui, on passe la journée au bord d'une piscine ? J'ai tellement hâte de prendre un bain de soleil sans être dérangée.

Avec un peu de chance, cela lui laisserait le temps de réfléchir à son couple, aussi. Elle avait souhaité ce moment pour prendre de la distance, s'échapper, oublier les problèmes qu'elle avait à la maison, mais il lui semblait au contraire qu'elle les avait apportés avec elle. Pour tout dire, malgré son épuisement, elle avait eu du mal à s'endormir.

— Oui. J'ai dit aux autres qu'on les retrouverait vers 13 heures. Ça s'appelle le *Encore*. Mais je ne me souviens pas dans quel hôtel…, lança Holly avant de disparaître dans la douche.

Après un délicieux petit déjeuner à base de pancakes dégoulinants de sirop d'érable, les filles se dirigeaient vers la piscine.

— On doit être les premières, observa Holly en cherchant les autres des yeux.

L'endroit était vaste, mais très calme à ce moment-là, peuplé seulement de quelques personnes qui bronzaient. Holly songeait que ce serait plus animé plus tard. Elle consulta sa montre.

— Il n'est que midi, remarque. Je suis sûre qu'ils ne vont pas tarder.

— Est-ce que le prince charmant vient aussi ? la taquina Kim.

— Eh, arrête avec ça, protesta Holly en levant les yeux au ciel. Je t'ai dit que ce n'était qu'un petit bisou. Et oui, je crois bien qu'il a dit qu'il serait là.

— Du calme, du silence, du soleil et mon Kindle, soupira Kim avec satisfaction. C'est le bonheur. La béatitude absolue. Je suis vraiment contente d'être venue. Ça me fait du bien de m'accorder une pause. Je n'arrive pas à croire qu'autrefois, on faisait ça chaque fois qu'on en avait envie…

Le soleil était torride, et Kim avait hâte d'essayer de se détendre. Elle inspira profondément, et sourit en retrouvant l'odeur des vacances : noix de coco, chlore et crème solaire.

Elle fut prise d'une vague de remords en voyant combien elle s'amusait, et sortit son téléphone pour appeler Andy et vérifier que tout allait bien avec les enfants. Elle ne les avait encore jamais quittés, et bien qu'elle se répète qu'elle avait besoin de se changer les idées, elle avait du mal. Elle tomba directement sur la messagerie. Kim fronça les sourcils.

— Tu appelles Andy ? demanda Holly, les yeux plissés dans la lumière aveuglante.

— Oui. C'est la messagerie, répondit Kim, mal à l'aise.

— Peut-être qu'il travaille tard.

— Il est environ 21 heures à la maison. Il ne peut pas être au travail…, soupira Kim.

— À ta place, je ne m'inquiéterais pas. Il est sûrement juste occupé. Il te rappellera.

Kim acquiesça. Elle savait qu'elle dramatisait et qu'elle avait tort de s'alarmer. Peut-être qu'il était sous la douche, ou qu'il avait laissé son téléphone à l'étage. Il pouvait avoir des millions de raisons de ne pas décrocher aussitôt. La mère de Kim s'occupait des enfants jusqu'à ce qu'il rentre du travail, et Kim supposait qu'elle devait à présent être rentrée chez elle, mais elle appela sur son mobile plutôt que sur la ligne fixe. Son anxiété ne fit qu'augmenter lorsqu'elle ne répondit pas non plus. La mère de Kim était vraiment une catastrophe côté téléphone. La moitié du temps, il était en silencieux, et l'autre moitié, elle l'avait oublié à la maison. Mais Kim ne supportait pas de ne pas savoir ce qui se passait.

Une idée lui traversa alors l'esprit, et elle n'avait rien pour lui plaire.

Était-ce pour avoir du temps avec Lily qu'Andy avait voulu qu'elle parte à Las Vegas ?

6

Holly

— Un cocktail, ça te dit ? proposa Holly, pleine d'espoir. Je pense que je vais prendre un cosmopolitan.

Contrairement à Kim, Holly n'avait pas apporté de livre. Elle avait essayé de lui expliquer qu'il y aurait bien trop d'agitation, que le bord des piscines à Vegas n'était vraiment pas un endroit pour lire. Kim ne l'avait pas écoutée et, fidèle à son nouveau personnage de femme raisonnable, avait sorti un chapeau de soleil et de l'écran total. Où étaient-ils, les jours où elle s'installait sous le cagnard seins nus en se tartinant d'huile bronzante ?

L'animation augmentait de minute en minute. Une véritable foule arrivait à l'entrée, où les vigiles vérifiaient les cartes d'identité. À l'évidence, elles avaient bien choisi l'endroit. Holly savait qu'Emma ne les décevrait pas, et elle était contente d'avoir enfilé son plus joli maillot. Ses tenues de maman n'auraient pas eu tellement de succès ici, songeait-elle, amusée. Les filles qui faisaient leur apparition n'étaient pas là pour plaisanter : maquillage impeccable, cheveux lissés au fer… Elles rayonnaient de glamour et de sex-appeal. Euphoriques, elles riaient, prêtes à s'éclater. Le volume de la musique augmenta, et Holly entendit Kim soupirer d'agacement.

— Non, je vais prendre un Coca Light. Il y a trop de bruit, ici, tu ne trouves pas ?

— C'est le but d'une fête, non ? tenta d'argumenter Holly.

Elle espérait que Kim allait sortir de sa coquille et se montrer un peu plus positive aujourd'hui.

— Kim, écoute-moi et profite avant que ce soit fini. Essaie de ne pas penser à la maison. On ne reste pas longtemps ! On a fait tout le chemin jusqu'à Vegas, alors il faut s'éclater ! Bref, je vais prendre un cocktail. Tu voulais un Coca Light, c'est ça ?

— Oui, s'il te plaît, répondit Kim en se penchant pour chercher ses lunettes de soleil dans son sac. Je ne peux plus boire dans la journée, maintenant. Ça me monte à la tête.

Holly était consciente qu'elle devait accepter que Kim ait changé. Mais elle savait que son côté fun était toujours là, enfoui. Elle ne buvait plus en journée et préférait dormir que sortir. Mais depuis quand refusait-elle un cocktail au bord d'une piscine ? Elles étaient en vacances, bon sang ! Si on ne pouvait pas boire dans la journée en vacances, quand pouvait-on le faire ? Holly était bien décidée à secouer Kim.

Le bruit s'était encore amplifié d'un cran. Un DJ était arrivé dans le box. Holly aperçut avec grand plaisir Emma, Charlie et quelques autres qui arrivaient. Elle agita les bras comme une folle, comme s'ils risquaient de la rater. Radieux, ils approchèrent. Elle passa le groupe en revue, un peu déçue que Max ne soit pas encore là. Elle était impatiente de le voir, même si elle se sentait un peu nerveuse aussi.

— Vous buvez quelque chose ? offrit-elle alors qu'Emma avançait en dansant, sourire aux lèvres.

Emma la prit dans ses bras.

— C'est trop cool ici, non ? On va faire des provisions, qu'en penses-tu ? On prend des pichets de cocktails et des quantités de bières pour les mecs, comme ça on n'a pas besoin de faire des allers-retours au bar. Tu es assise où ? Est-ce que Kim est sortie de son trou, aujourd'hui ?

Holly tenta de réprimer son rire en se tournant vers Kim. Allongée avec son énorme chapeau, elle était plongée dans sa lecture alors qu'elle était cernée par des tas de filles en bikini minimaliste, qui buvaient, dansaient et s'éclaboussaient dans l'eau.

— Elle est juste là.

— Viens, Charlie va s'occuper des boissons et on verra qui paye quoi plus tard. Allons retrouver Kim.

— Charlie, tu peux prendre un Coca Light avec, s'il te plaît ? C'est pour Kim, ajouta Holly en toute hâte.

Emma étouffa un petit cri d'horreur.

— Un Coca Light ? Charlie, fais comme si tu n'avais pas entendu ! On ne va pas la laisser boire un Coca Light, s'écria-t-elle en entraînant Holly par la main.

Elle sauta sur Kim en l'appelant par son prénom. Celle-ci hurla.

— Em, j'ai failli avoir un arrêt cardiaque, protesta-t-elle d'une voix aiguë malgré le sourire qui illuminait son visage. Comment vas-tu ?

— Bien. Super. Je vais me marier, tu y crois ? Je suis tellement contente que vous soyez venues jusqu'ici. J'ai vraiment de la chance que les gens se soient donné autant de mal pour moi, confia Emma en s'asseyant au bord du transat de Kim.

—Oh, je suis tellement contente d'être ici ! s'enthousiasma Kim. J'ai trop hâte de voir ta robe. Tu as beaucoup minci, au fait, commenta-t-elle en admirant la silhouette tonique d'Emma dans son caftan blanc. Holly m'a dit qu'on t'aiderait pour les fleurs, c'est ça ? On y va à quelle heure ?

—On reste ici environ une heure et demie, et ensuite on prend un taxi. C'est gentil de m'accompagner.

—C'est Charlie, là-bas ? Je ne l'ai vu que sur ton compte Instagram. Il a l'air chouette. J'imagine que tu meurs d'impatience de te marier. Vous avez l'air d'un couple idéal…

—Oh oui, je suis trop impatiente ! reconnut Emma d'une voix stridente. J'ai tellement de chance ! J'ai vraiment hâte d'essayer d'avoir un bébé comme vous deux. Je vous demanderai des tas de conseils, j'espère. Et ensuite je pourrai venir avec vous pour des sorties avec les enfants.

—Ne te réjouis pas trop, rit Holly de bon cœur. Ça ne me dérangerait pas de ne jamais revoir un groupe de mamans. Non, en vrai, on a super envie que tu nous rejoignes. Vous allez essayer tout de suite ?

—C'est ce qui est prévu. Avec un peu bol, je serai enceinte avant la fin de l'été…

—Trop bien ! renchérit Kim, les yeux brillants.

—Ah, regardez, c'est Max et Callum, annonça Emma, tournée vers l'entrée.

Holly plissa les yeux pour tenter de les repérer. Son cœur battait la chamade.

—Waouh…, soupira Kim, bouche bée. Ils sont canon. Attends, c'est *lui*, le gars avec qui tu m'avais monté un coup ? Le brun ? Haan. Si j'avais su ce qu'il allait donner, j'aurais largué Lee sans une hésitation !

Elle pouffa comme une ado.

— Oui, c'est lui, répliqua Holly qui aurait aimé que Kim arrête de le scruter.

Cela devait sauter aux yeux qu'elles étaient en train de parler de lui. Vraiment pas cool.

— Il ne ressemblait pas du tout à ça, à la fac, ajouta-t-elle.

— Que s'est-il passé entre vous la nuit dernière, au fait ? demanda Emma, joyeuse.

Holly, les joues en feu, fit un geste désinvolte de la main.

— Rien, franchement. Rien du tout.

Elle ne voulait pas avouer à quel point il lui plaisait déjà. Côté mecs, elle avait toujours eu tendance à rester secrète. Elle connaissait à peine Max, et ne savait pas encore si elle lui plaisait aussi. Après tout, peut-être qu'il avait l'habitude d'embrasser tout ce qui passe. Elle se souvint d'une fois, au bal du lycée, où elle avait dit devant tout le monde qu'elle en pinçait pour un certain Matt Renshaw. Cela faisait un moment qu'ils passaient beaucoup de temps ensemble, et il avait sous-entendu plusieurs fois qu'il ne la considérait pas juste comme une amie. Tout le monde l'avait taquinée pendant des siècles à ce sujet, mais elle n'avait jamais rien voulu dire, par peur d'être rejetée. Quand enfin elle avait avoué avoir des sentiments pour lui, toutes ses copines étaient folles de joie. Elles l'avaient persuadée d'aller lui parler. Mais lorsqu'elle avait trouvé le courage de s'approcher de lui, Matt s'était mis à embrasser une fille du nom de Sarah Bentley. Avec la langue et tout. Holly s'était sentie humiliée en croisant le regard apitoyé de ses amies. Elle avait laissé passer sa chance. Matt en avait eu assez de l'attendre et avait tourné la page. Elle avait amèrement regretté d'avoir révélé ses sentiments. Si elle n'avait rien dit, personne ne se serait douté qu'elle était si triste. Pendant des mois, elle s'était sentie mal à l'aise chaque fois qu'elle apercevait Matt et Sarah ensemble. Aux dernières nouvelles, Matt était toujours avec Sarah, et ils avaient deux petits garçons, donc tout était pour le mieux, finalement.

Charlie arriva avec les boissons, et Emma servit les cocktails. Holly remarqua avec surprise que Kim s'était aussitôt présentée et avait pris un cocktail sans même s'enquérir de son Coca Light. Puis elle la vit enlever son chapeau et son short, et regarder autour d'elle ce que portaient les autres.

— Zut, maintenant je regrette de ne pas avoir fait plus d'efforts côté maillot de bain, confia Kim à Emma. Ça fait des années que j'ai celui-là. J'aurais dû faire les magasins avant de venir.

Emma secoua la tête.

— Tu es superbe. J'espère que je serai aussi jolie que toi après deux grossesses. Et puis, ce ne sont pas les boutiques qui manquent, à Vegas, si tu veux faire du shopping.

— Ce serait cool. On peut y aller après les fleurs, par exemple ? Je vais me repoudrer le nez. Tu as besoin d'y aller aussi, Holly ?

— Non, ça va.

Kim semblait plus énergique depuis que les autres étaient là, et cela lui faisait plaisir.

Max et Callum s'avancèrent vers elles.

— Salut, dit Max d'un ton amical. Vous buvez quoi ?

Charlie lui montra la table.

— Les bières sont là, mec. Sers-toi, on fait pot commun.

— Génial ! répondit Max en enlevant son t-shirt blanc.

Il avait le corps le plus éblouissant que Holly ait jamais vu. Il était musclé juste ce qu'il faut, avec plusieurs tatouages sur le torse et un qui lui recouvrait tout le bras droit. Holly n'était pas attirée par les hommes bodybuildés comme le sont certains coachs sportifs, et elle le trouvait d'autant plus parfait. Si on lui avait demandé de dessiner l'homme de ses rêves, elle aurait représenté Max. Déjà bronzé, il avait la peau lisse, sans le moindre défaut. Lorsqu'il tourna vers elle un regard de braise, elle sentit son cœur s'affoler.

— Bonjour, Holly, sourit-il en se penchant pour l'embrasser sur la joue. Comment ça va, ce matin ?

Malgré ses lunettes de soleil, elle vit qu'il la détaillait de la tête aux pieds. Il était confiant et plein de charme, c'était sans l'ombre d'un doute le plus bel homme qu'elle ait jamais embrassé. Elle n'était pas superficielle, et savait bien que l'apparence ne fait pas tout, mais elle ne se souvenait pas d'avoir été un jour aussi attirée par un homme. Ni d'avoir fantasmé sur quelqu'un comme elle l'avait fait toute la matinée sur Max. Lorsqu'ils s'étaient rencontrés, elle avait trouvé Rob attirant, mais plus leur relation avait duré, plus elle avait apprécié sa personnalité. Avec Max, elle aurait pu se contenter de le reluquer toute la journée. C'était son idéal physique, et jusque-là, il semblait avoir le caractère qui allait avec.

— Coucou ! la salua Callum dans un sourire.

Holly ne put s'empêcher de remarquer qu'il était également très tonique. En tant que propriétaire d'une salle de sport, cela faisait partie de son travail d'avoir une allure parfaite, supposa-t-elle. Il n'avait aucune excuse pour ne pas s'entraîner. Alors qu'elle contemplait leurs corps sublimes, elle eut un peu honte. Cela faisait des années qu'elle n'avait pas mis les pieds à la salle de sport.

Déjà, elle n'avait pas le temps avec les enfants, et ensuite, même si elle l'avait eu, elle savait qu'entre une sortie shopping et manucure et une séance de sport, elle n'aurait pas choisi d'aller transpirer. Ça ne faisait pas du tout partie de ses priorités, mais puisque Max était coach, elle commençait à envisager de s'y mettre un peu. D'un autre côté, elle ne pourrait jamais parader dans un bikini taille 34, mais cela ne la gênait pas. Les bikinis, c'était fini pour elle – elle pouvait dire merci à ses enfants. Avec son 38-40, Holly n'aurait pu se décrire comme grosse, mais elle avait la peau un peu fripée sur le ventre, et quelques vergetures qu'elle essayait de regarder d'un œil positif. Cela montrait qu'elle avait vécu deux accouchements, et qu'elle avait eu la chance de mettre au monde de beaux bébés en bonne santé. C'étaient des marques dont elle était fière, sans toutefois avoir le courage de les exhiber devant le monde entier.

Max s'assit à côté de Holly sur le transat.

— Humm, il fait une sacrée chaleur, aujourd'hui, dit-il en se passant la main dans les cheveux.

Elle sentit son après-rasage lorsqu'il leva le bras, un mélange de patchouli capiteux et de bois de rose.

— Tu n'as pas tort, répondit Holly, appuyée en arrière, le visage levé vers le soleil, les yeux fermés. D'abord la canicule à la maison, et puis nous voilà ici. Je ne pense pas avoir déjà vécu un été aussi chaud.

— Ça te dirait d'emporter ta boisson dans la piscine ? Je crois que j'ai besoin de faire redescendre la température, suggéra-t-il avec un petit sourire.

Holly ne se le fit pas dire deux fois. Elle le suivit, non sans remarquer les regards admiratifs des autres filles devant lesquelles ils passaient. Elles semblaient penser que Holly avait de la veine, et à ce moment-là, elle en était convaincue. La compagnie d'un homme comme Max lui donnait l'impression d'être spéciale. Quelque chose dans son apparence, dans son être, donnait de l'importance à Holly.

Ils s'assirent au bord de la piscine et Max lui passa un bras autour de la taille. Elle en eut la chair de poule et se sentit toute bizarre. Il fallait se reprendre, s'enjoignit-elle. Elle le connaissait à peine.

— C'était sympa, la nuit dernière, déclara-t-il avec un sourire satisfait en regardant les gens dans la piscine, de plus en plus surpeuplée.

La musique également ne faisait qu'augmenter.

— Oui, je me suis bien amusée.

— Tu sors beaucoup, à la maison ?

— Plus maintenant. J'ai deux enfants.

Elle voulait qu'il le sache le plus tôt possible. Si cela lui posait un problème, leur relation était de toute façon condamnée. Plus vite Holly aurait la réponse à cette question, mieux ce serait.

— Je n'ai plus autant d'occasions de sortir qu'avant, ajouta-t-elle.

— Alors, tu es toujours avec le père de tes enfants ? demanda Max d'un ton prudent.

Il paraissait surpris et un peu inquiet.

— Non, non, se hâta de répondre Holly.

Elle n'était certes plus en harmonie avec Rob vers la fin, mais ce n'était pas son genre de tromper.

— Cela fait huit mois environ que je ne suis plus avec Rob, expliqua-t-elle. Il a une copine, maintenant. Il me l'a dit il y a quelque temps. On est restés amis.

— Je suis ravi de l'entendre, commenta Max avec une expression indéchiffrable. J'adore les enfants. J'ai hâte d'être papa.

Holly comprit que c'était sa façon de lui dire qu'il n'était pas rebuté par le fait qu'elle ait des petits. Elle se détendit.

— Coucou ! s'écria Kim joyeusement dans son dos.

Étonnée, elle se retourna et découvrit son amie qui surgissait de la foule après s'être faite belle dans les toilettes. Elle portait à présent du gloss, et ses cheveux, remontés le matin en un chignon désordonné, lui tombaient désormais sur les épaules. Elle s'assit à côté de Max et lui tendit la main.

— Désolée, je crois qu'on n'a pas été présentés. Moi, c'est Kim. Enchantée de te rencontrer.

— Ah, oui, j'ai entendu parler de toi. Tu as réussi à sortir aujourd'hui, alors ? demanda-t-il en battant des jambes dans l'eau.

— Oui, je suis fraîche et prête pour une grande journée. Dormir m'a fait un bien fou. Alors comme ça, on était censés se donner rendez-vous, il y a des années ? gloussa-t-elle.

— Absolument. Je crois que tu m'as posé un lapin, sourit-il, plus beau que jamais.

— Tu as dû avoir le cœur brisé, rit Kim.

— Je vais nous resservir ? proposa Holly en se levant pour sortir de la piscine.

— Vas-y, répondit Kim en finissant son verre pour le lui tendre.

Emma était en grande conversation avec Frankie lorsque Holly retourna près de leurs transats.

— Désolée, souffla Holly en les frôlant pour attraper le pichet de cocktail.

— Ne sois pas idiote, répondit Emma. Frankie était juste en train de me parler de leurs projets pour l'enterrement de vie de garçon, ce soir. Il m'a promis de veiller sur Charlie, dit-elle avec un rire. Charlie a l'habitude de boire un peu trop.

— Bel euphémisme, commenta Frankie, amusé. Tu te souviens de la fois où il s'est endormi dehors, au mariage de Helen ?

Ils éclatèrent de rire tous les deux.

— C'était tellement drôle ! renchérit Emma. J'avais oublié. Dis-moi, Holly, j'ai vu que tu étais de nouveau en compagnie de Max...

Holly rougit en croisant le regard malicieux de son amie.

— Oui. Il est très gentil, répliqua-t-elle d'un ton neutre.

— Et maintenant, où est-il ? Ah, il est avec Kim dans la piscine.

— Si on faisait une photo ? demanda Holly en sortant son téléphone de son sac.

En général, elle ne pensait pas à en prendre lors de ses vacances et de ses sorties, et comptait sur les autres. Elle fit un selfie d'eux trois, puis jeta un coup d'œil à Facebook, car elle avait une notification.

— Bon, ce serait bien qu'on parte dans un quart d'heure environ, et ensuite, on ira peut-être faire un petit tour dans les boutiques, annonça Emma avant d'enchaîner avec les plans pour la soirée. Holly, tu es sûre que tu m'écoutes ?

Holly secoua la tête, perdue dans ses pensées.

— Oui, oui... Tu parlais de ce soir, répondit-elle, les yeux de nouveau rivés sur son téléphone.

Rob avait ajouté de nouvelles photos de Nikki et lui, et elle ne pouvait s'empêcher de les regarder, dévorée de curiosité. Sur l'une d'elles, ils riaient tous deux, et elle remarqua qu'elle ne l'avait pas vu aussi heureux depuis longtemps. Avaient-ils seulement ri ainsi autrefois, elle et lui ? Pas à la fin de leur relation, en tout cas. Ils ne faisaient plus que soupirer et lever les yeux au ciel. Était-ce possible de se réjouir pour quelqu'un, tout en ressentant une pointe d'envie ? Elle constata que Judy, la mère de Rob, avait commenté l'une des images. « Joli couple », avait-elle écrit.

Holly en eut la gorge serrée. Elle se sentait trahie par Judy. Elles s'étaient toujours bien entendues, et cela ne lui plaisait pas d'être remplacée aussi facilement. Ils ne se rendaient pas compte que c'était dur pour elle, de voir des choses comme ça ?

— Ça va ? Tu as l'air d'être ailleurs, chuchota Emma, pleine de sollicitude.

— Non, non, tout va bien.

Holly essaya même de rire un peu. Elle se força à écouter Emma, mais elle se sentait un peu vide à l'intérieur.

On n'était pas faits l'un pour l'autre, ne cessait-elle de se répéter.

C'était elle qui avait décidé de rompre. Même si elle voulait pour ses enfants une famille parfaite, elle savait que cela ne pouvait continuer ainsi. Alors pourquoi cela lui semblait-il si définitif depuis que Rob avait tourné la page ? Elle aurait voulu que ce soit facile. Elle avait insisté pour qu'ils restent amis sur les réseaux sociaux comme dans la vraie vie, car il n'y avait pas d'animosité entre eux. Aucune raison de se mettre dans tous ses états. Elle ne pouvait pas le retirer maintenant de ses amis… Il se demanderait en quoi il l'avait blessée.

Elle regarda de nouveau la photo du couple rieur. Non, elle ne le retirerait pas. Mais elle allait se désabonner afin de ne plus jamais voir une image comme celle-ci.

Elle se tourna vers Max, qui croisa son regard et afficha son sourire le plus séduisant.

7

Emma

Emma sortit son téléphone pour faire quelques vidéos de la fête au bord de la piscine, afin d'alimenter son compte Instagram. Elle savait qu'elle serait inondée de messages demandant d'où venait son joli bikini blanc – c'était un cadeau d'une nouvelle marque de vêtements de bain – ou bien des conseils pour visiter Las Vegas. Poster sur Instagram était addictif. Elle aurait été incapable de se rappeler la dernière fois qu'elle était restée une journée entière sans poster. L'année précédente, elle avait été malade et s'était sentie coupable de lever le pied après avoir passé près d'une semaine au lit avec une angine. Elle avait même tourné une vidéo pour s'excuser auprès des gens qui aimaient rester informés de sa routine maquillage ou de sa dernière tenue. Les abonnés lui envoyaient carrément des messages pour savoir où elle était, comme si c'était la fin du monde qu'elle n'ait rien posté pendant un moment. Comme s'il leur fallait leur dose d'Emma. C'était dingue, mais c'était devenu normal pour elle. Le nombre de personnes qui lui avaient souhaité un prompt rétablissement cette semaine-là était incroyable. Emma avait l'impression d'être une sorte de célébrité. Une femme de valeur, particulière et importante.

Elle ne pouvait nier que cela boostait son ego et que cela lui apportait un bien-être qu'elle ne trouvait nulle part ailleurs. Voir des centaines de personnes aimer ses photos, écrire de gentils commentaires et envoyer des messages privés ; recevoir des propositions de diverses marques et sociétés qui voulaient lui envoyer des produits gratuits en échange d'une simple mention dans un post. Son nombre d'abonnés ne faisait que grimper, grimper… Le nombre de likes également. Ses affaires croissaient à un rythme rapide ; Emma avait du mal à suivre. C'était dans ces moments que Charlie lui rappelait quelle chance elle avait de profiter de son aide. C'était lui qui traitait la plupart des demandes. Il lui disait souvent ce qu'elle devait faire, et quand.

Elle voulait prendre une vidéo rapide avant de partir s'occuper des fleurs. Elle mit le mode selfie et sourit, agitant la main au rythme de la musique. Puis elle tourna son téléphone vers les autres, qui saluèrent et poussèrent des cris de joie. Tous sauf Charlie, qui leva les yeux au ciel et se détourna. Cela n'avait pas échappé à Emma.

— Ça ne te fatigue pas, de devoir toujours tenir tes fans informés ? demanda gentiment Frankie, debout à ses côtés, pendant qu'elle ajoutait le lieu à sa story.

— Parfois, si, répondit-elle en toute franchise.

C'était la première fois qu'elle l'admettait. Charlie s'était récemment mis à faire des remarques méprisantes, surtout lorsqu'il n'apparaissait pas dans le post. Il était toujours d'accord pour des voyages ou des cadeaux qui l'incluaient, lui. S'il était sur la photo, il était toujours ravi de poser. Mais depuis quelque temps, il dénigrait le métier d'Emma et lui donnait l'impression qu'elle devrait retourner à une carrière normale, comme un emploi de bureau ou un job de coiffeuse. Il lui donnait l'impression d'être prétentieuse parce qu'elle prenait beaucoup de photos. Elle devait constamment lui rappeler que c'était *lui* qui lui avait suggéré cette carrière. Emma s'était en réalité posé elle-même la question à de nombreuses reprises : était-ce narcissique de prendre autant de selfies, même si c'était son boulot ?

— C'est quand même pas trop mal, comme travail, non ? reprit Frankie d'un ton doux, pour lui montrer qu'il ne la jugeait pas. C'est juste que tu ne peux jamais vraiment couper. Mais bon, au moins, tu n'es pas vissée à un bureau ! C'est super. Moi, je préférerais largement être blogueur que de bosser dans la finance.

Il avait bien raison lorsqu'il disait qu'Emma ne pouvait jamais couper. Par moments, elle avait même l'impression de ne même pas *vivre* ces moments qu'elle capturait et montrait au monde. Le voyage aux Maldives en était un exemple. Elle s'y était rendue avec Charlie pour le nouvel an, et chaque fois qu'elle voyait un bel endroit, elle ne pouvait s'empêcher de penser « *Ça ferait une belle photo* ». Avait-elle vraiment profité, ou simplement regardé à travers un objectif... ?

Un soir, Charlie avait dit :

— Et si on sortait comme on est ?

Ils avaient fait du bateau et s'étaient baignés dans la mer. Emma avait l'air d'un rat noyé avec ses cheveux mouillés et emmêlés et son maquillage porté disparu. Elle ne portait en outre qu'un banal caftan bon marché.

— Non, avait-elle protesté, je veux prendre une douche et me préparer. Me laver les cheveux et me faire belle.

Était-ce vraiment ce qu'elle avait souhaité, pourtant ? Ou bien désirait-elle prendre la photo sublime qu'ils avaient réalisée, d'eux deux sur la plage au soleil couchant ? Il fallait qu'elle soit belle afin de pouvoir poster l'image.

Il n'y avait pas de place pour le « normal » sur son compte Instagram. Elle voulait maintenir l'illusion qu'elle avait une vie parfaite, magique, et qu'elle était sublime vingt-quatre heures sur vingt-quatre, juste comme ça. Ils s'étaient disputés ce soir-là, et elle se souvenait qu'ils s'étaient couchés sans même se souhaiter bonne nuit. Mais ça, elle ne l'avait pas raconté sur Instagram.

Et puis, il y avait les horribles commentaires des trolls. C'était curieux, ce terme « troll » utilisé pour ces gens qui font des remarques affreuses bien à l'abri derrière leur anonymat, mais ça leur allait bien. Quand Emma songeait à ce mot, elle imaginait une sorte de petit gobelin, lâche et très laid à l'intérieur. Elle n'arrivait pas à comprendre qu'on puisse être aussi méchant avec une personne qu'on n'avait même jamais rencontrée. Qu'on ne connaissait pas. Par chance, elle ne recevait pas trop de commentaires de ce type, mais comme pour tout compte avec beaucoup d'abonnés, c'était quelque chose à quoi il fallait s'attendre.

Tu as retouché ta photo. Ça fait pitié.

Elle se souvenait clairement de ce commentaire. En vérité, elle n'avait rien retouché du tout, et ne savait même pas utiliser Photoshop, mais elle ne pouvait nier qu'elle choisissait le filtre le plus flatteur et qu'elle ajustait la luminosité et la saturation des images. Mais qui ne le faisait pas, franchement ?

Quelqu'un d'autre avait écrit :

Tu as un front énorme, on dirait Elephant Man.

Ce jour-là, elle n'avait cessé de se regarder dans le miroir. Elle avait fini par se mesurer le front et interroger Google : elle était pile dans la moyenne.

Tu es un vrai sac d'os. Tu étais mieux avant. Il faut que tu arrêtes ton régime !

Elle ne se remettait pas que les gens lui disent ce qu'elle devait faire ou ne pas faire à propos de son poids. Ça ne regardait qu'elle, non ?

T'es pas aussi belle dans la vraie vie.

Certains commentaires faisaient mal. Vraiment très mal. Certains jours, elle se disait qu'elle en avait soupé. Qu'elle ne supporterait pas une remarque mesquine de plus. Que ça la blessait et l'amenait à se sentir nulle. Sans valeur, vulnérable. Peu importe combien de gentils commentaires elle recevait, c'étaient toujours les horribles qu'elle retenait. C'étaient toujours ceux-là qui lui tournaient dans la tête toute la journée, et la poussaient à se demander si la personne n'avait pas raison, au fond.

Emma revint à l'instant présent et se tourna vers Frankie.

— Il y a du bon et du mauvais, je pense. Ce n'est pas facile tout le temps. Ça a tendance à me bouffer un peu la vie.

— Bon, mais tu as droit à des trucs gratuits et des voyages, hein ? Je sais que Charlie était tout content quand vous avez reçu ces tenues de sport, il y a quelque temps. Il m'a raconté comment il a convaincu la marque de lui en envoyer à lui aussi. Il n'a pas son pareil pour obtenir ce qu'il veut, celui-là.

Emma se força à rire, mais elle était un peu secouée. Elle n'était pas au courant que Charlie avait persuadé la société de l'inclure dans l'offre. Il lui avait dit que la proposition venait d'eux, et elle ne consultait que rarement ses mails. Elle avait toujours cru tout ce que Charlie lui disait.

Frankie continua, sans prêter attention à l'expression troublée d'Emma.

— Quand les gens cliquent sur tes liens et achètent la même tenue que celle que tu portes, tu gagnes de l'argent, et tout ça simplement en prenant une photo. C'est super cool. Et nettement plus intéressant que la plupart des jobs normaux, rappela-t-il.

Elle acquiesça et lui sourit avec chaleur. Frankie était toujours si optimiste et si gentil. Ils s'étaient tout de suite entendus, dès leur première rencontre. Emma s'était sentie complètement à l'aise avec Frankie à peine les présentations faites, et elle pouvait dire sans mentir que c'était l'un des hommes les plus attentionnés qu'elle connaissait. Le meilleur des amis. Il avait vingt-huit ans, deux de moins que Charlie, mais ils étaient tous deux très proches. Elle était heureuse qu'il participe à la cérémonie : s'il n'avait pas joué un rôle, quelque chose aurait manqué. Surtout quand on savait quelle aide et quel soutien il avait apporté pour l'organisation. Charlie disait souvent à Emma que Frankie l'admirait beaucoup. C'était son cousin le plus proche. Frankie avait perdu son papa d'un cancer quand il avait douze ans. Charlie estimait qu'il était pour lui la figure masculine dont il avait besoin, même s'il faisait parfois des remarques désobligeantes à son sujet, et prétendait qu'il était une sorte de petit frère énervant. Emma s'abstenait de répondre.

— Alors, ça n'a pas marché avec Marie, on dirait ? demanda-t-elle avec douceur.

Frankie toussota et secoua la tête.

— Nan. J'avais des doutes dès le début, tu vois ce que je veux dire ? Elle était un peu trop matérialiste à mon goût. Elle me faisait tout le temps des allusions pour que je lui achète un sac de marque, ou alors elle me racontait ce que les mecs de ses copines leur offraient. J'avais l'impression qu'elle n'était avec moi que pour de mauvaises raisons. Ça n'a jamais été sérieux entre nous, et j'ai décidé de tirer un trait. Elle était impressionnée que je sois le cousin de ton fiancé, rit-il. Je crois qu'elle te suit sur Instagram, c'est une de tes fans. Elle m'a dit une fois que tu avais un joli sac, ou un truc dans ce goût-là.

Gênée, Emma ferma les yeux. Elle avait du mal avec le mot « fan », qui la mettait très mal à l'aise.

— Ah, mon Dieu. Oui, désolée, c'est peut-être ma faute si elle aime les sacs, rétorqua-t-elle avec un rire. J'identifie toujours les miens dans mes photos. Il y en a que j'ai eus gratuitement, mais ceux de marque, j'économise pour me les payer. On a bien le droit de se faire plaisir de temps en temps, non ? Cela dit, je n'ai jamais compté sur Charlie pour me les offrir. Si je veux quelque chose, je me débrouille pour me le payer. J'ai toujours été comme ça.

— Tu es une bosseuse. Indépendante, et je t'admire pour ça. J'imagine que c'est ce qui vous distingue, Marie et toi.

— Elle était très jolie, se souvint Emma en repensant à ses longs cheveux roux et ses yeux bleu brillant.

— Oui, mais il n'y a pas que le physique qui compte, pas vrai ? Quand quelqu'un te plaît, que vous avez vraie connexion, tu le sens, non ?

Ses yeux noisette se posèrent sur elle en un regard brûlant, et Emma détourna rapidement la tête. L'atmosphère avait changé de façon subtile. Elle ne savait même pas pourquoi.

Cela lui rappela une fois où Charlie avait disparu au cours d'une virée nocturne. Ils étaient sortis en groupe, et Frankie était là aussi, ainsi que des amis en couple et des copains célibataires de Charlie. Ils étaient allés boire dans un bar de Londres, et au bout de quelques heures, les autres couples étaient partis.

— Ça ne te dérange pas si on va en boîte, les copains et moi, Em ? avait demandé Charlie.

Il avait la voix pâteuse, et Emma savait que ce serait compliqué de le raisonner. Ils se trouvaient à une heure et demie de chez eux. Emma devait se lever tôt le lendemain matin, car elle était demoiselle d'honneur de l'une de ses amies, et Charlie était également invité. Ils n'avaient pas projeté de faire une grosse soirée, et Emma n'aimait pas l'idée de rentrer toute seule en train.

— Charlie, avait-elle répondu de sa voix la plus douce pour l'attendrir, on doit se lever tôt demain. Tu ne vas pas me laisser rentrer toute seule ? Je ne veux pas te gâcher le plaisir…

— Eh ben alors, ne le fais pas ! avait-il aboyé. Tu n'as qu'à venir avec nous.

Il savait qu'elle n'en ferait rien. Il était bien conscient qu'elle n'irait pas passer la nuit en boîte alors qu'elle était attendue le lendemain matin à une cérémonie de mariage. Elle ne voulait pas être fatiguée, avec la gueule de bois. Cela faisait près d'un an qu'ils étaient ensemble, et bien qu'au départ, Charlie se soit montré le plus attentif et prévenant des hommes, il avait commencé à changer lentement au fur et à mesure qu'il se sentait plus en sécurité dans la relation. Et pas en bien.

— Pas de problème, je rentre, était intervenu Frankie en surprenant la conversation. Je te raccompagne, Em.

— Tu es sûr que tu ne veux pas aller avec les autres ? avait insisté Emma à de nombreuses reprises. Je ne veux pas que tu rentres à cause de moi. Ce serait dommage de te priver.

— Franchement, je n'ai pas envie d'avoir mal aux cheveux demain. Ça me va parfaitement de rentrer. Tu es l'excuse dont j'avais besoin, c'est toi qui me rends service.

Dans la voiture déserte du train, Emma avait avoué, réprobatrice :

— Je n'arrive pas à croire que Charlie m'aurait laissée rentrer toute seule. Parfois, je m'interroge vraiment à son sujet.

Ils étaient déjà fiancés. Emma n'était pas aveugle aux défauts de Charlie, mais cela ne l'empêchait pas de l'aimer. Il l'avait aidée à devenir l'influenceuse qu'elle était désormais, et elle lui en serait toujours reconnaissante. À ce stade de sa vie, elle ne pouvait pas papillonner d'un homme à l'autre comme elle l'avait fait plus jeune. Il fallait qu'elle mûrisse et qu'elle se case si elle voulait fonder une famille. Elle s'était toujours reproché d'avoir des exigences trop élevées. L'homme parfait n'existait pas.

— Il ne t'aurait pas laissée, avait protesté Frankie, mais elle voyait à son expression dubitative et soucieuse qu'il n'en était pas si sûr.

Emma n'y croyait pas non plus.

— C'est un type bien, Emma. Je sais qu'il est parfois grincheux, et sans doute difficile à vivre, mais il t'aime pour de vrai. Il a de la chance de t'avoir, et il le sait.

Frankie l'avait regardée d'une façon qui l'avait fait se sentir un peu vulnérable et timide, et elle s'était tournée vers la fenêtre, incapable de maintenir son regard un instant de plus. Frankie ne connaissait pas Charlie comme il était vraiment, mais elle ne voulait pas le lui avouer.

Elle battit des cils plusieurs fois pour chasser ce souvenir, et contempla Charlie qui s'avançait vers le pichet de cocktail pour la resservir.

— Pfffiou, il fait une chaleur d'enfer, hein ? dit-il en s'épongeant le front. Tu peux me mettre de la crème solaire dans le dos, Em ?

— Bien sûr, répondit-elle gaiement en posant son verre. Tu t'amuses bien ?

— Je vais regarder la carte des plats, annonça Frankie en s'éloignant.

— Oui, c'est super, non ? Je suis vraiment content qu'on ait décidé de se marier ici. C'était un bon choix. Tu vas où pour ton enterrement de vie de jeune fille, ce soir ?

Emma était en train d'étaler la crème sur son dos brûlant.

— Je ne sais pas très bien. Fran et Danni ont tout organisé, et elles se sont arrangées avec Frankie pour qu'on ne tombe pas nez à nez.

Il se retourna pour l'embrasser.

— Parfait. On ne peut pas se voir lors de notre dernière nuit de liberté, n'est-ce pas ?

— Oh, quand tu le dis comme ça, j'ai du mal à y croire ! Pas toi ?

Elle venait de prendre conscience qu'elle ne serait bientôt plus Emma Langford. Dans quatre jours, elle serait Emma Quinton.

— Je n'ai plus longtemps à attendre pour que tu m'appartiennes, Emma.

Ce n'était pas dit sur le ton de la plaisanterie, et elle ne savait que répondre.

Comme les commentaires malveillants qui la hantaient, peu importait que Charlie puisse être adorable par moments, qu'il soit charmant en public… Emma était nerveuse. Après tout, il avait une autre facette qu'elle était la seule à connaître. Une facette qui ne correspondait pas au gentleman parfait et aimant auquel le reste du monde l'identifiait. Et c'était ce côté de sa personnalité qu'elle ne parvenait pas à se sortir de la tête.

8

Kim

Kim profitait. Elle était carrément en train de *s'amuser* et bien qu'elle ne soit pas certaine d'être déjà soûle, elle savait que cela arriverait tôt ou tard. C'était une sensation oubliée. Et *agréable*. Était-ce le soleil d'été qui faisait monter l'alcool directement à la tête ? Soit ça, soit elle était vraiment devenue une petite nature, comme Holly le lui disait souvent en guise de taquinerie. Ce ne serait pas surprenant, vu qu'elle ne buvait presque plus. Elle ne pensait qu'à ses enfants, et prendre quelques verres alors qu'elle devrait se lever à l'aube, ou pire, au milieu de la nuit, n'en valait tout simplement pas la peine. La bouche sèche, la migraine lancinante et l'humeur de chien étaient deux fois pires lorsqu'on avait un bébé qui faisait ses dents et un petit de trois ans qui exigeait toute votre attention. C'était déjà assez terrible quand elle n'avait pas encore d'enfants : Kim n'avait jamais eu les lendemains de cuite faciles. Pas comme Holly, qui se réveillait toujours gaie comme un pinson et bavarde comme une pie.

— Comment tu fais ça ? avait demandé Kim d'une voix rauque un matin, alors qu'elles étaient en vacances et avaient fait la bringue la veille.

— Comment je fais quoi ? avait demandé Holly, perplexe, en se maquillant comme pour un grand jour.

— Être pleine de vie et d'énergie. Tu arrives même à être jolie. Je me sens comme une déterrée, et j'en ai sûrement la tête aussi. Tu n'as pas la gueule de bois, toi.

Aujourd'hui, pourtant, elle pouvait boire autant qu'elle voulait. Rien à foutre. Ses seuls projets étaient d'aller voir des fleurs et de participer à un enterrement de vie de jeune fille. Peu importait qu'elle se réveille avec mal aux cheveux. Pour la première fois depuis qu'elle avait réservé ses billets d'avion, Kim commençait à se détendre et à entrer dans l'esprit de Las Vegas. Les enfants n'étaient pas là pour la réveiller, et si elle voulait rester au lit jusqu'à 16 heures le lendemain, rien ne l'en empêchait. En voyant les autres arriver, elle avait pris conscience qu'elle devait faire un effort pour s'impliquer davantage. Elle ne voulait pas jouer les rabat-joie de service. Qui sait quand elle aurait de nouveau l'occasion de venir à Vegas ? Peut-être jamais ! Tout le monde semblait libre, surexcité. Cela lui rappelait sa jeunesse, quand elle partait en vacances entre filles avec Holly et Emma. Il fallait qu'elle en profite au maximum avant de rentrer à la maison et de redevenir « maman ». Le fait d'être ici, à Las Vegas, ne faisait que souligner combien elle avait changé depuis la naissance de Mylo et Willow. Andy et elle n'étaient mariés que depuis six mois quand elle était tombée enceinte par accident… Ils avaient tant d'autres projets à l'époque…

— Je veux voyager, avait-elle dit à Andy en l'enlaçant pour l'embrasser dans le cou. Allez, Andy, on va visiter le monde entier. L'Australie, la Nouvelle-Zélande, Bali. Il y a tellement d'endroits à voir !

— Et le travail ? Et l'argent ? Je croyais qu'on voulait économiser pour acheter une maison ?

Ils vivaient alors dans un F1, et rêvaient d'une maison avec un jardin. Mais Andy souriait, et Kim savait qu'il aimait l'idée de partir, et que ce ne serait pas difficile de le convaincre. Il avait une étincelle rebelle dans le regard.

— Tu trouveras un job dans un autre collège à notre retour ! On économisera après le voyage. On devrait prendre nos billets. Plus vite on échappe à cette météo pourrie, mieux c'est. Ça va être le voyage de notre vie.

Andy l'avait embrassée.

— J'avoue que le soleil, c'est tentant, avait-il convenu, rêveur. Je vais voir comment je peux m'arranger.

Kim avait poussé un cri de joie. Mais seulement un mois plus tard, alors que Holly venait d'annoncer qu'elle était enceinte, Kim avait eu du retard et commencé à se sentir nauséeuse. Elle avait d'abord mis cela sur le compte de l'alcool et des sorties tardives après le travail. Mais en voyant que ça ne passait pas, elle avait commencé à s'inquiéter.

Ce n'était pas un scoop que Kim était parfois négligente et désorganisée, et elle savait qu'elle n'arrivait pas à se rappeler de prendre sa pilule tous les jours. Mais elle était jusque-là toujours passée entre les mailles du filet. Elle pensait que ça n'arrivait qu'aux autres. Elle avait décidé de faire un test de grossesse juste pour se rassurer, mais lorsqu'elle avait vu apparaître les deux lignes bleues, elle s'était sentie encore plus mal. Ils ne voulaient pas d'un bébé à ce stade de leur vie, et elle avait éprouvé une intense déception et culpabilité d'avoir tout fichu en l'air. Une si petite erreur, aux conséquences aussi énormes... Elle repensait à l'expression perturbée d'Andy lorsqu'elle lui avait appris la nouvelle.

— Comment est-ce possible ? avait-il demandé, incrédule. Tu prends la pilule !

Elle avait serré les dents en se demandant comment lui avouer qu'elle l'avait oubliée. C'était sa faute si leurs merveilleux projets de voyage tombaient à l'eau. Elle avait espéré de tout son cœur qu'Andy soit ravi par cet événement. Ils ne parcourraient pas le monde, mais ils vivraient leur petite aventure à eux ! Ils allaient devenir parents ! C'était d'autant plus chouette que Holly était enceinte aussi ; leurs enfants seraient amis.

— Je crois que j'ai oublié de la prendre une ou deux fois le mois dernier, Andy. Ça peut arriver à tout le monde…

Elle le vit lever les yeux au ciel, comme si elle n'en ratait jamais une. C'était un peu vrai… À peine un mois plus tôt, il lui avait reproché d'être tête en l'air parce qu'elle avait laissé passer la date pour payer une amende, et que le tarif avait doublé.

— Dis quelque chose, Andy… Tu es fâché ?

Andy s'était approché d'elle lentement et l'avait prise dans ses bras. Elle avait appuyé la tête contre son torse. Son grand nounours…

— Bien sûr que non, je ne suis pas fâché. Je suis un peu sonné, c'est tout. On n'est pas prêts. Mais ça va aller. Bien sûr que ça va aller…

À peine le choc surmonté, Kim s'était laissé gagner par l'enthousiasme à l'idée de devenir maman. Émerveillée, radieuse, elle s'était précipitée pour trouver Andy quelque part dans la maison lorsqu'elle avait senti pour la première fois le bébé bouger.

— N'est-ce pas que c'est *incroyable*, Andy ?

Il avait hoché la tête sans partager tout à fait son euphorie.

— Si. Mais je ne suis pas sûr de l'avoir senti, cela dit.

Kim aurait pu jurer que Mylo avait arrêté de bouger exprès dès qu'Andy avait posé la main sur son ventre.

Andy s'était senti mieux à la fin de la grossesse, mais Kim n'avait jamais pu se départir de la culpabilité qu'elle ressentait devant le fait que si elle avait pensé à prendre sa pilule, ils auraient eu leur premier bébé au bon moment, quand Andy aurait été prêt. Mais qui sait quand ce bon moment aurait eu lieu ? Ils s'aimaient profondément, ils étaient mariés, alors qu'importait que cela se soit produit plus tôt que prévu ?

Kim s'était promis d'être la meilleure maman du monde. Elle voulait allaiter et inonder d'amour son futur bébé. Elle voulait être celle qui se lèverait lorsqu'il ou elle pleurerait. Elle voulait s'assurer qu'Andy n'ait pas à se soucier de toutes ces choses.

Un soir, Kim avait ressenti une vive douleur dans le ventre. Le lendemain, elle avait filé chez le médecin dès le matin. Celui-ci ne paraissait pas le moins du monde inquiet, car elle sentait toujours le bébé bouger. Pour lui, il s'agissait de fausses contractions.

Il lui souriait chaleureusement, amusé, comme si c'était mignon de voir une primipare s'inquiéter devant quelque chose d'aussi bénin que des contractions normales de fin de grossesse.

— Contentez-vous de vous reposer au maximum avant l'arrivée de votre bébé ! lui avait-il conseillé.

Andy aussi avait insisté pour qu'elle lève le pied autant que possible, mais Kim ne tenait pas en place. Lorsqu'elle ne se rendait pas à Londres pour son travail administratif, elle rangeait et désencombrait la maison. Juste après ce fameux rendez-vous médical, ils avaient acheté un lit à barreaux. Andy était en retard pour aller rejoindre ses amis, et il l'avait laissé dans le coffre de la voiture, en lui disant qu'il le sortirait pour le monter le lendemain matin. Mais Kim avait une autre idée en tête : elle voulait monter le lit elle-même pour lui faire une surprise. Elle avait toujours été douée pour le bricolage. Elle adorait ça, même. Elle avait donc regardé Andy s'éloigner en taxi, puis avait ouvert le coffre pour sortir le lit. Il était plus lourd que ce à quoi elle s'était attendue, et elle s'était dit, une fois arrivée à la moitié de l'escalier vers leur appartement, qu'elle avait sûrement tort de porter une telle charge à ce stade de la grossesse. Mais elle avait toujours refusé de considérer la grossesse comme une raison de ne rien faire. Ce n'était pas une maladie, après tout.

Quand, arrivée à la dernière marche, elle avait senti le liquide amniotique lui couler le long des jambes, elle avait été traversée d'un sentiment d'horreur.

Qu'ai-je fait ?

Elle était à trente-trois semaines. C'était beaucoup trop tôt.

Le souffle court, elle s'était appuyée au mur tout en ouvrant la porte de l'appartement pour prendre son téléphone et appeler une ambulance, puis Andy.

En chemin vers l'hôpital, Kim ne pouvait s'empêcher de se reprocher son accouchement prématuré. Est-ce qu'elle était restée trop active ? Elle n'aurait jamais dû porter ce lit, et même si tout le monde lui avait par la suite répété que ce n'était pas cela qui avait déclenché l'accouchement, elle en avait gardé une terrible culpabilité. Elle n'avait pas écouté. Elle ne s'était pas reposée. Avait-elle provoqué la catastrophe ?

— Est-ce que mon bébé va s'en sortir ? avait-elle demandé à la sage-femme dès son admission à la maternité.

Elle essayait de parler avec calme, mais sa voix tremblait.

Mylo était arrivé deux heures plus tard. Kim avait seulement eu le temps de l'apercevoir et de lui embrasser le front avant qu'on l'emmène en toute hâte dans l'unité de néonatalité. Cela avait été un cauchemar absolu, terrifiant et choquant, et depuis ce jour-là, tout son univers tournait autour de Mylo.

Kim agita les jambes dans l'eau alors qu'une nouvelle chanson démarrait. Elle n'avait pas parlé à Andy des messages de Lily qu'elle avait interceptés, et elle commençait à regretter d'être partie en laissant les choses en l'état. Elle avait cru qu'arrivée ici, elle oublierait tout ça. Loin des yeux, loin du cœur. Mais c'était un échec total.

Kim lança de l'eau vers Max et Callum en gloussant, et essaya de ne plus penser à ses problèmes de couple.

— Ne restez pas là comme deux papys, venez dans la piscine ! leur cria-t-elle.

Assis sur le bord, ils la regardaient avec amusement. Elle n'avait que de vagues souvenirs d'eux à la fac. Ils avaient beaucoup changé, et étaient devenus vraiment agréables à regarder. Max, le plus extraverti, était le genre d'homme qui l'aurait fait craquer quand elle était célibataire, même si elle devinait que Callum aurait fait un meilleur mari : on devait pouvoir compter sur lui, lui faire confiance. C'était sans doute le côté charmeur et sûr de lui de Max qu'elle trouvait attirant. Kim n'était pas étonnée que Holly le trouve à son goût.

— Hols ! hurla-t-elle par-dessus la musique lorsqu'elle l'aperçut. Viens dans l'eau ! Ça va ? Cette fête est complètement folle. Je n'arrive pas à croire que je suis là !

— Trinquons à ça ! renchérit Holly. Tu as l'air de t'amuser, maintenant que les autres sont arrivés.

Holly semblait heureuse, mais Kim se sentit soudain coupable. Elle aurait pu faire un effort plus tôt…

— Je ne sais pas, répondit-elle, gênée. Je crois que je me suis rendu compte qu'il était temps de participer, de me mettre dans l'ambiance. Quand est-ce qu'on peut faire ça, à la maison ? J'ai enfin pris conscience que j'étais en vacances à Vegas. On a du soleil, de l'alcool, de la bonne musique, des boîtes, un mariage… Que demande le peuple ?

— Je suis trop contente qu'on soit enfin sur la même longueur d'onde ! s'écria Holly, radieuse. Emma a dit de ne pas trop forcer aujourd'hui, parce qu'elle nous veut en pleine forme pour l'enterrement de vie de jeune fille, alors on ferait mieux de ne pas abuser. On part dans quelques minutes pour aller voir les fleurs.

— Cool. Je sors de l'eau et on va s'habiller, alors. Ça te dirait qu'on commande des boissons pour la chambre, pour quand on se préparera ? demanda Kim, une lueur d'audace dans le regard.

Maintenant qu'elle avait bu un peu d'alcool, elle en voulait plus. Ça avait toujours été son problème quand elle sortait : elle ne savait pas vraiment s'arrêter. C'était sans doute la raison pour laquelle elle se tapait de telles gueules de bois le lendemain. Elle n'avait pas cette petite voix qui dit : « *Ça suffit maintenant. Un verre de plus serait une mauvaise idée.* »

— Bonne idée, renchérit Holly, toujours partante pour faire la fête avec elle. Hé, tu as pensé quoi de Max et Callum ? J'ai remarqué que tu avais passé du temps à leur parler.

— Ils sont sympas, répondit Kim après une hésitation, en choisissant soigneusement ses mots. Deux hommes charmants. Alors… il te plaît vraiment, Max, on dirait ?

— Il est beau, hein ? Mais je le connais à peine… Au fait, tu as eu des nouvelles d'Andy ?

— La dernière fois que j'ai regardé mon téléphone, non. Mais je suis sûre que tout va bien, affirma Kim.

C'était sans doute davantage elle-même que Holly qu'elle cherchait à convaincre.

— Évidemment, que tout va bien. Est-ce que vous avez toujours l'intention d'essayer bientôt d'avoir un troisième bébé ? Sans rire, Kim, je me demande comment tu fais. Comment tu survis en dormant si peu. Et en plus, tu as l'air de tout faire toute seule. Je ne sais pas comment tu t'en sors sans jamais demander d'aide à Andy.

— J'ai l'habitude, c'est tout, répliqua Kim avec un haussement d'épaules. Ça fait un moment qu'on n'a pas reparlé du numéro trois. Je ne suis pas complètement décidée. Il faut que ce soit le bon moment, je pense.

À peine Mylo avait-il regagné la maison après ses quatre semaines de néonatalogie que Kim avait désiré un deuxième bébé. Pas à l'instant, bien sûr, mais elle savait qu'elle ne voulait pas qu'ils aient une grande différence d'âge. Elle était fascinée par cette petite personne qu'ils avaient fabriquée, et ne pouvait supporter d'être séparée de lui. Elle était totalement obsédée, et déclinait toutes les propositions de lui garder Mylo pour qu'elle puisse se reposer. C'était son bébé et elle aimait être avec lui. Elle ne voulait pas de break. Andy aurait voulu attendre encore un peu avant Willow, mais Kim n'avait cessé de lui répéter que c'était mieux de ne pas traîner, puisqu'ils étaient dans les couches de toute façon. En plus, c'était agréable pour des enfants d'être d'âge rapproché. Même si Willow n'était encore qu'un bébé, Kim voulait essayer de faire un troisième. Elle n'avait pas révélé à Holly que la dernière fois qu'elle avait abordé le sujet avec Andy, il lui avait opposé une fin de non-recevoir.

— Tu *plaisantes*, Kim ? avait-il protesté en la regardant comme si elle était devenue folle. Tu ne crois pas qu'on est assez débordés avec Mylo et Willow ? On n'a déjà pas assez de place pour deux, alors pour trois…

Kim s'était contentée de lâcher un « tst », et avait décidé d'attendre qu'il soit de meilleure humeur pour revenir à la charge. De toute façon, c'était elle qui se tapait tout le boulot. Andy avait la chance d'aller travailler à l'extérieur et d'échapper au chaos. Elle gérait tout ce qui concernait les enfants, et c'était son choix. Andy travaillait dur et elle ne voulait pas qu'il ait l'impression de faire la double journée. En y repensant, Kim se disait qu'elle avait mené un sacré putsch à la maison…

— Je suis sûre qu'Andy est ravi de ce moment seul avec ses enfants. Tu vas les retrouver pourris-gâtés. C'est la première fois qu'il doit s'en occuper ?

Kim était sur le point de s'esclaffer et de rétorquer que pas du tout, quelle idée ridicule. C'était leur père, tout de même. Mais alors qu'elle barbotait jusqu'à la poitrine dans l'eau fraîche de la piscine tout en se creusant la cervelle pour trouver un exemple, elle se rendit compte qu'elle avait toujours été là. Même dans les rares cas où elle sortait dîner, elle mettait toujours les enfants au lit avant de partir. Elle se souvenait d'une fois où elle allait quitter la maison lorsque Mylo, dans la salle de bains avec Andy, s'était mis à hurler. Il n'avait que dix mois à l'époque.

— Il n'a pas l'air d'apprécier le bain ce soir, pas vrai, bonhomme ? avait commenté Andy en le couvrant de bisous pour tenter de le consoler.

Kim avait tâté l'eau.

— Andy, c'est beaucoup trop chaud pour lui ! avait-elle vociféré avant de lui arracher Mylo des bras.

Bon, en réalité, ce n'était pas bouillant non plus, mais Mylo aimait l'eau tiède. En y repensant, ce n'était pas vraiment la faute d'Andy, car Kim ne lui avait jamais donné l'occasion de préparer le bain auparavant. Elle n'avait jamais songé qu'il puisse avoir envie de le faire, et avait donc sans y réfléchir mis cela sur sa liste de tâches personnelles.

— Tu as raison, répondit-elle à Holly, les yeux dans le vague. En fait, c'est la première fois qu'Andy se retrouve seul avec eux.

— Waouh, c'est dingue ! souligna Holly. Dans ce cas, tu mérites d'autant plus ces vacances.

Kim s'efforça de sourire, mais cette découverte la perturbait profondément. Avait-elle passé tant de temps concentrée sur ses enfants et ses responsabilités de maman qu'elle en avait oublié Andy ? On ne pouvait pas dire qu'elle avait été la meilleure des épouses, ces dernières années. À présent qu'Andy recevait de l'attention ailleurs, pouvait-elle vraiment lui reprocher d'y prendre plaisir ? En même temps, elle avait le sentiment que si Andy se sentait négligé, il aurait dû lui en parler. Ils avaient toujours été francs l'un envers l'autre, du moins Kim l'avait-elle cru. En parcourant les messages qu'il avait échangés avec Lily, elle avait l'impression de lire un inconnu. Cela ne sonnait pas comme Andy. Il avait tellement à perdre, alors à quoi jouait-il ?

9

Holly

Holly, Kim et Emma prirent congé des autres et sautèrent dans un taxi pour se rendre chez le fleuriste, à une dizaine de minutes de là.

Holly n'eut pas de mal à comprendre pourquoi Emma avait besoin d'aide pour se décider : en pénétrant dans cette mer de lys, de tulipes et de pivoines, elle se sentait un peu submergée. Comment trancher quand on avait ainsi l'embarras du choix ?

— Humm, soupira Kim, ça sent bon. Tu sais déjà de quoi tu as envie ?

Emma, son téléphone à la main, était en train de filmer la boutique pour son compte Instagram.

— Ils me font une énorme réduction, chuchota-t-elle, du moment que je les cite, et oui, j'ai envoyé des photos de ce que j'ai en tête. Aujourd'hui, Tara va juste me montrer différentes possibilités, et je voulais votre avis.

— Tu pars sur du rose ? demanda Holly, qui savait qu'Emma avait choisi l'or rose comme couleur dominante pour la cérémonie.

— Oui. Tara m'a envoyé des images de magnifiques vases hauts de cette couleur, avec des bouquets fabuleux. J'ai trop hâte de les voir.

Tara était une quinquagénaire aux cheveux peroxydés coupés très court. Elle portait un rouge à lèvres écarlate ainsi qu'un chemisier sans manches bleu à pois blancs, et un tablier à froufrous.

— Emma ? Je suis ravie de faire ta connaissance, s'écria-t-elle, tout sourire. Tu te plais à Vegas ? Et ce sont tes demoiselles d'honneur ?

— Oui, j'adore Vegas. Ce sont mes amies, Holly et Kim. J'ai décidé de ne pas avoir de demoiselles d'honneur adultes, car j'ai déjà beaucoup de petites filles qui jetteront des pétales. Il va nous falloir sept bouquets pour elles, comme sur la photo, si c'est possible ? C'est tellement chou…

Rêveuse, elle se tourna vers Holly et Kim pour leur expliquer :

— Ce sont de petits bouquets en forme de cœur, qu'elles auront à la main. Pour les filles de mes cousins. Dans la famille, on n'a que des filles.

— Ah, trop mignon, commenta Tara en penchant la tête de côté. Ça me semble parfait. Je vais juste vous montrer les fleurs dont on a parlé.

Elle s'éloigna derrière de hautes plantes et revint, un bouquet dans les bras.

— On a mis des hortensias roses, des roses en différentes teintes de blanc rosé, du séneçon ailes d'ange, des gypsophiles, et une touche d'épiaire de Byzance. Qu'en pensez-vous ?

Emma écarquilla les yeux, éblouie.

— Waouh, elles sont magnifiques ! Encore plus belles en vrai !

Holly était d'accord. C'étaient des fleurs sublimes, et elles iraient à merveille avec les couleurs voulues par Emma.

— J'adore, renchérit Kim, sincère.

— Tant mieux ! s'exclama Tara d'un air enchanté.

Elle baissa un peu la voix pour s'adresser à Emma en particulier.

— Aussi, je voulais vous dire que j'ai bien reçu votre mail pour la démarque supplémentaire, et nous sommes très contents de le faire.

Emma dévisagea Tara avec stupeur.

— Pardon, quel mail ?

— Celui de la semaine dernière. Je suis désolée de ne pas avoir eu le temps de répondre, mais c'est d'accord pour baisser le prix en échange de deux posts supplémentaires. Et maintenant, je vais vous montrer ces fameux cœurs. Si vous voulez bien attendre une minute...

— Tout va bien, Emma ? s'enquit Holly.

L'expression inquiète de son amie ne lui avait pas échappé.

— Je suis juste un peu perdue, c'est tout, murmura la future mariée en regardant son téléphone.

Elle se pencha sur l'écran avant de claquer la langue.

— C'était Charlie. J'aurais préféré qu'il m'en parle avant que je vienne. On avait déjà reçu une sacrée promo...

— Qu'est-ce qu'il a fait ? demanda Kim avec douceur.

— Rien, ce n'est pas grave, tempéra Emma d'un ton léger sans les regarder, les yeux toujours rivés sur son téléphone. Il a juste demandé une autre réduction derrière mon dos, et il l'a obtenue.

— Je ne comprends pas, dit Holly sans pouvoir réprimer un froncement de sourcils. Charlie a accès à tes mails professionnels ? Il répond aux gens à ta place ?

— Oui, expliqua Emma, désinvolte. Quand je bossais encore à Londres, je n'avais pas le temps de répondre à tout, et Charlie s'en chargeait, il est gentil. Depuis, il m'a aidée à développer le partenariat avec les marques. Je lui ai dit que ce n'était plus la peine. Ça peut entraîner des quiproquos. Et franchement, je ne me serais pas sentie à l'aise de demander une remise supplémentaire… Ils nous offraient déjà un super tarif au départ.

—Je ne m'étais pas rendu compte qu'il s'investissait autant dans ta vie professionnelle, intervint Kim, manifestement perturbée. Il ne te demande pas systématiquement ton avis avant de répondre ?

—Pas à chaque fois, non, dit Emma tout en se rongeant un ongle et sans lâcher son écran des yeux. Mais je pense que parfois, il oublie, tout simplement. Bref. Je ne peux quand même pas me plaindre d'avoir un fiancé qui a autant la tête sur les épaules, n'est-ce pas ? Disons que Charlie sait reconnaître une bonne affaire, et comme ça, on fait encore plus d'économies…

Elle se força à rire, mais ce n'était pas très convaincant.

—Tu devrais peut-être lui dire que ça te gêne et que tu n'as plus besoin de son aide ? suggéra Kim.

Elle échangea un regard averti avec Holly, sans qu'Emma le remarque. De toute évidence, elle trouvait Charlie un peu trop dominant, mais peut-être qu'il était juste serviable. Qu'il essayait de soulager Emma alors qu'elle avait tant de préparatifs à superviser. Après tout, elles ne connaissaient pas Charlie.

—Oh non, pas la peine ! déclara Emma sur un ton définitif. Charlie prend soin de moi, c'est tout. C'est comme ça depuis le début. Il veut le meilleur pour ma carrière, même si, pour ne rien vous cacher, il commence à en avoir marre que je passe mon temps à faire des photos et des vidéos. Je ne peux pas lui en vouloir… Je lui demande tout le temps de prendre des photos, et ça me prend un temps fou.

— Ben oui, mais c'est ton boulot. Il faut qu'il comprenne que c'est comme ça que tu gagnes ta vie, maintenant. Ça n'est pas pour t'amuser.

— Mais il comprend, ne vous inquiétez pas ! Maintenant, dites-moi ce que vous pensez de ces cœurs quand elle nous les montrera. Et ensuite on se dépêche d'aller se préparer pour l'enterrement de vie de jeune fille, ce soir. Je meurs d'impatience !

10

Emma

Quelques heures plus tard, les filles se retrouvaient au *Center Bar* du *Hard Rock Hotel.*

— Oh, waouh ! On a une vue à trois cent soixante degrés sur Vegas ! s'extasia Kim, les yeux luisants d'excitation.

Emma filmait une story pour Instagram, son téléphone en mode selfie. Elle racontait à ses abonnés où elles se trouvaient et ce qu'elles faisaient.

— Comme vous pouvez le voir, souriait-elle, je suis au *Center Bar* pour mon enterrement de vie de jeune fille, avec mon écharpe de miss et ma tiare qui clignote. Regardez cette vue incroyable !

Elle tourna le téléphone vers la baie vitrée.

— Je suis super impatiente de faire la fête avec mes amies. Dites bonjour, les filles !

Tout le monde fit coucou. Elle coupa la vidéo.

— On a une surprise pour toi, Emma, annonça Fran d'un air espiègle.

— Des chippendales ? hasarda-t-elle avec une grimace.

Fran et Danni gloussèrent. Elle avait vu juste. Ça ne la dérangeait pas trop, cela dit ; ça faisait partie du jeu, après tout. Elle ne raffolait pas de l'idée d'être au centre de l'attention, entourée d'hommes à demi nus. C'était même très gênant, mais elle n'allait pas jouer les trouble-fête. Elle participerait de bon cœur, même si elle ne voyait pas ce qu'on pouvait faire de pire que ça.

Le groupe suivit Danni et Fran dans des taxis, et se retrouva devant un endroit appelé *Hunk House*.

— Je n'arrive pas à y croire, pouffa-t-elle en sortant son téléphone pour filmer et partager le moment.

Regardez où j'ai atterri ! #AuSecours #EVJF

Elle posta la vidéo en story et suivit les autres à l'intérieur. Il faisait sombre et l'ambiance manquait de classe… Des groupes de jeunes femmes patientaient, attendant l'arrivée des strip-teaseurs.

Le téléphone d'Emma vibra dans son sac. C'était Charlie.

Elle aurait voulu ne pas décrocher. Elle sentait au nœud qui venait de se former dans son ventre que ça n'augurait rien de bon. Mais son pouce ne lui obéissait plus : il appuya sur « répondre ».

— Allô ? cria-t-elle par-dessus le bruit et la musique.

Elle entendit sa voix étouffée. Elle aurait voulu reposer le téléphone, l'oublier. Faire comme s'il n'était pas là. Mais elle sortit, obéissante, après avoir fait signe aux autres qu'elle devait prendre l'appel. Elle n'imaginait que trop bien sa colère si elle décidait de raccrocher. Il serait fou de rage, et c'est cette pensée qui la força à trouver un endroit calme pour lui parler.

— Allô ? répéta-t-elle une fois arrivée dans l'entrée.

— Tu es dans un club de strip-tease ?

La méchanceté dans sa voix la fit tressaillir.

— Oui, et alors ? demanda-t-elle, vidée.

Ses sautes d'humeur l'épuisaient. Elle n'en pouvait plus de ne jamais savoir à quoi s'attendre. Elle était déjà allée voir des chippendales, pour l'enterrement de vie de jeune fille son amie Moira. Charlie était resté de marbre. Il avait même rigolé en voyant les photos. Alors pourquoi était-ce un problème maintenant ?

— Tu te payes ma tête ? demanda-t-il, glacial. C'est pour m'humilier que tu fais ça ?

— Charlie, enfin ! gémit Emma. C'est mon enterrement de vie de jeune fille, et toi tu as ton enterrement de vie de garçon. Dans quelques jours, je vais t'épouser. C'est juste une soirée entre filles. Et qu'est-ce que tu fais sur Instagram, à regarder mon compte ? En plus, ça ne te dérangeait pas, avant, que j'aille dans ce genre d'endroit...

— Je discute par messages privés avec quelqu'un qui nous a fait une proposition l'autre jour, et j'ai oublié de répondre. Du coup, je me suis connecté à ton compte, siffla-t-il. Je fais ça pour te rendre service ! Je pouvais difficilement rater la vidéo que tu viens de poster.

— Avec qui est-ce que tu discutais ? Je t'ai déjà dit de me laisser faire. Je répondrai à mes messages dès que possible.

— Sans vouloir te vexer, Emma, tu n'es pas vraiment capable de t'en occuper. Tu mets un temps fou à répondre quand tu ne zappes pas complètement. Tu as besoin de moi, ne l'oublie pas ! Peut-être que tu devrais y penser la prochaine fois que tu auras envie de m'humilier aux yeux du monde entier. C'est moi qui t'ai aidée à construire ton image sur les réseaux sociaux. Moi.

— Je sais, Charlie. Tu sais que je t'en suis reconnaissante, vraiment. Mais je ne te demande rien.

— Je le fais parce que je t'aime.

Il s'était calmé et son ton avait changé.

— Viens nous rejoindre en boîte, après, ajouta-t-il.

— Mais ce sont nos enterrements de vie de célibataires. On ne ferait pas mieux de se retrouver demain matin ? On est supposés passer la soirée chacun de son côté, non ?

Elle était un peu superstitieuse.

— Je me fous des règles, Emma. Je veux être avec toi.

Un silence se fit. Emma songeait à la rapidité avec laquelle Charlie passait de la colère à la gentillesse.

— Je t'envoie un message quand on part, et je te retrouve là-bas, OK? dit-il.

C'était davantage un ordre qu'une proposition, et Emma soupira en son for intérieur. Après tout, peut-être était-il normal qu'un homme éprouve de la jalousie lorsque sa fiancée se rendait dans un club de strip-tease. C'était mignon qu'il ait envie de la voir. Elle essayait de se persuader que Charlie n'était pas en train d'essayer de la contrôler.

11

Holly

— OK, les filles, on est parties pour le *Tryst*, au *Wynn*, maintenant, déclara une Fran tout excitée.

Le spectacle était fini, et Holly avait hâte de changer de décor.

— En fait, les copines, annonça Emma en se mordillant la lèvre, j'ai dit à Charlie qu'on les retrouverait. Ils sont au *Bank*, au *Bellagio Hotel*. J'espère que ça ne vous embête pas ?

— C'est vrai ? J'avais réservé avec un organisateur au *Wynn*, pourtant… Vous ne devriez pas passer au moins une soirée séparément ? protesta Danni, déçue.

— Non, je lui ai dit qu'on irait, répondit Emma, une expression indéchiffrable sur le visage.

— D'accord…, soupira Fran avec un air résigné. C'est toi la future mariée, c'est toi qui décides.

— Il a une table là-bas pour nous tous. On va bien s'amuser, assura Emma.

Elles s'engouffrèrent dans plusieurs taxis, et Holly remarqua que Rob lui avait envoyé un message un peu plus tôt, qu'elle n'avait pas lu. Elle cliqua, ravie de découvrir des photos des enfants. Elle ne s'arrêta pas sur le fait que Lottie portait un t-shirt de l'année précédente, incontestablement trop petit. Où avait-il pu dénicher ça ? Elle leur avait préparé des vêtements classés jour par jour, et il avait donc dû retrouver le t-shirt chez lui. Elle décida de ne pas prêter attention non plus au fait que leurs petits visages joufflus étaient tout barbouillés de nourriture et qu'ils avaient les cheveux en pétard. Elle n'avait rien désiré tant que cette escapade loin d'eux, mais en voyant leurs petites têtes pleines de bonheur et d'innocence, elle brûlait de les embrasser et de les serrer dans ses bras. Ils lui manquaient, et elle sentait son cœur se gonfler de fierté en les regardant. Ils avaient l'air de bien s'amuser. Elle était reconnaissante à Rob de la tenir au courant de ce qu'ils faisaient. Elle répondit.

> Fais-leur un gros bisou de ma part, et dis-leur que je les aime. Bisous.

Vingt minutes plus tard, après avoir fait la queue devant la boîte, elles parvinrent à entrer en expliquant qu'elles étaient à la table de Charlie. L'endroit était noir de monde.

— Ah, ils sont canon, pas vrai ? cria Kim dans l'oreille de Holly en regardant de loin la table, où on apercevait Max et Callum.

Holly suivit son regard, des frissons dans le ventre. Elle était incapable de répondre. Tout ce qu'elle pouvait faire, c'était se régaler. Max portait un jean foncé et une chemise blanche près du corps qui mettait en valeur son teint hâlé. Il leur adressa un sourire et s'approcha, ce qui mit Holly en émoi. Callum était magnifique aussi, et Holly se rendit compte que son visage sympathique et son expression bienveillante le rendaient attachant. Il n'était pas aussi sûr de lui et m'as-tu-vu que Max, et d'une certaine façon, il paraissait plus mûr, comme s'il avait quelques années de plus. Peut-être était-ce parce qu'il était papa, songea Holly. Elle l'imaginait comme un bon père, d'après la façon dont il parlait de sa fille, Eva. Le genre de papa qui prépare des repas maison plutôt que de se contenter de passer en vitesse au McDo. Le genre de papa qui joue avec son enfant et lui accorde de l'attention, l'aide pour les devoirs et le regarde jouer au spectacle de l'école. C'était l'impression qu'il donnait.

— Salut les filles. Vous vous êtes faites belles, commenta Max avec un clin d'œil en s'écartant pour qu'elles puissent s'asseoir.

Il laissa passer Holly en premier, et elle se réjouit d'être celle qui serait près de lui. Cela aurait été difficile de lui parler autrement.

— Vous êtes magnifiques toutes les deux, leur dit-il, mais il la regardait davantage.

Elle se mit à rougir.

— Merci, répondit Kim en prenant une flûte de champagne que lui tendait la serveuse.

Ils trinquèrent et Holly sentit le regard de Max toujours posé sur elle. Elle en était tout étourdie d'anticipation. Elle se demandait s'il avait l'intention de l'embrasser de nouveau ce soir-là. Elle l'espérait. Elle avait l'impression d'être redevenue ado, avec son premier coup de cœur.

Kim avala son champagne cul sec et tendit sa flûte à la serveuse pour être resservie.

— Ouh là, Kim, ralentis peut-être un peu, chuchota Holly.

Kim n'avait pas faim quand Holly avait commandé à manger dans la chambre avant de sortir, et elle avait perdu l'habitude de boire. Holly avait peur qu'elle se rende malade. Ou qu'elle se tape la honte en s'étalant par terre ou autre.

— Ça va aller, répliqua Kim avec un air de défi. Franchement, il faut que tu arrêtes de t'inquiéter pour moi.

Holly savait que Kim ne tenait pas l'alcool et qu'elle finirait certainement ivre, mais n'était-ce pas ce dont elle avait rêvé ? Que Kim redevienne rigolote ? Comment pouvait-elle à présent se plaindre que Kim s'amuse *trop* bien ? C'était une excellente maman, tout le temps avec ses enfants. Elle ne prenait jamais de pause. Holly lui avait déjà dit qu'elle devrait demander davantage d'aide à Andy, mais Kim ne voulait pas en entendre parler.

— En ce qui concerne les enfants, j'aime que les choses soient faites à ma manière. C'est mon boulot.

Holly s'était demandé si Andy lui-même aurait voulu s'investir davantage. Elle pensait que Kim devrait lui en donner l'occasion. Mais elle n'aimait pas s'immiscer, et elle avait gardé ses réflexions pour elle. Peut-être que ça leur convenait ? Holly était toujours reconnaissante que Rob soit là quand elle avait besoin de lui. Tout faire toute seule n'était pas son idéal, loin de là.

Elle prit son verre et trinqua avec Kim. Elles allaient passer une super soirée, songea-t-elle en sentant pétiller les bulles amères du champagne sur sa langue.

— J'adore ta robe, complimenta Max en la déshabillant du regard.

— Merci, répondit-elle, soudain timide. Tu es très beau aussi.

Holly fut bien obligée de remarquer que Max souriait à la jolie serveuse en commandant une nouvelle tournée. La jeune femme battit des cils, ravie de l'attention qu'il lui montrait. Elle voyait bien qu'il aimait les femmes. Il savait qu'il n'était pas désagréable à regarder, et qu'il plaisait. Il s'en délectait. C'était un de ces hommes qui ne peuvent s'empêcher de vénérer le sexe opposé. Il était charmant et sexy. Se comportait-il également ainsi lorsqu'il était en couple ? En tout cas, Edna, sa mère, lui aurait sans doute conseillé de garder ses distances.

— Trop beau pour être honnête, celui-là, avait-elle dit un jour à propos d'un petit ami de Holly qui ne la traitait pas bien.

C'était le garçon le plus populaire du lycée.

— Le problème, c'est qu'il a toujours eu les filles à ses pieds, avait-elle ajouté. Il n'a jamais eu besoin de faire le moindre effort.

Elle avait raison. De toute façon, Edna avait toujours raison.

On n'arrêtait pas de leur resservir à boire et une demi-heure plus tard, Holly constata que Kim titubait légèrement et s'exprimait d'une voix pâteuse.

— On danse ? proposa cette dernière, enthousiaste.

— Avec plaisir, acquiesça Holly en lui emboîtant le pas vers la piste.

Un groupe d'hommes américains s'approcha, et Holly bavarda poliment avec eux. Max surveillait la scène depuis la table. Ça ne pouvait pas lui faire de mal de voir que d'autres hommes étaient intéressés. Il ne pouvait en sortir que du bon. Ils se tenaient près de la cabine du DJ, et Holly avait bien du mal à entendre ce qu'on lui disait. Les deux amies finirent par prendre congé et retourner à leur table.

— C'est qui, tes nouveaux amis ? demanda Max, un sourcil levé.

— Oh, tu sais, jusque quelques-uns de nos *nombreux* admirateurs, répliqua Holly avec le plus grand sérieux, ravie de le voir aussi intéressé.

Visiblement, Max n'était pas enchanté.

— Vraiment ? répondit-il sur le même ton. Et combien en as-tu, alors ? On dirait que la concurrence est rude...

Il prit un air faussement inquiet. Kim lui tapota l'épaule et engagea la conversation. Callum se tourna vers Holly.

— Vous restez combien de temps à Las Vegas ?

— On repart deux jours après le mariage. Et vous ?

— Pareil. Ça fait du bien de prendre le large, mais j'avoue que j'ai hâte de retrouver Eva. Je ne l'ai pas vue avant de partir, parce que ce n'était pas ma semaine, et elle me manque. Ce n'est pas facile, quand on ne les voit pas autant qu'on voudrait. Tu t'entends bien avec ton ex ?

Holly pensa à Lottie et Jacob, envahie d'amour.

— Oui. On y tient vraiment. Mais on s'est séparés en bons termes, donc je pense qu'on a de la chance. Il a une nouvelle copine, maintenant. Je crois que mes enfants vont la rencontrer demain pour la première fois.

— Ça te fait quelque chose ?

— Quand il me l'a annoncé, ça m'a fait un choc, admit Holly, pensive. Je sais que c'est ridicule, mais je me suis sentie trahie... Pourtant, on n'était plus ensemble, donc ça n'a pas de sens.

Callum acquiesça, compréhensif.

— Hayley, la mère d'Eva, a un nouveau compagnon. Il est papa d'un petit garçon de trois ans qu'Eva appelle maintenant son frère. C'est compliqué, quand on a des enfants avec quelqu'un. Quand Hayley m'a appris qu'elle était en couple, j'ai eu du mal...

— Je l'ai déjà vue, la nouvelle copine, et elle est vraiment gentille. Je suis contente pour elle. Au final, Rob et moi, on n'était pas faits l'un pour l'autre, mais ça ne veut pas dire que je ne lui souhaite pas de trouver l'amour ailleurs.

— Qu'est-ce qui n'allait pas, entre vous ? Pourquoi ça n'a pas marché ?

Holly but une gorgée.

— Avant qu'on ait les enfants, j'adorais son côté cool. Rien n'était jamais grave, et j'aurais bien aimé être plus comme lui. Enfin, je veux dire, je n'aurais pas dit non qu'il m'aide un peu plus dans la maison… Mais je suis très organisée, et lui tout le contraire. Quand les enfants sont arrivés, tous ces traits de caractère que j'aimais chez lui ont commencé à m'énerver…

— Par exemple ? s'enquit Callum.

— Ça me gêne de dire ça, parce que c'est un bon père, mais on n'arrêtait pas de se disputer pour des petits trucs. J'aime bien que tout roule à la maison, mais avec la naissance de Lottie et Jacob, j'avais plus de mal à rester à jour dans le ménage et le rangement. Rob s'en fichait, il me disait de me détendre, mais j'aurais voulu qu'il mette la main à la pâte. Lui pensait que je me prenais la tête pour rien, et la vérité, c'est qu'on n'était juste pas pareils. Avec les enfants, c'est la même chose, il est toujours super cool, et c'était à moi de faire la discipline. J'avais l'impression d'être le méchant flic. On ne voyait pas les choses de la même manière, je ne sais pas… Je me souviens d'une fois où on était allés dans une ferme. Pour déjeuner, on est allés à la buvette, et quand je suis sortie des toilettes, j'ai trouvé Lottie qui se promenait à quatre pattes sur le sol dégueulasse, pendant que Rob était sur son téléphone. Elle était sale de la tête aux pieds, mais il m'a reproché de monter ça en épingle. J'avais l'impression qu'il était tout le temps vissé à son téléphone, et ça me rendait dingue. J'aurais voulu qu'on arrive à passer des bons moments tous les quatre une fois de temps en temps, mais je me rendais compte que je profitais plus des enfants quand j'étais seule avec eux. Tu dois penser que je suis une mégère…

Gênée par l'impression qu'elle pensait donner, elle eut un petit rire.

— Pas du tout. Avoir des enfants, ça change tout. Ça bouleverse le couple, et pas toujours en bien. Parfois, on est de meilleurs parents séparément qu'ensemble.

— Exactement. Rob est fou de nos enfants, et quand ils sont avec lui, ils sont pourris-gâtés. Ils adorent aller chez lui. C'est quelqu'un de plus détendu que moi, je pense, et pour l'éducation, on ne parvenait pas à s'entendre. À un moment, on s'est retrouvés à se disputer sans cesse. Je savais que ce n'était pas sain pour les enfants.

Ils restèrent à discuter de leur progéniture en buvant, et Holly sentit l'ivresse arriver. C'était facile de se laisser entraîner quand une serveuse venait constamment remplir votre verre. Facile d'oublier qu'on ferait mieux de s'arrêter. C'était aussi Callum qui la mettait à l'aise, et elle lui confiait de choses dont elle n'avait jamais vraiment parlé auparavant. Il était tellement ouvert et raisonnable. Ils se découvraient beaucoup de points communs. Callum sortit son téléphone pour lui montrer une photo d'Eva. Avec sa tignasse blonde, elle était adorable, et elle avait ses yeux verts.

— Quelle merveille ! s'extasia Holly en toute sincérité.

— Elle ressemble à sa mère, expliqua Callum, modeste.

Mais Holly trouvait que c'était au contraire le portrait de son papa.

Quelques instants plus tard, Max vint les interrompre.

— Eh, je crois que celle-ci a besoin qu'on la raccompagne, déclara-t-il avec un signe de tête vers Kim, en train de s'endormir sur la table.

Holly secoua doucement son amie, qui ouvrit des yeux hébétés et la dévisagea d'un air perplexe.

— Tu viens, on rentre ?

— Non, je suis très bien ici, rétorqua Kim, butée. Je ne veux pas rentrer.

Elle fronça les sourcils. Holly soupira. Elle savait combien son amie pouvait se montrer têtue. Quand elle s'amusait, elle n'était jamais d'accord pour rentrer. C'était comme ça depuis toujours. Holly avait complètement oublié ce trait de caractère.

— Tu n'as qu'à lui raconter qu'on va tous dans votre chambre et qu'on commandera des boissons, suggéra Max.

C'était une excellente idée, et cela fonctionna. À peine s'étaient-ils assis tous les quatre dans le taxi que Kim se rendormit.

— Comment va-t-on s'y prendre pour la ramener jusqu'à la chambre ? pouffa Holly.

Ils la portèrent jusqu'à l'ascenseur, où elle se réveilla. Ensuite ils la soutinrent jusqu'à la chambre. À l'instant où elle fut allongée sur son lit, elle ferma de nouveau les yeux. Holly remonta les couvertures et la borda. Ce n'était même pas la peine d'essayer de la déshabiller tant qu'elle était dans cet état.

— Tu n'as aucune raison de te coucher aussi, fit soudain Max, un petit sourire aux lèvres. On est à l'étage au-dessus. Ça te dit de passer dans notre chambre pour boire quelques derniers verres ? On a de la vodka et du gin dans le frigo.

Holly hésita. Ce serait sans doute mieux de se mettre au lit maintenant, puisqu'elle était dans sa chambre. Mais en regardant le beau visage de Max, elle sut qu'elle ne pouvait résister à un peu de temps supplémentaire avec lui.

— D'accord, convint-elle en vérifiant qu'elle avait bien sa clef de chambre sur elle. Juste un verre.

Dans le couloir, Max se tourna vers Callum.

— Tu vas retrouver les autres, n'est-ce pas ?

Callum, surpris, plissa les yeux.

— Euh… oui…, répondit-il lentement. C'est ça.

Holly voyait bien que Max venait d'inventer ce prétexte. Elle lisait sur le visage de Callum que ce dernier avait compris qu'il était de trop aux yeux de Max. Celui-ci voulait être seul avec elle. Elle n'était ni une idiote ni une ado naïve : elle avait parfaitement compris les intentions de Max.

— Bonne nuit, Holly, dit Callum dans un sourire.

Holly le suivit des yeux en se demandant si elle ne ferait pas mieux de rester avec lui et de l'accompagner là où il y avait du monde. Là où elle ne pourrait pas faire de choses qu'elle risquait de regretter. Elle savait avec certitude que s'il prenait une initiative, elle serait incapable de résister. Elle le voulait. Cela faisait très longtemps qu'elle n'avait pas éprouvé de désir. Elle ne souhaitait rien davantage que d'être avec Max, mais c'était rapide au point d'en être grotesque, non ? Elle ne pouvait s'empêcher de repenser à Rob : elle avait attendu au moins un mois lorsqu'ils avaient commencé à sortir ensemble. Elle n'avait pas voulu jeter sa culotte par-dessus les moulins le premier soir et risquer de tourner à l'histoire sans lendemain. Elle pensait qu'aller trop vite gâcherait une relation qui démarrait bien. Mais pourquoi songeait-elle à lui en cet instant ? Elle avait tourné la page autant que lui, mais elle était bien forcée de reconnaître qu'elle n'avait pas fréquenté d'autre homme depuis. Elle jeta un coup d'œil à Callum qui s'éloignait vers l'ascenseur. Si elle partait tout de suite, elle pouvait encore le rattraper.

— Tu viens ? demanda Max en ouvrant la porte.

Holly lui décocha un sourire sensuel. Elle méritait de s'amuser. Elle le suivit et ferma derrière elle.

12

Emma

Emma se réveilla avec une migraine. Elle se demanda combien de calories elle avait ingurgitées la veille rien qu'avec l'alcool. Cela n'avait toutefois guère d'importance : elle avait atteint son objectif de poids, se mariait dans deux jours, et était en vacances. Elle avait été tellement sage pendant les semaines qui avaient précédé son séjour à Vegas, surveillant son alimentation et passant des heures à la salle de sport, qu'elle pouvait bien se faire plaisir. À quoi bon vivre, autrement ? Il fallait se faire plaisir de temps en temps. Après le mariage, elle reprendrait ses bonnes habitudes, cela dit. Elle n'avait pas d'autre choix que de garder la ligne, et elle savait que Charlie lui en voudrait si elle prenait du poids. Quelques semaines plus tôt, elle lui avait montré de vieilles photos et il avait eu une expression qui disait *beurk*.

— Tu étais vraiment si grosse que ça quand je suis devenu ton coach ? s'étonna-t-il, l'air révulsé. J'ai fait du bon boulot pour t'amener à ton poids actuel, pas vrai ? Tu as de la chance de m'avoir rencontré et que j'aie accepté de t'épouser !

Elle avait été blessée par son ricanement. Elle s'était raconté que cela venait de son travail, qui faisait de lui un obsédé de la forme physique et de la santé.

Elle se frotta les tempes, le cerveau cotonneux des excès de la veille. Elle avait trop bu. Elle ne se souvenait pas de son retour dans sa chambre. Elle portait son pyjama de satin, remarqua-t-elle. Était-ce elle qui l'avait enfilé ? Ou bien Charlie s'était-il occupé de la coucher ? Elle ressentit une bouffée d'angoisse à l'idée de l'avoir mis en colère. C'était ce qu'elle ressentait à chaque fois qu'elle se réveillait en ayant oublié comment elle avait fini la nuit. En fait, même quand elle ne buvait pas, elle ressentait cela. Sa première pensée, la plupart des matins, était : « Est-ce que Charlie me fait la gueule ? ».

Il commença à remuer et elle sentit son cœur lui marteler les côtes. Était-ce normal d'éprouver cela vis-à-vis de son futur époux ? Elle se hâta de repousser cette pensée sous le tapis, en se répétant qu'aucune relation n'était parfaite. C'était juste l'un des défauts de Charlie, qu'elle devait accepter. Après tout, n'avait-elle pas elle aussi des défauts ? Elle toussota.

— Bonjour, dit-elle d'une voix douce en se penchant pour poser la tête sur l'épaule de Charlie.

Il ne bougea pas, le dos toujours tourné, et elle sut que c'était mal parti. Charlie n'avait pas son pareil pour l'ignorer. Emma ne connaissait personne d'aussi obstiné que lui. S'il avait un problème avec quelque chose qu'Emma avait fait – le moindre problème – il était capable de ne pas lui adresser la parole pendant plusieurs jours. Ça la rendait folle, et il le savait. Il ne prenait pas la peine de discuter, et se contentait de faire la gueule. Lorsqu'Emma en voulait à Charlie, elle prenait toujours la peine de lui en parler, et il valait mieux discuter le plus tôt possible du problème afin d'avancer. C'était tellement plus sain ! Elle n'était pas du genre à ressasser sa rancœur indéfiniment. Elle se demanda combien de temps ça allait durer cette fois-ci. Pas trop longtemps, sinon le mariage était compromis. Il pouvait difficilement rester planté devant l'autel et garder le silence quand le curé demanderait « Acceptez-vous de prendre Emma Langford pour épouse ? ». Ce serait ridicule !

Emma garda la tête appuyée contre son épaule, même si elle était consciente qu'il était dans une de ses phases. Si seulement elle savait ce qui s'était passé, elle pourrait essayer d'arranger les choses… Les sautes d'humeur de Charlie l'épuisaient. L'effrayaient aussi.

— Tout va bien ? demanda-t-elle gentiment.

Elle chercha sa main sous les draps et la serra. Il la retira vivement. Emma grimaça. Il se leva et disparut dans la salle de bains en tapant des pieds.

Silence.

Le cœur serré, Emma prit son téléphone pour se changer les idées. Frankie lui avait envoyé un texto.

> Salut, Em. Ça va ? J'espère que tu n'es pas trop lessivée ce matin. Je voulais juste vérifier qu'on se retrouvait bien à 13 heures à côté de la piscine. Bisous.

Emma soupira. Si elle sortait aujourd'hui, elle ne boirait sous aucun prétexte. Elle se demanda – pour la énième fois – si elle ne ferait pas mieux d'arrêter de boire définitivement. Comme ça, elle ne mettrait pas Charlie en colère aussi souvent. Elle se souviendrait toujours de ses soirées, et n'aurait plus à traverser des moments comme celui-ci.

Charlie déboula de la salle de bains, vêtu en tout et pour tout d'une serviette nouée autour de la taille. Même quand il refusait de lui parler, elle était toujours émerveillée de voir combien il l'attirait. Alors qu'elle contemplait ses abdominaux musclés et ses épaules larges encore humides de la douche, elle le voulait encore à ses côtés. C'était ça le problème. Leur vie sexuelle était éblouissante, et plus encore lors des réconciliations. Cela valait presque le coup de se disputer juste pour se jeter l'un sur l'autre comme des bêtes ensuite. *Presque*, se dit-elle, abattue. Sa façon de la traiter était de plus en plus inquiétante.

— Charlie, dit-elle d'une voix désespérée qu'elle détestait. Qu'est-ce qui ne va pas ? Qu'est-ce que j'ai fait qui t'a froissé ? Dis-le-moi. S'il te plaît…

Sa voix était fluette et pitoyable. Et c'était exactement comme ça qu'elle se sentait.

Il se contenta de mettre du déodorant comme si de rien n'était.

— S'il te plaît, Charlie…, insista-t-elle, incapable d'affronter la journée s'ils étaient en froid.

Ils allaient passer les prochaines heures avec leurs amis et leur famille, et elle ne voulait pas que l'ambiance soit tendue entre eux. Ce serait gênant, et ça n'échapperait à personne que quelque chose n'allait pas. Est-ce qu'il ne pouvait pas, pour une fois, ravaler sa fierté et parler ? Grandir, un peu ?

Il commença à se brosser les cheveux devant le miroir.

— Ne m'ignore pas, dit-elle avec lassitude. On a des gens qui ont fait beaucoup de chemin pour être à nos côtés. Si tu ne le fais pas pour moi, fais-le pour eux.

Elle vit sa mâchoire se crisper. Il réfléchissait à ses paroles. Elle soupira.

— Qu'est-ce que j'ai fait de mal ? Comment veux-tu que je te présente des excuses si tu ne me parles même pas ?

Il se tourna vers elle, le regard dur.

— Tu m'as foutu la honte, cracha-t-il. C'est pour ça que je ne te parle pas.

Il avait brisé le silence, et elle eut une bouffée de soulagement. Tout allait s'arranger plus vite que d'habitude. Emma retint son souffle et se creusa la cervelle. Elle savait qu'il en rajoutait. C'était systématique. En réalité, elle essayait d'éviter au maximum de sortir avec lui parce que ça se terminait toujours en dispute. Elle avait espéré de tout cœur que ce serait différent à Las Vegas. Après tout, ils se mariaient. Il devait quand même savoir combien elle l'aimait, puisqu'elle allait devenir sa femme ? Ses insécurités allaient certainement enfin disparaître après ça. Elle se remémora la fois où ils étaient sortis dîner et il avait refusé de lui adresser la parole pendant tout le repas parce qu'il pensait qu'elle en pinçait pour un homme assis derrière lui.

— Mais de quoi tu parles ? avait demandé Emma, éberluée.

Elle ne savait même pas de quel homme il s'agissait, car le restaurant était plein à craquer. Il y avait beaucoup d'autres couples autour d'eux.

Il avait détourné le regard, refusant de poser les yeux sur elle, et ignoré la question.

— Je ne m'intéresse à personne d'autre que toi, Charlie. Quand vas-tu enfin te mettre ça dans la tête ?

Elle avait attendu ce dîner avec impatience car le restaurant italien venait d'ouvrir dans leur quartier. Elle se souvenait d'avoir regardé avec envie les couples normaux qui bavardaient autour d'eux. Pourquoi ne pouvaient-ils vivre la même chose ? Pourquoi ne pouvaient-ils simplement sortir sans que quelque chose vienne le mettre en colère ? Elle était tellement déçue qu'il leur gâche la soirée… Tellement frustrée par sa jalousie qu'elle avait envie de crier. Quand Charlie était gentil, il était adorable. Il lui donnait réellement l'impression d'être la personne la plus aimée et choyée du monde. Mais quand il se comportait comme ce soir-là, c'était comme de croire gagner au loto, puis de vérifier et de s'apercevoir que l'un des chiffres n'est pas le bon. Elle était tellement dépitée qu'il ait cette facette !

Elle respira un grand coup.

— Écoute, je suis désolée pour ce que j'ai bien pu faire qui t'a mis mal à l'aise. Vraiment. Mais il faut que tu arrêtes, Charlie. On va se marier. Tu ne peux pas continuer à te comporter comme ça.

Elle ferma les yeux, épuisée de devoir constamment le raisonner.

— Tu m'as parlé comme à un débile, rétorqua-t-il avec fureur en la fusillant du regard, devant *tout le monde*. Après tout ce que j'ai fait pour toi, Emma ! Tu sais quel rôle j'ai joué pour que tu arrives à ce point de ta carrière ? Hein, est-ce que tu le sais ? La moitié des choses qu'on reçoit gratuitement, c'est grâce à moi !

Il se tapa violemment la poitrine du doigt.

— Je suis désolée, Charlie, et tu sais combien je suis reconnaissante pour tout ce que tu as fait. Je suis désolée pour ce que j'ai pu dire, répondit Emma d'une voix éraillée par le stress. Jamais je n'essaierais de te faire passer pour un idiot. J'avais trop bu. Il faut que tu acceptes mes excuses, et on ira retrouver tout le monde et passer un bon moment.

Comme il s'enfermait de nouveau dans le silence, elle essaya encore une fois.

— Qu'est-ce que j'ai dit, hier soir ? demanda-t-elle d'une petite voix.

— Tu as essayé de me contrôler, tonna-t-il, le visage sombre. Tu m'as dit que j'avais trop bu, et tu m'as fait passer pour un salaud parce que je ne voulais pas te raccompagner au moment où tu avais décidé de partir. Je m'amusais avec mes potes. Je n'apprécie pas que tu me dictes ma conduite.

Emma secoua la tête. Elle aurait voulu que la scène soit déjà finie. Pourvu qu'il pardonne rapidement cette fois... Elle détestait les disputes. Ses parents ne se querellaient jamais. Ils se parlaient avec calme et respect. Elle ne savait pas ce qu'elle avait fait pour mériter que Charlie s'adresse à elle de la sorte. Quand bien même elle l'aurait incité à rentrer alors qu'il était avec ses amis, était-ce si grave ? Avait-elle réellement voulu le contrôler ? Il était plus probable qu'elle ait eu besoin qu'il la raccompagne et veille sur elle, comme le ferait n'importe quel fiancé normal. C'était lui qui avait insisté pour qu'ils se retrouvent lors de leurs enterrements de vie de célibataire, pas le contraire. Bien sûr, elle n'oserait pas le lui rappeler : cela ne valait pas une nouvelle dispute. Et puis, il y avait le fait qu'il ne cesse de ressasser tout ce qu'il avait fait pour elle. Emma était perplexe : il avait toujours souhaité s'investir dans ses partenariats, relire les conditions pour être certain qu'elle soit rétribuée comme il pensait qu'elle le méritait. Chaque fois qu'elle sous-entendait qu'elle était capable de gérer sa vie toute seule, il s'empressait d'affirmer qu'elle avait besoin de lui, mais par la suite il finissait toujours par le lui balancer en pleine face.

Plus vite elle serait d'accord avec lui, plus vite on pourrait tourner la page. Elle sortit du lit et vint se placer derrière lui pour le regarder dans le miroir alors qu'il s'habillait. Elle s'approcha et lui passa les bras autour de la taille, le torse collé contre son dos.

— S'il te plaît, Charlie. Je suis désolée, d'accord ? Je ne te dirai plus jamais ce que tu dois faire. Je le jure.

Elle savait que ce n'était pas à elle de s'excuser. Elle était consciente qu'elle se laissait diriger par lui, et non le contraire, bien qu'il prétende l'inverse. Mais Emma cherchait juste à arranger les choses. Elle voulait avancer, et retrouver le Charlie gentil.

Elle l'embrassa sur la nuque, tentant de toutes ses forces de l'apaiser. Elle vit dans le miroir son expression s'adoucir. Ça marchait. Il se tourna et l'embrassa avec rudesse, comme elle s'y attendait. Il tâtonna vers son soutien-gorge et le dégrafa avec passion avant de la repousser sur le lit. Emma aurait voulu ne pas brûler de désir comme elle le faisait en cet instant. Leur relation n'était pas saine, et par moments, Emma devait bien s'avouer que Charlie ne lui plaisait pas. Il se comportait en enfant gâté, grincheux et déraisonnable, mais alors qu'il tirait sur sa culotte, elle ne pouvait s'empêcher d'avoir faim de chaque centimètre carré de sa peau. Elle le méprisait pour ses caprices, mais lorsqu'enfin il lui pardonnait ses fautes, si petites soient-elles, quand enfin elle arrivait à le ramener à la raison, elle se retrouvait toujours super excitée. Il laissa peser son corps sur le sien et elle se cambra d'impatience, et se demanda si elle pourrait vraiment supporter cela toute sa vie. On se mariait pour le meilleur et pour le pire, mais que se passait-il quand le pire commençait à prendre beaucoup plus de place que le meilleur ?

Plus tard, alors qu'ils regardaient la télévision au lit, le téléphone de Charlie sonna.

— Ça va, mec ? dit-il.

Emma essaya d'entendre l'autre voix au bout du fil, mais le son était étouffé.

— Oui, 13 heures, c'est ça. C'était une super soirée, hein ? Tu as fini où, après ?

Charlie sourit et éclata de rire.

— Pas possible ! C'est tout toi, ça !

Emma, sourcils froncés, se demandait qui c'était et de quoi il était question.

— OK, mec. On se voit tout à l'heure, conclut Charlie avant de raccrocher.

— C'était qui ? demanda Emma, curieuse. Vous parliez de quoi ?

— C'était Max. Il voulait juste savoir où on allait, répondit Charlie avec un petit sourire.

Charlie et Max étaient devenus bons amis depuis qu'ils s'étaient rencontrés à la salle de sport de Callum, quelques années plus tôt. Charlie chantait souvent les louanges de son collègue Max. Ensuite, ils s'étaient aperçus que c'était le même Max qu'elle connaissait de la fac. Ils voyaient Callum moins souvent, Emma supposait que c'était parce qu'en tant que propriétaire de la salle, il évitait de mélanger le travail et le plaisir.

— OK, dit Emma d'une voix lente, et qu'a-t-il dit d'autre ?

— Tu ne devineras jamais ce qu'il a fait la nuit dernière ? Ou plutôt, qui il s'est fait, rit-il.

Emma avait compris avant même qu'il le lui dise. Elle se sentait offensée pour son amie. Pourquoi Max racontait-il à Charlie ce qui s'était passé ? Il ne savait donc pas tenir sa langue ?

— Il a couché avec Holly ? s'enquit-elle.

— Eh ouais !

C'était bien un homme… Tout fier que son copain ait enrichi son tableau de chasse.

— Je trouve qu'il a tort de t'en parler, commenta Emma, le front plissé.

À la place de Holly, elle ne serait pas ravie. Apparemment, Max allait le crier sur tous les toits. Ce genre de vantardise était totalement immature. Holly n'était pas juste une conquête rencontrée dans un bar. C'était une amie d'Emma, invitée au mariage. Emma était déçue que Max ne montre pas davantage de respect. Ça ne lui faisait pas le même effet que lorsqu'il fanfaronnait à propos de filles qu'elle ne connaissait pas.

— Oh, pas la peine de tirer cette tête. Il m'a demandé de ne pas en parler. Ce n'est pas une affaire d'État, hein ?

— Ça l'est probablement pour Holly, répondit-elle d'un ton sec.

Elle se tut un moment, plongée dans ses pensées.

— Si ce n'est pas toi qui m'as raccompagnée hier soir, c'est qui ?

Elle n'en avait pas le moindre souvenir.

— Quoi ? réagit Charlie, surpris par le changement de sujet.

— Tu m'as dit que tu ne voulais pas rentrer, hier soir. Est-ce que tu m'as quand même ramenée, ou c'est quelqu'un d'autre ?

— Ah, c'est Frankie qui t'a reconduite. Bref, on ferait mieux de se préparer, rappela-t-il en se tournant pour la regarder tendrement et l'embrasser sur le nez. Je t'aime, Emma. À la folie.

C'était Dr Jekyll et Mr Hyde. Il soufflait le chaud et le froid. Emma avançait constamment sur un terrain miné. Elle acquiesça, tout en se demandant si elle aurait la force de supporter cela toute sa vie. Dans quoi diable allait-elle s'engager ?

13

Kim

Kim reposa son téléphone après avoir admiré l'adorable photo qu'Emma venait de poster sur Instagram de Charlie et elle tout sourire dans leur lit, et se dit qu'ils formaient vraiment un couple mignon. Elle se tourna vers Holly qui lui parlait de la nuit précédente.

— Ce n'est pas grave, Holly, dit-elle d'une voix calme en tentant de cacher sa surprise. Il te plaît vraiment…

Holly venait de lui annoncer qu'elle avait couché avec Max la veille. Elle semblait un peu tracassée et penaude, et doutait d'avoir fait le bon choix. Holly était célibataire, et elle avait passé une année difficile après sa rupture avec Rob. Elle avait trente-deux ans et venait de coucher avec un homme qui, assurément, lui plaisait plus qu'elle ne voulait l'admettre. Les coups d'un soir, ce n'était vraiment pas son genre. C'était plutôt un lointain souvenir… Kim n'aurait jamais cru qu'elle aurait de nouveau ce genre de conversation avec Holly après la naissance de leurs enfants, et pourtant elles y étaient, et elle devait faire comprendre à son amie que ce n'était pas la fin du monde. Elle avait passé la nuit dans la chambre de Max et craignait de le regretter. Elle avait peur de se sentir gênée en sa présence, et que ça change la donne entre eux.

— Je ne sais pas ce qui m'a pris, soupira Holly d'un air coupable. Il est tellement beau et charmant… Je crois que j'ai vraiment envie de tourner la page de Rob. Tu connais la croyance populaire…

— Qu'on n'oublie vraiment un homme que dans les bras d'un autre ? Écoute, Holly, tu as fait ce dont tu avais envie sur le moment, et c'est tant mieux. Ce n'est pas un crime de coucher avec quelqu'un qui te plaît, n'est-ce pas ? Ce n'est pas comme si tu étais en couple par ailleurs. Tu prends du bon temps, et tu as bien le droit. Tu n'as aucune raison de te faire des reproches.

— Oui, je sais… Mais il me plaît. Enfin, je crois. Pour être honnête, il n'a pas tellement la tête sur les épaules, et c'est un critère pour moi, et puis je déteste sa façon de reluquer tout ce qui bouge, mais je n'ai pas envie qu'on soit embarrassés après ce qui s'est passé.

— C'était comment, alors ? s'emballa Kim, les yeux pétillants, avide de détails.

C'était passionnant ! Elle avait l'impression de redevenir ado. Holly ne put réprimer un grand sourire.

— C'était super ! Franchement, c'était vraiment trop bien. J'avais tellement pris l'habitude de coucher toujours avec la même personne que j'avais oublié ce que ça fait avec quelqu'un d'autre. C'est tellement plus excitant ! On est en terre inconnue. Avec Rob, c'était devenu la routine, et à la fin je savais exactement ce qu'on allait faire et dans quel ordre. Tu vois ce que je veux dire ? Ah, sans doute pas. Entre toi et Andy, c'est tellement fort…

Kim se força à sourire. Bien sûr qu'elle savait ce que voulait dire Holly. C'était exactement pareil avec Andy. Ils avaient tendance à faire toujours la même chose. Leur moment, c'était le dimanche matin, et pour être honnête, une fois que c'était fini, elle se sentait un peu soulagée, comme si elle pouvait se détendre pour la semaine. Mais en y repensant, elle n'était même plus très sûre que ce soit encore chaque semaine. Quand avaient-ils fait l'amour pour la dernière fois ? Cette question la remua et l'angoissa. Ça devait faire un moment, sinon elle s'en souviendrait. Autrefois, ils éprouvaient une telle passion, ils passaient leur temps à s'embrasser, et rien ne venait les empêcher de faire l'amour quand ils en ressentaient la pulsion. Kim s'habillait même pour lui ! Dans le temps, ils partageaient de jeux érotiques. C'était drôle et euphorisant. Mais jamais elle ne trouverait le temps et l'énergie maintenant. Ses journées étaient tellement remplies : nourrir les enfants, les laver et les habiller, leur brosser les dents, préparer leur repas à emporter, les faire sortir de la maison, retrouver les autres mamans, faire les courses, préparer le repas, débarrasser la cuisine, faire tourner le lave-linge… Quand tout était fini et que les enfants étaient enfin au lit, Kim ne souhaitait rien tant que se détendre. Se poser sur le canapé avec une tisane et regarder la télévision. Pouvait-on le lui reprocher ? Elle ne l'aurait avoué pour rien au monde, mais le sexe lui semblait désormais une tâche de plus sur une interminable liste. Elle était en général beaucoup trop fatiguée, car elle était sans cesse réveillée la nuit. Il était rare qu'elle se sente sexy, car elle n'avait plus le temps de prendre soin de son apparence comme autrefois. Pour elle, faire l'amour avec son mari, c'était comme d'aller à la salle de sport : elle n'en avait jamais vraiment envie, mais une fois lancée, ce n'était pas si mal, et elle se sentait toujours bien mieux après, comme si cela les rapprochait. Bien sûr, elle appréciait aussi sur le moment, mais c'était devenu un peu banal, prévisible.

— C'est quand même agréable d'être à l'aise et détendu avec quelqu'un qu'on connaît bien, protesta-t-elle, surtout pour se convaincre elle-même. C'est bien quand on est amoureux de la personne avec qui on le fait.

— Oui, convint Holly avec un lent hochement de tête. Je sais tout ça, mais c'est tellement plus exaltant quand on en meurt d'envie ! Et pour être honnête, Max est un Dieu. On l'a fait cinq fois.

Pfff, ça, c'est trop beau pour être vrai, songea Kim.

— Cinq fois ?! s'exclama-t-elle.

— Oui ! gloussa Holly.

Kim ne put réprimer un pincement d'envie. Pour sa part, elle ne faisait même pas l'amour cinq fois par mois, et Holly l'avait fait cinq fois en une nuit. Elle ne pouvait nier qu'elle était un peu jalouse que son amie soit célibataire et libre de s'amuser avec qui elle voulait. Cela faisait une éternité que ce n'était plus le cas de Kim. L'époque où elle était complètement folle du corps d'Andy et où ils ne pouvaient se décoller était depuis longtemps enfuie. Ce sentiment, lors de la rencontre, cette frénésie et l'électricité qu'on ressent à chaque contact, cela ne reviendrait jamais. C'était un peu comme d'allumer un cierge magique. Au début, c'est très puissant, lumineux et pétillant, et puis ça s'épuise lentement et discrètement. Quand l'étincelle est partie, on ne peut tout simplement pas la rallumer. À moins que… ? Kim était consciente que son couple avait besoin d'efforts dans de nombreux domaines. C'était maintenant qu'elle en prenait conscience. Depuis la naissance des enfants, son couple était passé au second plan. Elle s'était contentée de considérer que ça tournait tout seul, pendant qu'elle s'occupait de tout le reste et investissait tout son temps et son énergie dans les enfants. Depuis les messages de Lily, elle doutait. Elle se tourna vers Holly.

— Tu as fait attention ?

Elle ne cherchait pas à doucher l'enthousiasme de sa copine, mais cela lui semblait important.

— Évidemment ! Je ne suis pas débile...

— Je préférais m'en assurer...

Le téléphone de Holly émit un bip, et celle-ci se mit aussitôt à sourire.

— C'est Max ! Il demande si on sera à la piscine à 13 heures !

— Tu vois, tu avais tort de te faire du souci ! Il t'envoie déjà des textos.

Une fois encore, une petite part d'elle-même aurait voulu retourner à l'époque où recevoir un texto était une merveilleuse surprise. Kim se rappelait les premiers temps avec Andy. Chaque fois qu'elle voyait son nom sur l'écran, son cœur tressaillait de joie. Même s'il lui demandait simplement comment se passait sa journée, cela lui donnait le moral, la pêche. Il avait réellement eu le pouvoir de faire d'elle la personne la plus heureuse du monde. À présent, voir son prénom était juste normal. Il lui demandait ce qu'ils allaient manger au dîner, ou la prévenait qu'il rentrerait un peu tard du collège, c'est tout. Les petites choses banales du quotidien. C'était rare qu'un message lui donne le même sourire qu'arborait Holly en cet instant. Kim savait que c'était inévitable, qu'aucune flamme ne durait toujours, mais elle était bien obligée de constater que ça lui manquait. Pourquoi avait-elle repoussé Andy à chaque fois qu'il lui avait proposé de l'emmener dîner, depuis que les enfants étaient nés ? Elle trouvait toujours une excuse : elle ne voulait pas abuser des deux grands-mères, elle n'avait rien à se mettre, elle était fatiguée ou n'avait tout simplement pas envie. Pourquoi ne faisait-elle plus d'efforts pour leur couple ? Comme Andy n'avait pas vraiment été transporté de joie lorsqu'elle était tombée enceinte de Mylo par accident, elle avait l'impression que c'était à elle de gérer toutes les fois où il pleurait ou réclamait à manger. Elle avait beau savoir que c'était absurde, elle ne pouvait s'empêcher de se reprocher la venue au monde prématurée de Mylo et de se demander si c'était à cause de quelque chose qu'elle avait fait, bien qu'on lui ait répété des dizaines de fois que les naissances prématurées se produisent, et c'est tout. Le choc et la terreur de cet accouchement en catastrophe avaient-ils transformé Kim en maniaque qui voulait contrôler tout ce qui concernait les enfants ? Elle n'avait absolument pas profité de sa deuxième grossesse. Elle se reposait tant qu'elle pouvait, effrayée par la perspective d'une deuxième naissance prématurée. Elle ne s'était enfin détendue qu'arrivée à trente-sept semaines de grossesse, et s'était sentie encore plus heureuse lorsque Willow était née une semaine après le terme, pesant trois kilos neuf cents.

Elle se souvint du claquement de langue agacé d'Andy, un jour où elle avait rhabillé Willow avant qu'ils sortent pour rendre visite à de la famille.

— Quoi ? avait-elle demandé. Je me dis simplement qu'il va peut-être faire froid. Il faut la couvrir davantage.

— Ça ne sert à rien que j'essaie de les habiller, en gros, avait marmonné Andy.

Kim s'était contentée de l'ignorer, jugeant qu'il exagérait. Elle ne pouvait pas s'en empêcher. Elle pensait toujours qu'elle ferait mieux. Mais quel effet cela avait-il sur Andy ? Pourquoi avait-il fallu qu'elle s'inquiète de ses relations avec Lily pour se poser la question ? Elle sortait enfin de son aveuglement et voyait ses erreurs. Elle avait pourtant cru bien faire.

Ce n'était pas son intention de donner à son époux un sentiment d'infériorité. Elle mourait d'impatience de le voir et de lui parler. La communication, c'était tellement important dans un couple. Tout le monde savait ça. Alors pourquoi avait-elle préféré s'enfuir après avoir lu ces messages ? Pourquoi avait-elle gardé le silence ? Parce qu'elle avait *peur*. Le mot surgit dans sa tête sans qu'elle l'y ait invité. Elle redoutait ce qu'Andy lui dirait. Elle ne voulait pas que ça se termine. Elle aimait Andy plus que tout au monde, et bien qu'elle lui en veuille d'avoir répondu à ces messages déplacés et aguicheurs, au fond d'elle-même elle savait que son propre comportement de ces dernières années n'avait pas arrangé les choses. Cela n'excusait en rien l'attitude d'Andy. Elle était aussi furieuse que blessée. Elle n'aurait jamais badiné de la sorte avec un autre homme, même s'ils étaient juste amis. À son avis, Andy avait franchi la limite, et Kim n'aurait jamais trahi Andy ainsi. Il disait souvent pour rire qu'il avait l'impression d'être la cinquième roue du carrosse, qu'il se sentait inutile. Mais était-ce vraiment pour rire ? Kim voulait aller au fond du sujet, et redresser la barre, s'il était encore temps. Elle était d'autant plus déterminée à sauver sa famille par tous les moyens qu'elle voyait Holly aux prises avec le fait d'être maman solo, déboussolée par la nouvelle relation de Rob. Rien ne pourrait la déchirer davantage que de voir sa famille voler en éclats. Kim avait toujours pensé qu'une fois casée, elle n'aurait plus de questions à se poser. Mais être un couple marié, ce n'est pas si facile, et elle était d'accord pour faire des efforts. Elle ne voulait pas se retrouver à échanger avec Andy des textos monosyllabiques et décider quels jours il aurait les enfants. L'idée la révulsait.

Elle regarda le compte Instagram d'Andy pour voir s'il avait récemment posté quelque chose. Il ne l'utilisait guère, et plus pour parcourir les photos des autres de temps en temps que pour en publier lui-même. Kim ne l'avait jamais espionné, mais depuis qu'elle avait réfléchi, elle était intriguée. Son dernier post était un selfie. Dans sa tenue de rugby sur le terrain du collège, il souriait de toutes ses dents à l'objectif. Ce n'était pas le genre d'Andy de prendre des selfies. Ça lui fit bizarre, comme si elle contemplait un inconnu. Andy était la personne la moins narcissique qu'elle connaisse, et ne se trouvait pas séduisant – étrangement, Kim trouvait justement cela très attirant. Elle cliqua sur l'image et remarqua aussitôt le commentaire.

@Lily.Anderson28 : Super photo, bisous

Kim avait les oreilles qui bourdonnaient, la gorge serrée. C'était donc elle, Lily ? Elle ouvrit sa galerie, à la fois contente et terrifiée que ce ne soit pas un compte privé. Andy commentait-il également ses photos ? Elle enrageait. Le compte de Lily semblait assez récent, avec juste quelques selfies et une photo d'un jack russell prénommé Rex lors d'une soirée entre amis. Kim fit défiler toutes les images et constata avec un soupir de soulagement qu'Andy n'en avait commenté aucune. C'était grotesque d'en arriver là, d'ailleurs ! Elle détestait l'idée de fouiner, mais comment résister ? Elle cliqua sur le dernier selfie pour détailler Lily avec ses cheveux auburn aux épaules, ses magnifiques yeux en amande et sa peau parfaite au teint de rose. Elle était tout le contraire de Kim.

Juste quand elle allait fermer l'application et attaquer sa journée, elle s'arrêta, le doigt en l'air, en remarquant un détail sous la photo : Andy avait liké.

14

Holly

— Ça va ? Tu es bien silencieuse, remarqua Holly alors qu'elle franchissait l'entrée de la piscine avec Kim.

— Oui, bien sûr, pourquoi ça n'irait pas ? répondit Kim, pourtant perdue dans ses pensées.

— Ce n'est pas à cause des enfants que tu te fais du souci, hein ? Ils doivent être très bien avec Andy. Et il ne nous reste pas si longtemps. On ferait mieux de profiter !

— Tu as raison. Je ne vais plus penser à la maison du tout ! sourit Kim.

Holly n'était pas totalement convaincue, mais elle acquiesça et se mit en quête des autres. Elle aperçut Max, assis sur le grand transat circulaire, qui lui faisait signe. Tout allait très bien se passer entre eux. Ce qui était arrivé la nuit précédente ne changerait rien. Elle devait garder son tempérament optimiste, et arrêter de s'inquiéter.

Max était assis avec Callum, et elle se sentit soudain un peu mal à l'aise, bien qu'elle se répète qu'il n'y avait aucune raison. Elle craignait qu'il lui ait raconté ce qui s'était produit entre eux. Elle était intimidée, comme si tous les yeux étaient braqués sur elle. Comme si elle avait une pancarte clignotante « Regardez-moi ».

Emma était sublime dans son maillot de bain rouge, occupée à prendre un selfie devant une bouteille de champagne. Elle était juste parfaite pour une fête au bord d'une piscine à Vegas, avec tout le glamour qui va avec. Sa chevelure, longue et épaisse, était ondulée par l'humidité. Elle avait de si beaux cheveux qu'on aurait pu croire que c'étaient des extensions, mais il n'en était rien. Elle avait toujours eu de très beaux cheveux, songeait Holly. De toute évidence, Emma était une fois de plus en train de poster sur Instagram. Depuis qu'elles étaient arrivées à Las Vegas, Holly avait vu passer de nombreux posts dans son fil d'actualité, y compris des vidéos qu'Emma avait prises sans que Holly s'en rende compte. Elle se demanda comment faisait son amie pour y penser sans se lasser. N'y avait-il pas des moments où Emma aurait préféré éteindre son téléphone et ne pas consulter ses messages ? Mais non, elle avait constamment son téléphone à la main, posant pour une photo, identifiant des lieux et des marques. Holly respectait ce choix. C'était incroyable de gagner sa vie simplement en postant des photos ! Pas besoin de mettre le réveil à 6 heures tous les matins. Pas de patron. Pas de train à prendre. Il semblait cependant que Charlie se mêle plus du compte Instagram d'Emma que ce qu'avait cru Holly. Elle se demanda pourquoi Emma semblait si persuadée d'avoir besoin de l'aide de son futur époux. Emma était une femme intelligente. Holly aurait aimé qu'elle en prenne conscience.

— Salut, tout le monde ! Comment ça va ? s'écria Kim.

— Coucou, sourit Holly en s'asseyant à côté de Callum, où il y avait de la place.

Kim enleva sa jolie robe blanche et dévoila un maillot de bain échancré orange vif. Elle était vraiment jolie, se dit Holly. Elle était plus ronde à présent qu'elle avait eu des enfants, la poitrine évidemment un peu moins ferme, mais elle était toujours belle.

— La nuit a été agréable, Holly ? demanda Charlie d'un air entendu, la bouche frémissante comme s'il réprimait un rire.

Holly s'empourpra. Elle fit glisser ses lunettes de ses cheveux vers son nez. Elle s'en voulait de réagir à son commentaire, mais elle n'y pouvait rien. Elle ne s'était pas attendue à des remarques. Ainsi, Max avait déjà tout raconté à Charlie ? Cela l'agaçait, mais pas seulement. Elle était déçue plus qu'en colère. Quel âge avait-il ? C'était tellement immature…

— J'ai bien dormi, merci. Et toi ? répondit-elle avec plus d'audace qu'elle n'en ressentait vraiment.

— Très bien. En pleine forme, rétorqua-t-il, toujours aussi amusé.

Crétin, songea Holly avec amertume.

Elle ne connaissait pas bien Charlie, mais plus elle le découvrait, plus elle estimait qu'il était moins gentil qu'il le paraissait au premier abord. Il y avait quelque chose dans sa façon de regarder Emma, comme si elle était sa propriété, comme si elle lui appartenait. Quelque chose dans le ton de sa voix de temps à autre lui donnait à penser que ça ne tournait pas si rond.

— Ça va, les filles ? demanda Emma d'une voix aiguë. Je me demandais si ça vous dirait de venir avec moi dans un magasin d'accessoires de mariage, tout à l'heure ? Ils m'ont proposé des produits gratuits en échange d'un peu de pub. Et peut-être qu'on pourrait faire un essai pour la coiffure demain, Holly, si ça te va ? Je meurs d'impatience de te voir accomplir tes miracles…

— Génial ! s'extasia Kim. Je n'arrive pas à croire que tu reçoives tous ces trucs gratuits, tu es une sacrée veinarde. Bien sûr qu'on vient, hein, Holly ?

Emma sourit, toute fière, mais Holly remarqua qu'elle avait l'air un peu ailleurs, comme tracassée.

— Tu vas adorer te faire coiffer par Holly, c'est une magicienne, renchérit Kim, pleine d'admiration.

— C'est ton métier ? demanda Callum, qui écoutait la conversation. Les coiffures de mariée ?

— Oui, c'est ma spécialité. En toute logique, je vais m'occuper d'Emma.

Holly était heureuse de faire économiser de l'argent à Emma, car elle savait que les tarifs pour les coiffures de mariée à Las Vegas étaient élevés.

— J'imagine que c'est un métier idéal quand on a des enfants : tu peux choisir tes horaires, commenta Callum, allongé sur le transat.

C'était impossible de ne pas remarquer la perfection de son corps, et Holly se força à détourner les yeux en s'étranglant un peu.

— Absolument, parvint-elle à répondre.

— Merci beaucoup, Holly, soupira Emma avec reconnaissance. Je ne sais pas encore ce que je veux… Je chercherai l'inspiration sur Pinterest.

— Allez, les filles, on va acheter des boissons et on plonge dans la piscine, suggéra Kim, tournée vers l'eau où de très nombreux jeunes gens riaient et s'éclaboussaient.

— Comment peux-tu envisager de boire après la nuit dernière ? s'étonna Emma.

— Il faut soigner le mal par le mal, pouffa Kim. Il n'y a que ça de vrai.

Holly acquiesça, sourire aux lèvres. Kim semblait vraiment s'amuser, ces derniers jours. Holly avait même du mal à la suivre. Pourtant, elle semblait préoccupée, comme si elle buvait pour oublier quelque chose, et Holly se dit qu'il faudrait qu'elle pense à lui poser la question quand elles seraient seules.

— Ça vous dit, un petit plongeon ? demanda-t-elle à Max et Callum.

Callum se tourna vers Max avec un petit haussement d'épaules, comme pour dire qu'il irait seulement si ça tentait son ami.

— Peut-être plus tard, répondit Max avec désinvolture avant de s'allonger, les yeux fermés. Pour le moment, j'ai juste envie de me détendre et de prendre le soleil.

Holly ravala sa déception et se dit qu'elle surinterprétait. Max avait bien le droit de prendre un bain de soleil s'il en avait envie. S'il avait dit ça la veille, cela ne lui aurait fait ni chaud ni froid. Mais la veille, il n'avait pas dit ça. Il était resté constamment à côté d'elle, intéressé. Bien décidée à ne pas se montrer vulnérable et collante, Holly se prépara à s'amuser avec ses amies.

— Allons-y, dit-elle avant de se mettre à chanter avec la musique.

Quelques instants plus tard, elles trinquaient au prosecco. Holly avait du mal à croire qu'elle était de nouveau en train de boire, mais si Kim l'encourageait, elle se sentait obligée de l'imiter.

— Je vais dire bonjour aux autres, annonça Emma en voyant arriver d'autres membres du groupe. Je reviens tout de suite.

Kim se mit à bavarder avec deux hommes qui leur dirent qu'ils venaient du Canada. Holly discutait avec Chad, de Toronto, tout en espérant secrètement que Max le remarque. Il n'avait pas l'air particulièrement pressé de passer du temps avec elle aujourd'hui, et lui avait en réalité à peine dit bonjour. Ça ne pouvait pas lui faire de mal de voir qu'elle avait d'autres prétendants. Bien qu'elle ait la trentaine et deux enfants, elle était encore désirable.

Holly riait aux blagues de Chad et répondait poliment à ses questions même si, en toute honnêteté, il commençait à l'ennuyer un peu en s'étalant sur son travail dans les nouvelles technologies. Elle ne pouvait détacher le regard de ses dents d'une blancheur étincelante. Il s'était visiblement fait poser des facettes. Elle en perdait le fil de ce qu'il disait. Elle regarda Max, et sentit son cœur se serrer en découvrant que Callum et lui étaient en grande conversation avec un groupe de filles. Max, la tête rejetée en arrière, riait de bon cœur à une remarque de l'une d'elles et Holly en fut agacée. Elle était consciente de faire la même chose et d'être mal placée pour se plaindre, mais les doutes qu'elle nourrissait sur la profondeur des sentiments de Max à son égard étaient en train de se renforcer. Elle avait fait exactement la même chose plus jeune, au Portugal. Liam avait été son premier (et unique) coup d'un soir. Holly n'avait pu résister à son charme et ses promesses. Elle avait tout gobé. À peine avait-elle couché avec lui qu'il s'était désintéressé. Il était aussitôt passé à la suivante, et Holly s'était sentie idiote le lendemain en le voyant quitter le bar avec une fille aux longs cheveux bruns. Il sortait sûrement les mêmes phrases à tout le monde. C'était bien la dernière fois qu'elle couchait le premier soir.

Cette fois, se dit-elle, elle pourrait gérer. Après tout, elle avait vraiment eu envie que ça se produise, mais à présent qu'elle voyait Max flirter avec d'autres filles, les sentiments qu'elle avait éprouvés toutes ces années auparavant au Portugal se réveillaient. Une impression d'être utilisée et jetée… Elle prit conscience qu'elle n'avait sans doute pas le détachement nécessaire pour les histoires sans lendemain. Elle s'attachait trop, même si elle ne savait pas vraiment ce qu'elle ressentait pour lui. C'était un comportement tellement typique des femmes, se reprochait-elle. Quand elle avait rencontré Rob, elle avait espéré en avoir fini. Plus de jeux. Plus de stress du premier rendez-vous. Mais l'avenir en avait décidé autrement. Et elle se retrouvait à Vegas, célibataire, pendant qu'il jouait au papa et à la maman avec sa nouvelle copine et ses enfants à elle. Elle eut soudain envie d'être à la maison avec ses tout-petits. De les câliner. De se blottir sur le canapé pour regarder un Disney, bien au chaud tous les trois sous la couverture. C'était sûrement ce qu'elle aurait été en train de faire si elle avait été en Angleterre. Avec ses enfants, elle se sentait toujours aimée, comblée et en sécurité. Avec eux, elle n'avait besoin de personne d'autre au monde. Ils la rendaient si heureuse !

— Ne t'inquiète pas pour lui, enjoignit Kim avec gentillesse, en jetant un coup d'œil à Max qui avait à présent le bras passé autour de la taille de l'une des filles.

— Je ne m'inquiète pas, mentit Holly.

Elle ne voulait pas avouer ses sentiments, pas même devant Kim.

— Je ne suis pas dupe, Hols, objecta Kim d'une voix douce. Je te connais. Je vois bien que tu es choquée par son comportement.

Holly hocha la tête et continua à scruter les faits et gestes de Max. Il se délectait de la compagnie de ces filles.

On passe à la suivante.

Exactement comme Liam au Portugal. Elle avait beau souhaiter n'en avoir rien à faire, elle n'en était pas moins très peinée par son changement d'attitude. Personne autour de la piscine n'aurait pu imaginer les choses qu'il lui avait murmurées à l'oreille quelques heures auparavant à peine, toutes ces promesses qu'il n'avait sans doute jamais eu l'intention de tenir. Il connaissait toutes les phrases magiques. Mais Holly changea de sujet de préoccupation lorsqu'elle remarqua avec quelle expression Charlie parlait à Emma. Ses yeux n'étaient plus que des fentes dans un masque de colère. Il semblait s'adresser à elle en crachant.

— Max ne fait que discuter avec cette fille, reprit Kim pour l'apaiser. Je suis sûre que ce n'est qu'un petit flirt sans conséquence. Peut-être que tu devrais aller lui parler ?

— Oui, peut-être, convint Holly pour la faire taire.

Mais elle ne pensait plus à Max. En cet instant, il n'avait même aucune importance. Il y avait quelque chose qui la tracassait bien plus.

— Viens, alors ! On va discuter avec les autres. Oublie ces filles.

Kim continua à parler, mais Holly n'écoutait pas. Elle avait les yeux rivés sur Charlie qui parlait toujours à Emma. Celle-ci se tenait la tête baissée, apparemment soumise et repentante.

Que s'était-il passé ? Ils se disputaient…

Soudain, Emma se retourna en agitant un téléphone.

— Y a un téléphone qui sonne ! cria-t-elle en s'approchant de la piscine.

— C'est le mien, répondit Holly en s'approchant pour le prendre.

C'était Rob. Holly fronça les sourcils.

— Allô, Rob ?

— Holly, coucou. Ta mère et moi, on a essayé de t'appeler, mais ça ne passait pas.

Il s'adressa ensuite à quelqu'un à côté de lui.

— C'est bon, je l'ai, elle est au bout du fil.

— Qu'est-ce qui ne va pas ? s'affola Holly, le cœur battant la chamade.

Quelque chose était arrivé, elle le savait.

— C'est Lottie. Mais ne t'inquiète pas, elle va bien. Elle est tombée du lit, et on a dû l'amener à l'hôpital. Ils pensent qu'elle s'est cassé le bras.

— Mon Dieu ! souffla Holly, haletante, le cerveau bouillonnant d'un million de questions.

Elle se sentait coupable et submergée d'anxiété.

— Comment ça, elle est tombée du lit ? Comment ça se fait, Rob ? Est-ce qu'elle me réclame ? Est-ce qu'elle a mal ? Je n'arrive pas à croire que ça se soit produit juste quand j'étais absente !

— C'est un accident, c'est tout. Elle sautait sur le lit ce matin, et elle est tombée.

— Mais enfin, Rob ! Pourquoi tu ne la surveillais pas ?!

Holly avait beau savoir que Rob était un bon père qui ne ferait jamais de mal à ses enfants, elle ne put s'empêcher de passer son choc sur lui. Elle était persuadée que rien de tout ça ne se serait produit si elle avait été là. Elle aurait aussitôt demandé à Lottie de descendre du lit. Holly était toujours consciente du danger, alors que Rob pensait qu'il fallait laisser les enfants s'amuser.

— J'étais avec Nikki…, commença Rob.

— Nikki ? vociféra Holly. Franchement, Rob, est-ce que tu te fous de ma gueule ? Si tu n'es pas fichu de surveiller tes gosses maintenant que tu as une nouvelle copine, si leur accorder de l'attention est trop te demander, s'ils te dérangent tant que ça, peut-être que tu ne devrais pas les prendre quand tu es avec elle !

Elle était en rage. C'était la première fois que Lottie avait un accident sérieux, et elle n'était pas là. Ses enfants n'avaient jusqu'à ce jour jamais mis les pieds aux urgences.

Pas une seule fois. Pourtant, maintenant que Rob était occupé avec Nikki, la toute première fois que les enfants la rencontraient, voilà ce qui se passait. Sa pauvre petite Lottie. Holly avait l'impression d'être la pire des mamans, même pas là pour réconforter son bout de chou.

Rob poussa un soupir.

— Si tu me laissais t'expliquer…

— Non, Rob, c'est toi qui vas m'écouter ! Quand tu as les enfants, tu es *responsable* d'eux. Toi, pas Nikki. Tu as compris ? insista-t-elle avec fureur.

— Pour l'amour du ciel, Holly, laisse-moi parler !

— Je veux parler à Lottie, décréta Holly d'un ton ferme en lui coupant une fois de plus la parole.

— Ta mère est en train de la ramener. Elle t'appellera dès qu'elles seront rentrées.

— De quoi tu parles… Ma mère ? Je croyais que les enfants étaient avec toi ?

Rob exhala lentement.

— Non, Holly. C'est ce que j'essayais de te dire. Ils étaient chez ta mère ce matin. Lottie est tombée du lit de ta mère pendant que celle-ci sortait Jacob du bain. J'étais en route avec Nikki pour aller les chercher. Quand je suis arrivé, ta mère avait appelé une ambulance. Elle est partie à l'hôpital avec Lottie, et je suis resté avec Nikki pour garder Jacob.

Holly grimaça, honteuse.

Bon, ben c'était parfait…

15

Kim

Kim voyait bien qu'il était arrivé quelque chose à Lottie, et elle était impatiente que Holly raccroche. Elle la regarda prendre soudain un air mortifié et s'excuser abondamment auprès de Rob. Qu'avait-il pu se passer ?

— Qu'est-il arrivé à Lottie ? demanda-t-elle dès que Holly eut posé son téléphone.

Holly lui raconta.

— Oh, mince… Elle va bien, quand même ? C'est juste un accident, ça peut arriver. Mylo est tombé du lit quand il était bébé, tu te souviens ? Par chance, il n'a pas dû aller à l'hôpital, mais c'était flippant. Il avait une bosse énorme.

— Apparemment, elle n'a plus mal maintenant. Mais elle a un plâtre et tout. Il faut qu'elle fasse très attention, et elle devra retourner à l'hôpital pour un bilan. Je culpabilise à mort que ce soit arrivé quand je n'étais pas là. J'ai eu tort de partir. Et en plus, j'ai tellement mal parlé à Rob, oh là là… Il doit me haïr. Je l'ai engueulé comme du poisson pourri alors qu'il n'y était pour rien. J'ai eu tellement peur que j'ai pété un câble. Je crois que je ne suis pas très bien dans mes baskets aujourd'hui, avec ce qui s'est passé entre Max et moi la nuit dernière, et tu as raison, Kim, ce n'est pas agréable de le voir papoter avec ces filles juste sous mon nez. Je crois que je me suis passé les nerfs sur Rob. Je ne sais pas, peut-être que c'est moins facile que ce que je croyais, finit-elle par confesser avec un soupir. Autrefois, tout était tellement simple. Pas dans notre relation, mais le fait d'être deux pour élever les enfants.

— Rob peut comprendre que tu étais inquiète et sous le choc. Ne t'en fais pas, il s'en remettra, la rassura Kim. Et ne te reproche pas d'avoir du mal à t'adapter à la nouvelle donne. C'est normal que tu sois déstabilisée au début.

— Peut-être... Je crois que parfois, je suis un peu triste que ça n'ait pas marché, tu sais ? Je n'aurais rien aimé plus qu'une famille qui reste unie, surtout pour les enfants. C'était mon rêve quand j'étais petite, après la séparation de mes parents.

— Tu n'étais pas heureuse avec Rob, Holly. Ne l'oublie pas. C'est plus important d'être heureuse que de rester ensemble. Les enfants auraient fini par s'en apercevoir et ça n'aurait pas été sain de rester ensemble juste pour eux.

— Je sais, je sais, répondit Holly, la gorge serrée. Mais je n'aurais pas dû l'engueuler comme ça. Il n'y était pour rien. J'ai tellement hâte de parler à Lottie...

Elle regarda son téléphone.

— Je te crois, convint Kim, compatissante.

Elle aurait ressenti exactement la même chose à la place de Holly. Se séparer lorsqu'on a des enfants est toujours compliqué, même quand on reste en bons termes. Cela ne faisait qu'enfoncer le clou : Kim ne voulait pas que ça lui arrive un jour.

— Viens, allons rejoindre Emma, proposa-t-elle.

Elle s'approcha des autres, Holly à sa suite, satisfaite de voir le groupe de filles prendre congé de Max et Callum. Il se prenait pour qui, ce Max ? Indéniablement, c'était un coureur de jupons, à l'affût de bon temps et pas d'une relation. Elle était inquiète à l'idée que Holly ne l'ait pas deviné, et qu'elle se soit laissé mener en bateau. Oui, Max était beau et plein de charme, mais elle ne laisserait personne faire du mal à sa meilleure amie. Et encore moins maintenant qu'elle était démoralisée par l'accident de Lottie.

Malgré ses inquiétudes à propos de son couple qui ne cessaient de ressurgir dans ses pensées, Kim faisait de son mieux pour profiter de son escapade. Elle se souvint soudain qu'elle n'avait pas répondu au dernier message d'Andy, qui lui demandait si elle s'amusait bien. Elle répondit rapidement que oui, et qu'elle espérait que les enfants étaient en pleine forme. Ce qui venait d'arriver à Lottie lui donnait envie de prendre de leurs nouvelles plus souvent.

— Qu'est-ce qui se passe ? demanda Callum en remarquant l'air défait de Holly.

Elle lui raconta.

— Oh non ! J'imagine ce que tu ressens ! Mais ta mère doit être en train de la chouchouter et de la traiter comme une reine. Je t'assure qu'Eva aime bien être malade, parfois, parce que je la laisse dormir dans mon lit, dit-il pour tenter de la consoler.

— Oui, tu as sûrement raison, soupira Holly, les yeux embués. Mais je m'en veux tellement d'être loin…

— On ne peut rien y changer, déclara Max d'une voix qui montrait bien qu'il ne partageait pas ses inquiétudes.

— Je suis sûr qu'elle n'a plus mal, maintenant, reprit Callum, plein d'empathie. Ils lui ont forcément donné un médicament, à l'hôpital.

— Merci, Callum, répondit Holly en se rongeant un ongle.

Max se mit enfin à parler à Holly, et Kim se réjouit pour elle. La dernière chose dont elle avait envie, c'est qu'il la fasse souffrir. Elle voulait que Holly soit heureuse. Si Max était l'homme qu'il lui fallait (coureur de jupons ou pas), eh bien soit. Peut-être qu'il n'était pas aussi affreux que Kim l'avait imaginé ? C'était un célibataire en vacances. Il n'était pas marié à Holly, et ne lui avait pas juré une fidélité éternelle.

Kim reporta son attention sur Callum. Le soleil baignait son visage, faisant ressortir le vert éclatant de ses yeux.

— Tu as passé une bonne soirée, hier soir ? demanda-t-elle d'un ton amical.

— Moins que toi, je crois. Tu étais dans un état ! rit-il, bon enfant. Mais oui, c'était une super sortie.

— Tu n'as jamais été marié, je crois ?

Callum avait l'air tellement gentil. Le genre avec lequel on est tout de suite à l'aise. C'était un bon parti, et Kim ne comprenait pas qu'il soit seul, à moins que ce soit un choix.

— Non, avec mon ex on n'est pas allés jusque-là, finalement. On s'est fiancés, mais tout s'est dégradé quand on a eu notre petite fille. J'aimerais me marier un jour, cela dit. Avoir d'autres enfants et tout le tralala.

— Je suis certaine que ça se produira, affirma Kim du fond du cœur.

Elle se tourna vers Holly et articula silencieusement « Ça va ? ».

Holly acquiesça sans cesser de bavarder avec Max, puis elle jeta de nouveau un coup d'œil à son téléphone.

— Ça te dirait qu'on se fasse quelques shots ? proposa Callum à Kim d'un air joueur.

— Pourquoi pas ? pouffa-t-elle en le suivant au bar. C'est parti pour la tequila !

Kim avait pris des shots de tequila lors de son premier rendez-vous avec Andy. Elle s'en souvenait comme si c'était hier. Il l'avait invitée chez *Umberto's*, un joli petit restaurant italien à Colchester, près de leur fac. Dès le début, elle avait vu qu'il en pinçait pour elle. Il ne pouvait s'empêcher de la dévorer des yeux, et semblait vouloir tout savoir d'elle. Elle n'avait aucun mal à lui parler. À l'époque, elle était pleine de vie, d'assurance. Avec lui, elle s'était tout de suite sentie formidable, même si au départ elle n'était pas certaine qu'il parvienne à la suivre.

— Tu veux un dessert ? Un café ? avait-il demandé, le nez dans la carte, après le dîner.

— De la tequila, ça te va ?

Elle avait rendez-vous avec Holly et quelques autres en boîte après le dîner, et ne voulait pas être la moins bourrée de la bande.

— De la tequila ? avait-il répondu, aussi éberlué que si elle avait proposé du cyanure.

Kim avait acquiescé le plus sérieusement du monde.

— Quel est le problème ? s'était-elle étonnée de son ton le plus innocent.

Il était tellement grand et costaud que s'il ne pouvait pas tenir quelques shots, il n'était pas fait pour elle. Elle espérait qu'il n'aimait pas le sport au point de surveiller son alimentation et tout ça. Elle voulait quelqu'un à sa hauteur. Quelqu'un qui veuille profiter de la vie, faire la fête. La vie était faite pour être vécue.

Andy avait hésité, avant de répondre « D'accord » lentement. Ça ressemblait plus à une question qu'à une réponse. Pour lui, boire des shots de tequila après un bon repas lors d'un rendez-vous était vraiment étrange.

— Tu ne ressembles pas aux autres filles, avait-il commenté en la dévisageant comme pour l'analyser.

— C'est vrai ?

— Oui, Kim. Tu as quelque chose… Quelque chose que j'ai envie de mieux connaître, avait-il dit, sourcils froncés, en lui prenant la main par-dessus la table.

Kim n'avait pas prévu de sortir avec Andy, même si comme toutes les autres filles, elle l'avait toujours admiré de loin. À l'époque de la fac, Kim sortait avec beaucoup de garçons, juste pour s'amuser. Elle aimait être célibataire. Ne pas savoir ce que l'avenir réservait. Elle n'avait jamais ressenti le besoin d'avoir un petit ami, comme certaines de ses copines. Quand elle avait rencontré Andy, ça ne faisait pas longtemps que Holly était en couple avec Rob. L'idée de sortir à quatre paraissait rigolote : c'était quelque chose qu'elles n'avaient encore jamais fait. En y repensant, c'était sans doute pour ça que Kim avait laissé à Andy la chance de la découvrir davantage. Elle était comme un cheval sauvage qui ne veut pas se laisser dompter. Pas tant qu'elle n'avait pas rencontré la personne qui saurait l'apprivoiser. Andy était l'homme qu'il lui fallait, et il était arrivé au bon moment. Le timing était important, elle en prenait conscience maintenant.

Même en couple avec Andy, Kim avait continué à faire la fête. Qu'il s'agisse de sorties après le boulot pour aller boire des verres à Londres ou, le week-end, d'aller s'alcooliser dans des bars ou des boîtes, elle n'allait pas laisser le fait d'avoir un copain l'empêcher de faire ce qu'elle aimait. On n'avait qu'une jeunesse, et Andy était prévenu dès le début. En fait, il avait l'air d'adorer son côté plein de vie et de liberté.

— La vie est plus excitante avec toi, lui avait-il dit en lui demandant sa main, en Afrique du Sud (partir en safari était une idée de Kim). Je ne sais jamais de quoi demain sera fait. Ce que tu projettes pour nous. Je n'ai jamais autant ri et souri avec quelqu'un d'autre que toi. Kim, tu es extraordinaire.

Malgré ses fiançailles, Kim s'était arrangée pour passer beaucoup de temps avec ses amies aussi. Elle ne détestait rien autant que les filles qui arrêtaient de voir leurs copines quand elles rencontraient un garçon, et elle s'était juré de ne jamais tomber dans ce travers. Andy sortait également avec ses amis, mais moins souvent que Kim. Il aimait les soirées à la maison, et ça lui convenait à merveille d'inviter ses copains pour boire quelques bières devant un match de rugby ou de foot plutôt que d'aller au pub ou dans un bar. Avec Andy, renoncer au célibat n'était pas un sacrifice. Il ne doutait pas de leur amour, et ne voyait pas d'inconvénient à ce qu'elle sorte souvent. Et même, c'était son côté indomptable qui lui plaisait tant. Une fois de plus, Kim fut submergée par une désagréable sensation. Elle n'était plus cette femme insouciante, un peu fofolle et dingue de tequila dont il était tombé amoureux. Elle était tellement différente désormais… Est-ce qu'il la reconnaissait encore ? Est-ce qu'il l'aimait autant qu'autrefois ?

— Prête ? demanda Callum en levant un verre, chassant ses souvenirs par la même occasion.

— Prête comme jamais ! gloussa Kim en mordant dans le citron avant de descendre son shot.

Elle éclata de rire en voyant Callum grimacer de déplaisir avant de lécher le sel qu'il avait sur l'autre main.

— C'était dégueulasse, avoua-t-il. Bon, on va refiler le reste aux autres.

Max leva les yeux à leur approche.

— Vous avez l'air de bien vous amuser, tous les deux. C'est quoi ?

— On vous apporte des shots, répondit Callum en lui tendant le plateau.

— Je veux parler à Lottie avant d'avoir vraiment bu, dit Holly d'une voix inquiète en poussant sa boisson vers Max, qui l'avala cul sec.

Elle tenait toujours son téléphone à la main pour décrocher plus vite.

Les autres burent leurs shots et Kim continua à bavarder avec Callum, très à l'aise avec lui. On aurait dit un vieil ami.

Une heure plus tard, Emma enfila son caftan.

— Vous êtes prêtes pour une virée shopping, les filles ? Comment allait Lottie quand tu lui as parlé, Holly ?

— Ça avait l'air d'aller. Apparemment, elle trouve ça super cool d'avoir le bras dans le plâtre.

Elle essaya de rire, mais Kim vit clair dans son jeu.

— Je ne peux rien faire, de toute façon, soupira Holly, je n'étais pas là, et elle a l'air contente de passer la journée avec Rob et Nikki.

— Oh, je suis content d'entendre qu'elle va bien ! s'exclama Callum.

— Je comprends que tu regrettes d'être loin, mais au moins tu sais qu'elle n'a pas mal, et qu'elle est contente, rappela Kim. Allez, viens, on va aider Emma à trouver les accessoires de ses rêves.

— À plus tard, souffla Holly à Max en l'embrassant sur la joue.

— À plus ! lança Kim à Callum en s'éloignant avec les autres. Euh, les filles, je vais m'arrêter aux toilettes. Je vous retrouve près de la sortie.

Lorsque Kim sortit des toilettes, elle eut la surprise de trouver Max planté là. Il paraissait l'attendre.

— Tout va bien ? demanda-t-elle, étonnée.

Max arborait une expression étrange, indéchiffrable. Il avait les yeux vitreux, un peu rougis par l'alcool.

— Oui, ça va, rétorqua-t-il avec un regard intense qui la mit mal à l'aise.

Il avait l'air de cacher quelque chose qu'elle ignorait, et les pensées de Kim se tournèrent aussitôt vers Holly.

— Holly est près de la sortie, lui apprit Kim avec un regard dans cette direction.

Il y avait tellement de monde qu'elle ne put distinguer ses amies. Sans savoir pourquoi, elle ne parvenait pas à regarder Max dans les yeux. Ils étaient seuls, à l'exception de quelques inconnus qui dansaient près du bar.

— Tu la cherchais ? ajouta-t-elle.

— En fait, c'est toi que je voulais voir.

Il était beau à tomber, et il en était conscient. Mais un homme trop imbu de son apparence est tout sauf attirant. Il était l'archétype du mauvais garçon avec son sourire provocant, son insouciance, sa confiance en lui, ses tatouages, mais elle n'était pas certaine qu'il soit vraiment sympathique. Ne sachant trop que dire, elle fronça les sourcils. Elle ne comprenait pas ce qui se passait.

— Qu'est-ce que tu voulais ? questionna-t-elle, perplexe.

— Tu avais l'air de te rapprocher de Callum, tout à l'heure, observa Max d'une voix suave en se passant la main dans les cheveux.

Kim fronça encore plus les sourcils. Elle était complètement perdue.

— Mais de quoi tu parles ? D'un point de vue amical, oui.

Que sous-entendait-il ? Elle n'aimait pas le tour que prenait la conversation, et croisait les doigts pour que Holly et Emma viennent à sa rescousse. Max avait l'air extrêmement sérieux. Il avait abandonné son ton habituellement humoristique. En quoi cela le regardait-il qu'elle discute avec untel ou untel ?

— C'est tout, alors ? insista Max, la tête penchée sur le côté, en s'approchant encore plus près.

— Oui ! s'écria Kim, indignée. Qu'est-ce que ça peut te faire ?

Il lui pressa légèrement la main. Elle en eut comme un électrochoc, d'autant plus qu'il souriait. Il la dévorait d'un regard brûlant, et Kim avait les joues en feu. Son cœur battait à se rompre. Ça n'allait pas du tout. Qu'était-il en train de faire ?

— Tu es avec Holly, avança Kim d'une voix timide, incapable de réprimer un froncement de sourcils alors qu'elle le dévisageait dans l'espoir de comprendre les raisons de son comportement. Elle avait le cerveau un peu embrumé par l'alcool, mais elle était certaine que son comportement n'était pas approprié. Était-il en train de lui dire qu'il était jaloux parce qu'elle avait bavardé avec Callum ?

— J'ai été avec Holly pendant une nuit, répliqua-t-il.

Puis il lui lança un regard charmeur et lui lâcha la main. Il s'éloigna, mais elle l'entendit murmurer :

— Mais je n'ai pas encore été avec toi.

Kim resta là, abasourdie, incapable de faire un mouvement. Avait-elle rêvé ? Avait-elle mal entendu, avec la musique ? Alors qu'elle s'approchait des deux autres, en grande conversation au sujet de voiles et d'accessoires pour cheveux, elle se demanda si son imagination ne lui avait pas joué des tours.

16

Emma

Emma se demandait comment les Américains s'y prenaient pour être toujours aussi pleins d'énergie. On avait l'impression qu'à Las Vegas, personne n'était jamais ni triste ni fatigué. Partout, le personnel débordait d'exubérance, d'énergie, d'enthousiasme. Les gens voulaient toujours en faire encore plus pour vous. Et toujours avec le sourire. Jusque-là, Emma avait jugé ça parfait, mais aujourd'hui Taylor, la jolie dame qui se tenait devant elle, en faisait trop. Emma la trouvait épuisante. Elle se sentait vidée. Elle savait bien que c'était sans doute le résultat de toutes ces virées nocturnes, mais alors qu'elle se tenait là à la regarder sortir tous les accessoires susceptibles de lui plaire, elle aurait bien voulu qu'elle se calme un peu.

—Alors, c'est bientôt le grand jour ! Comment vous vous sentez ? piailla Taylor d'une voix suraiguë. Vous allez avoir un temps complètement incroyable, il a fait super chaud ces derniers jours. Je suis sûre que votre robe est ravissante. Vous avez une silhouette splendide !

—Merci, répondit Emma avec lassitude. Je me sens bien, disons.

Elle essaya d'avoir l'air la plus heureuse possible. Elle savait qu'elle aurait dû être follement reconnaissante pour tout ce que cette boutique lui offrait, mais quelque chose la dérangeait et elle n'arrivait pas à trouver quoi. Elle commençait à se sentir un peu prise au piège à l'idée de se marier dans quelques jours. Comme si quelqu'un l'étouffait, et qu'elle avait juste besoin d'un peu d'air. De respirer. Elle savait qu'il était normal de ressentir cela, que la plupart des gens avaient une bouffée de crainte avant de prendre un tel engagement, alors elle balaya ses doutes pour se concentrer sur les magnifiques accessoires qu'on lui montrait, et se rappeler qu'elle avait beaucoup de chance.

Elle prit son téléphone et fit une vidéo pour Instagram, cadrant la boutique et ses jolis articles. Elle ne manquerait pas de beaucoup poster à leur sujet pour les remercier. C'était le moins qu'elle puisse faire.

Merci à @littlewhitedress pour l'aide que vous m'avez apportée aujourd'hui pour mes achats d'accessoires de mariée ! #BientôtLeJourJ #VegasWedding

— Alors nous avons ces superbes voiles ici, on s'est dit que ça pourrait vous plaire, commença Taylor. Nous avons toutes les longueurs et toutes les matières, dentelle, organza, mousseline de soie, tulle… Ou si vous préférez un peigne, nous avons des modèles splendides ici. Ou que diriez-vous d'une vigne ? Nous avons des pièces sublimes que je vais vous montrer.

Taylor explorait le contenu d'une boîte comme un enfant fouille sa pile de cadeaux à Noël.

Emma prenait photo sur photo et identifiait la boutique sur son compte, mais elle commençait à se sentir submergée, et malgré la climatisation qui soufflait un courant d'air glacial, elle se sentait moite et avait trop chaud.

— Je ne sais pas, bredouilla-t-elle. Je ne sais pas quoi faire. Je ne sais pas ce que je veux. Aidez-moi, les filles, supplia-t-elle en se tournant vers Holly et Kim. Je vous ai envoyé une photo de la robe, n'est-ce pas ? Qu'est-ce que je devrais mettre dans mes cheveux ?

Elle avait délibérément attendu pour choisir, car elle savait qu'elle viendrait dans ce magasin. Était-ce une folie de repousser ainsi au dernier moment ?

Elles discutèrent de différentes possibilités, et Emma était reconnaissante d'avoir ses amies. Il restait encore tant de choses à organiser pour ce mariage, et désormais, ça semblait très proche. Elle commençait seulement à prendre conscience que cela allait réellement se produire. Soudain, ça lui tombait dessus. Quand elle avait choisi sa robe, dix mois auparavant, elle avait trouvé cela joyeux, excitant. Le mariage lui apparaissait encore très lointain, comme si la mariée était quelqu'un d'autre et que pour elle, c'était seulement l'occasion d'acheter une belle tenue. Mais à présent qu'elle n'était plus qu'à quelques jours, occupée à régler les touches finales, elle ressentait les choses différemment. Elle se trouvait bête de se marier. Comment pouvait-elle faire quelque chose d'aussi sérieux, d'aussi adulte ?

— Et si on essayait cette vigne, Emma ? proposa Holly. Je pense que ça irait à merveille avec tes cheveux longs. Je pourrais te faire des boucles de sirène tout en douceur, et cela ajouterait une touche bohème, fantaisie. Je l'ai beaucoup fait récemment, et c'est très joli. Ça irait très bien avec ta robe fluide.

Emma s'entendit acquiescer. Oui, ça avait l'air parfait. Elle avait besoin qu'on décide pour elle, elle n'était pas assez forte en cet instant pour arrêter son jugement sur quoi que ce soit. Elle avait une confiance aveugle en Holly. Elle suivait son compte Instagram professionnel et trouvait sincèrement que son amie débordait de talent. D'ailleurs, son carnet de rendez-vous était toujours complet, un signe qui ne trompe pas. Holly l'avait déjà coiffée pour une sortie, et elle avait adoré le résultat. Personne n'était mieux placé qu'elle pour l'aider à faire un choix.

Mais pourquoi se sentait-elle aussi anxieuse, tout à coup ? Elle aimait Charlie, n'est-ce pas ? Tout le monde répétait toujours qu'ils formaient un couple idéal, divin même. Elle voulait passer le reste de sa vie avec lui. C'était pour cela qu'elle se trouvait ici, à Vegas, entourée de proches.

— Je peux avoir un verre d'eau ? demanda-t-elle d'une voix rauque en s'éventant avec un magazine de mariée qu'elle avait pris sur la table basse devant elle.

— Bien sûr, se hâta de répondre Taylor. J'allais justement vous proposer à toutes les trois une flûte de champagne. Est-ce que ça vous tente ?

— Oh oui, avec plaisir ! s'écria Kim avant qu'Emma ait pu en placer une. C'est nettement mieux que de l'eau ! Dans un magasin de mariage, c'est champagne obligatoire.

Emma était incapable d'émettre un son. Elle ne voulait pas passer pour la rabat-joie qui veut une boisson sans alcool. C'était elle qui était censée faire la fête. Mais elle avait besoin d'eau, pour étancher sa soif. Pourtant, elle garda le silence et se concentra sur ses tentatives pour se rafraîchir. Elle alla s'installer juste sous le climatiseur.

— Tu as si chaud que ça ? s'étonna Holly. Il fait super froid ici, pourtant !

— J'étouffe ! C'est bien mieux comme ça, haleta Emma en tendant les bras pour mieux recevoir l'air glacé.

Elle leva le visage et savoura le courant d'air réfrigéré qui fouettait ses cheveux. La notification d'un mail fit vibrer son téléphone. En temps normal, elle se contentait d'ignorer la notification et de laisser les messages s'accumuler. Charlie répondrait sans doute de toute façon, et elle n'avait pas besoin de s'en préoccuper, mais cette fois, elle décida de regarder qui était l'expéditeur.

Elle ne reconnut pas le nom, et cliqua, pleine de curiosité.

> Chère Emma,
>
> Merci beaucoup de nous avoir contactés. Nous serions ravis d'intégrer votre fiancé à notre prochain shooting sportswear, mais nous espérions que vous pourriez y prendre part également et collaborer avec nous ; qu'en pensez-vous ? Si cela vous convient, nous aimerions vous faire figurer tous les deux. Nous sommes à votre disposition pour discuter de vos tarifs.

Le mail la perturba. Elle n'avait pas la moindre idée de quoi il s'agissait, et c'était de toute évidence encore une personne à laquelle Charlie avait parlé derrière son dos, en se servant de son nom. Elle posa l'index sur la boîte « envoyés ». Elle n'avait encore jamais ouvert ce dossier, et éprouvait une certaine nervosité à l'idée de ce qu'elle allait découvrir. Sa main se mit à trembler alors qu'elle parcourait les centaines de mails que Charlie avait envoyés en se faisant passer pour elle. Elle voyait bien que chaque message qu'il avait rédigé servait son intérêt.

> Je me demandais si vous aimeriez que mon fiancé pose pour vous et reçoive vos produits en échange de publicité de sa part et de la mienne ? Comme vous pouvez le constater sur ma page, j'ai plus d'un demi-million d'abonnés.

Mais qu'est-ce que c'était que ça ? Il y en avait des dizaines de cet acabit, constata-t-elle bouche bée. Il ne s'agissait que de lui. Pourquoi ne l'avait-il pas consultée à ce sujet ? Elle était ravie de l'aider dans sa carrière, mais elle trouvait cette façon de faire un peu cavalière. Il n'avait pas le droit ! Elle était en rage. Cela ne lui plaisait pas du tout qu'il essaie de se servir d'elle pour parvenir à ses fins sans même l'en informer.

Taylor arriva avec le champagne, et Emma savait qu'elle aurait dû saisir l'instant pour son compte Instagram. Peut-être une vidéo Boomerang d'elles en train de trinquer. Mais elle n'en avait tout simplement pas l'énergie.

— Merci, dit Emma en essayant de sourire.

Elle ne se sentait pas bien, surtout après avoir reçu ce mail, mais ne voulait pas le dire aux autres, trop gênée à l'idée de ce qu'elles diraient.

— Tout le plaisir est pour moi, assura Taylor avant de sautiller vers les bijoux de cheveux. On y va ? demanda-t-elle en brandissant un modèle.

— Celle-ci est ravissante, s'extasia Holly en tendant une vigne or rose. C'est pile dans ton thème de couleur, non ? Viens, on va l'essayer.

— On a des colliers adorables qui iraient très bien avec ! renchérit Taylor, survoltée. Je ne sais pas si vous aviez l'intention de porter des bijoux, mais ce collier est carrément magnifique. On vient de le recevoir.

Emma acquiesça, tentant d'entrer dans l'ambiance. De partager leur enthousiasme. Holly déposa la vigne doucement sur les cheveux d'Emma et l'ajusta dans la bonne position.

— Il faut que tu aies en tête que tes cheveux seront bouclés. On peut les remonter un peu comme ça, expliqua-t-elle en relevant une mèche alors qu'Emma regardait dans le miroir. Ça te plaît ?

— J'adore, roucoula Kim, éperdue d'admiration, tout en dégustant son champagne sur le canapé.

— Je trouve que ça sied particulièrement à votre teint, ajouta Taylor d'un air encourageant.

— Oui, je crois que j'aime bien, capitula Emma bien qu'elle se sache incapable de décider.

Que voulait-elle vraiment ? Elle trouvait la vigne jolie, mais se sentait totalement perdue. Elle avait été si impatiente d'aller à *A Little White Dress*, et s'était sentie très flattée qu'ils lui proposent des accessoires gratuitement en échange de publicité sur son compte. Pourtant, à présent qu'elle était ici, elle aurait préféré être n'importe où ailleurs. Elle s'épongea le front.

— Ce serait sans doute mieux d'essayer un voile aussi pour comparer, intervint Taylor. Je crois qu'un voile vous irait à la perfection.

— J'en avais essayé un avec ma robe quand je l'ai achetée, expliqua Emma, mais je n'étais pas certaine à cent pour cent que ça me corresponde.

— Essayez celui-ci, il est magnifique, répondit Taylor comme si elle ne l'avait pas entendue. Il descend à la taille, avec deux pans superposés, et la bordure est brodée de perles. Il est couleur ivoire. C'est bien la couleur de votre robe, n'est-ce pas ? Ce sera très beau.

Elle étira le mot « beau » d'une voix un peu geignarde.

Emma se sentit contrainte à l'essayer.

— Peut-être pourriez-vous nous laisser seules un moment ? suggéra Holly à Taylor avec délicatesse. C'est moi qui vais la coiffer, donc si ça vous convient on va en essayer quelques-uns et voir comment ça se passe.

— Bien sûr, répondit Taylor avec un grand sourire qui n'éclaira pas ses yeux.

Il semblait clair qu'elle n'avait pas l'habitude d'être écartée, mais Emma était très reconnaissante à Holly d'avoir compris qu'elle avait besoin d'espace. Elle aurait pu l'embrasser.

— Est-ce que ça va ? chuchota Holly à Emma une fois Taylor hors de portée de voix.

— Oui, ça va, mentit Emma d'une voix étranglée.

Elle ne voulait pas faire toute une histoire.

— Tu es sûre ? J'ai l'impression que tu trembles.

Emma jeta un coup d'œil à Kim, qui lisait un magazine tout en sirotant son champagne.

— Oui, oui, je suis sûre, répondit Emma du ton le plus rassurant qu'elle put.

Elle voulait juste prendre les accessoires de son choix et partir. Elle avait besoin de s'allonger. Son ventre était horriblement noué.

Holly vérifia que Kim ne les écoutait pas avant de demander :

— Écoute, Em, est-ce que tout va bien pour toi ? Pas juste là maintenant, mais de façon générale ? Tu me le dirais, si quelque chose n'allait pas, hein ?

— Pourquoi tu me poses cette question ? s'étonna Emma, sourcils froncés.

— J'ai vu comment Charlie te parlait, tout à l'heure. Il avait l'air fou de rage. Est-ce que tout va bien ?

Emma serra les bras autour de sa poitrine comme pour se protéger.

— Quand ça ? s'enquit-elle, les joues en feu.

Elle supposait que Holly parlait de la piscine, quand Charlie s'était énervé. Un Américain, chargé de rabattre des clients pour une boîte, s'était arrêté deux minutes pour lui demander où elle comptait sortir ce soir. Charlie l'avait alors accusée de vouloir l'humilier en parlant à d'autres hommes sous son nez. Elle avait fini par réussir à le calmer en lui expliquant que si le monsieur voulait savoir où elle allait, c'est parce qu'il était payé pour l'inciter à venir dans sa boîte, et pour aucune autre raison, mais à un moment, il était vraiment hors de lui. Ces derniers temps, il suffisait du plus infime détail pour déclencher une colère. Emma avait cru qu'il se comporterait mieux à Las Vegas sachant qu'ils n'étaient plus qu'à quelques instants de se marier, mais hélas, tel n'était pas le cas. Jusqu'à présent, personne n'avait jamais vu Charlie se comporter autrement que de façon adorable à son égard. Personne ne lui avait jamais demandé si tout allait bien, et voilà que Holly était plantée devant elle, l'air suspicieux. Emma ne savait vraiment pas quoi dire.

— La conversation avait l'air vraiment tendue, c'est tout, chuchota Holly.

— Ce n'était rien.

Emma respira un grand coup. Elle avait juste besoin d'un peu d'air. Son cœur battait si vite qu'elle entendait le sang bourdonner à ses oreilles. Sa vision se brouillait. Une vague de panique déferla sur elle.

— Comment ça se passe ? Je viens de trouver des tiares magnifiques dans l'arrière-boutique.

Taylor était de retour avec son insupportable voix de midinette.

— Emma ? Ça va ? s'inquiéta Holly.

Elle avait quelque chose dans la gorge. Quelque chose de coincé, qu'elle ne parvenait pas à avaler. Elle ne pouvait pas respirer. Elle avait l'impression que sa tête allait exploser. Elle était brûlante. Son cœur tambourinait violemment et tout était en train de devenir noir. Peut-être qu'elle était en train de mourir ? Ça y ressemblait, en tout cas.

— Je crois qu'elle va s'évanouir, déclara Taylor avec stupeur.

— Emma ?

La dernière chose qu'elle entendit avant de tomber dans les bras de Holly fut une phrase de Kim.

— Je crois qu'elle fait une crise d'angoisse.

17

Holly

N'ayant jamais eu de crise d'angoisse elle-même, Holly n'avait aucune idée de ce que l'on ressentait. Ça avait l'air terrifiant. Elle frottait doucement le dos d'Emma en se demandant s'il fallait appeler les secours. Emma, assise sur le canapé la tête dans les mains, tremblait de tout son corps. Au bout d'une ou deux minutes, le pire sembla passé, et elle se remit à respirer normalement. Holly espérait qu'elle n'avait pas causé le malaise d'Emma en lui demandant pourquoi Charlie avait semblé tellement furieux un peu plus tôt. Elle ne pouvait s'empêcher de se sentir un peu responsable, et un désagréable sentiment de culpabilité l'envahit. Elle s'était comportée comme une bonne amie en vérifiant que tout allait bien, non ? Les vrais amis ne font pas semblant de ne rien voir lorsque leurs proches ont besoin d'aide ou de parler. Elle n'était pas du genre à se mêler des affaires des autres. Les ragots, les détails intimes sur la vie des gens, ce n'était pas pour elle. Elle ne désirait jamais en savoir plus que ce qu'on lui disait. Kim était tout l'inverse, et c'était une chose que Holly n'avait jamais comprise.

— Tu n'aimerais pas savoir pourquoi ils se sont séparés ? avait insisté Kim lorsque son frère avait annoncé qu'il divorçait.

— Si. Mais je suis sûre qu'il me racontera quand il sera prêt. Je ne vais pas aller lui tirer les vers du nez !

Dans ces cas-là, Kim la regardait comme si elle était folle. Elle ne reculait devant rien pour découvrir combien gagnait son beau-frère après avoir constaté qu'il avait l'air plein aux as, vu qu'il offrait à sa sœur des sacs et des chaussures de marque : elle avait cherché le salaire d'un conseiller juridique et était allée jusqu'à passer des coups de fil, tant cela l'intéressait. Quand elle n'osait pas poser la question en face, elle menait l'enquête. Dès qu'une fille commandait une boisson sans alcool, elle lui demandait si elle était enceinte. Elle était comme ça : elle aimait tout savoir de la vie des gens, alors que Holly s'en fichait. Elle ne s'immisçait jamais.

— Ça va mieux, maintenant, Emma ? murmura Kim avec inquiétude.

Taylor se tenait devant Emma avec un verre d'eau que la jeune femme accepta avec gratitude avant de prendre plusieurs gorgées.

— Je crois, haleta-t-elle. Désolée, Taylor… Je ne sais vraiment pas ce qui m'a pris. C'est la première fois.

— Allons, allons, du moment que vous allez bien, c'est le principal. Prenez tout le temps qu'il vous faut.

Elle s'éloigna pour s'occuper d'une autre cliente qui venait d'arriver.

— Désolée, les filles… J'ai vraiment honte. Ça commence à aller mieux.

— Ne sois pas idiote. Dieu merci, tu vas mieux. J'ai eu vraiment peur. Alors tu n'avais jamais eu de crise d'angoisse avant ?

— Non. C'était horrible. Je ne savais pas ce qui m'arrivait. Je ne me doutais pas que c'était une crise d'angoisse avant d'entendre Kim le dire. C'est peut-être juste le stress du mariage.

— Oui, bien sûr, renchérit Kim. J'ai su que c'était ça parce que j'avais une copine à la fac qui en avait tout le temps. C'était exactement pareil.

Emma acquiesça et tenta de se lever. Holly et Kim la soutinrent.

— Merci, les filles. Je crois que ça va. C'est flippant que ça démarre comme ça tout d'un coup, et puis pouf, c'est fini. Je crois que je vais juste prendre cette vigne en or rose pour les cheveux. Plus vite je serai sortie d'ici, mieux ce sera.

— Tu es certaine ?

Holly ne voulait pas qu'elle fasse un choix à la va-vite parce qu'elle n'était pas dans son assiette. Pas pour une journée aussi importante.

— Ce sera très joli, convint-elle cependant avec sincérité.

— Oui, oui, je suis décidée. Je vais le dire à Taylor, et ensuite on peut partir et aller manger. Je crois que ça me ferait du bien de m'asseoir et de me détendre. Je suis sûre que la vigne sera parfaite, et c'est la bonne couleur.

Une heure plus tard, elles étaient assises devant leur repas.

— C'est un régal, soupira Holly en savourant ses pâtes. On mange bien, ici. Tous les restaus qu'on a testés étaient super.

— C'est très bon, mais je ne crois pas que je vais réussir à finir mon assiette, répondit Emma en jouant avec sa nourriture du bout de sa fourchette.

— Comment tu te sens ? demanda Kim. Tu n'as pas l'air toi-même.

Holly avait remarqué qu'elle semblait encore faible et qu'elle était pâle sous son hâle.

— Très bien. Je ne sais pas ce qui s'est passé. Ce n'est pas l'idée de me marier qui me panique, affirma-t-elle avec un rire nerveux. J'en ai vraiment envie.

Holly lança un regard appuyé à Kim pour la dissuader de poser davantage de questions. De toute évidence, quelque chose n'allait pour Emma, mais elle savait que plus elles insisteraient, plus elle se fermerait. Emma se confierait à elles comme elle l'entendait, et si elle ne voulait pas révéler ses véritables sentiments, c'était son choix et elles devaient le respecter.

Emma prit une gorgée d'eau et une minuscule bouchée de son hamburger.

— Alors, Holly, comment ça se passe avec Max ? Il te plaît vraiment ? demanda-t-elle pour changer de sujet.

Holly inspira longuement.

— Oui, mais on vient juste de se rencontrer. J'ai envie d'être un peu prudente, surtout quand je vois qu'il a raconté partout ce qui s'est passé la nuit dernière. Je ne veux pas m'emballer. J'ai des doutes sur tout ça, soupira-t-elle en regardant par la fenêtre, pensive.

— Je crois que c'est plus raisonnable, en effet, convint Emma, les lèvres pincées. Je ne veux pas te dégoûter, parfois il peut être adorable et je me suis toujours bien entendue avec lui, mais il a un certain passif côté copines. Je préfère te prévenir. Mais on ne sait jamais, il peut changer. Je suis sûre que tu lui plais.

Holly avait le cœur serré. Elle savait qu'Emma avait raison. Elle l'avait senti dès le départ. Elle n'était pas idiote et voyait très bien quel genre d'homme était Max.

Elle savait qu'elle ne devait pas baisser la garde, faute de quoi elle serait blessée dans ses sentiments. Mais ces sentiments, quels étaient-ils au juste ? La veille au soir, il s'était montré irrésistible, mais en se réveillant, l'esprit clair, elle commençait à remettre les choses en question.

Kim gardait le silence, un peu gênée, et picorait sans appétit. Elle s'éclaircit la gorge.

— Je ne suis pas sûre que ce soit le bon pour toi, déclara-t-elle, les yeux dans le vague, avec un petit mouvement d'épaules.

Holly était stupéfaite. C'était un nouveau son de cloche.

— Pourquoi tu dis ça maintenant ?

C'était étrange que Kim fasse une déclaration aussi tonitruante alors qu'elle n'avait rien dit quelques heures plus tôt, quand Holly lui avait avoué avoir couché avec Max.

— Je pense que tu mérites nettement mieux, c'est tout, répondit Kim gentiment avant d'hésiter. Je ne sais pas. Max a quelque chose qui me dérange. Il m'a l'air d'un vrai séducteur. Pas mûr pour avoir une copine. Difficile de l'imaginer jouer au papa gâteau relativement bientôt.

Holly acquiesça. Elle était d'accord. Pourtant, elle avait l'impression qu'il fallait lui laisser une chance quand même.

— C'était comment, ta rencontre avec Rob ? demanda Emma. Je ne crois pas qu'on en ait vraiment parlé. Quand as-tu pris conscience qu'il fallait vous séparer ?

— Quand on s'est connus, se souvint Holly, les yeux perdus dans le lointain, tout semblait parfait. Pas besoin de me demander si je lui plaisais. Je le savais. Notre relation fonctionnait et tant qu'on n'a été que nous deux, on se disputait rarement. Je crois que c'est quand on est devenus parents que les choses ont changé. Élever un enfant, ce n'est pas facile. C'est fatigant et parfois stressant. Tu dois dire au revoir à la vie telle que tu l'as toujours connue. Tu as ces petites personnes qui comptent sur toi pour tout. On n'a pas bien géré la pression. On a commencé à se disputer. On n'était plus d'accord sur rien. J'aime être organisée, et je suis assez stricte sur le mode de vie de Lottie et Jacob. Rob est tout le contraire. On a essayé de sauver notre couple pour le bien des enfants, mais je crois qu'on était tous les deux conscients que c'était voué à l'échec. Quand quelque chose ne va pas, tu le sais au fond de toi, conclut-elle en regardant Emma, qui se mordait la lèvre.

— C'est difficile quand on a des enfants, mais c'est super que vous soyez restés amis, commenta Kim.

— Et toi, ça va avec Andy ? lui demanda Emma.

— Oui, tout est parfait, répondit Kim très vite en repoussant sa frange. On va où ce soir, déjà ?

Emma commença à leur expliquer le programme, mais Holly n'était pas dupe de cet abrupt changement de sujet. Elle observa son amie, cherchant ce qui pouvait bien la perturber. Elle aurait pu mettre sa main à couper que Kim aussi bien qu'Emma gardaient des choses pour elles. Elle espéra que si c'était sérieux, elles savaient qu'elles pouvaient se confier à elle plutôt que de se débrouiller toutes seules.

Plus tard dans la soirée, elles étaient en train de boire au bar lorsque Max surprit agréablement Holly en l'embrassant tendrement sur la joue.

— Bonsoir, beauté. Tu es magnifique, comme toujours.

Holly ne put s'empêcher de lui sourire en contemplant son visage sublime. Quand il n'était pas dans les parages, elle se demandait si passer du temps avec lui était une bonne idée. Mais dès l'instant qu'elle le voyait, elle ne pouvait réprimer les battements de son cœur. Chaque fois qu'elle pensait à la nuit précédente, elle était parcourue de frissons. Ce n'était pas souvent qu'elle ressentait une telle connexion physique avec quelqu'un, même si au fond d'elle-même, elle savait bien que ce n'était sans doute pas une bonne chose. Pas avec Max. C'était ce dont elle avait parlé plus tôt avec ses amies : avec Rob, elle avait su tout de suite qu'il était épris et la trouvait attirante, mais aussi qu'il voulait une vraie relation. Elle s'était sentie en confiance dès le début. Rob avait été très clair : il voulait une vraie copine, pour plus tard se marier et avoir des enfants, et il voulait que cette fille soit Holly. C'était agréable de savoir à quoi s'en tenir. Il n'y avait pas eu de faux-semblants, et ça lui allait très bien. Elle ne voulait pas qu'on se serve d'elle. Quelle fille aurait souhaité ça ? Avec Max, elle ne se sentait pas en confiance du tout. C'était comme de sauter d'un avion sans être totalement sûre que son parachute allait s'ouvrir.

Max lui passa un bras autour de la taille.

— Qu'est-ce que vous buvez, les filles ? s'enquit-il.

— C'est moi qui régale, intervint Callum aimablement alors qu'elles demandaient toutes du vin.

— Alors, Em. Il te reste deux soirées avant d'être une femme mariée, lui rappela Max. Comment tu te sens ?

— Très bien, répondit Emma.

Elle aurait voulu parler d'un ton détaché, mais fut trahie par le tremblement de sa voix.

C'est le moment que choisit Charlie pour arriver et commencer à bavarder avec Emma pendant que Kim se tournait vers son cousin, Frankie.

— Tu habites où exactement, en Angleterre ? demanda Max à Holly. Pas trop loin de chez moi, je pense ?

Holly lui expliqua où se situait sa maison. Elle était ravie qu'il lui parle du retour et de ses intentions de continuer à la voir.

— Il faudra que je t'emmène dans un super restaurant thaï à côté de chez moi. *Thaï River*, tu y es déjà allée ?

— Jamais, mais j'en ai entendu parler.

— Si tu aimes la cuisine thaïe, tu vas adorer.

Holly se détendit. Peut-être que pour lui ce n'était pas un coup d'un soir, finalement. Il avait envie de la revoir après Las Vegas, mais elle ne parvenait pourtant pas à se débarrasser de ses doutes, malgré tous ses efforts.

— Alors, ajouta-t-il en lui levant le menton pour l'embrasser sur la bouche, tu vas en boîte avec les autres, après ?

Holly lui rendit son baiser et haussa les épaules.

— Sûrement.

Max commença à lui raconter qu'il était allé à la salle de sport le matin malgré la gueule de bois, mais Holly ne pouvait s'empêcher d'entendre la conversation derrière elle, entre Emma et Charlie. Elle ne se retourna, préférant éviter qu'ils se rendent compte qu'elle écoutait.

— S'il te plaît, Charlie, pas maintenant. C'est gênant, siffla Emma.

— J'ai le droit de vérifier, rétorqua-t-il avec dédain. Je ne comprends pas ce qui te prend.

— Rends-le moi, murmura Emma, manifestement offensée. On en parlera après. S'il te plaît, Charlie.

Holly ne put se retenir de tourner discrètement la tête, juste à temps pour voir Emma arracher son téléphone des mains de Charlie, dont les yeux brillaient d'une lueur malveillante. Holly étouffa un halètement de stupeur en surprenant le regard dur, haineux, qu'il lança à Emma avant de s'éloigner vers ses amis d'un pas rageur.

Emma, qui le suivait des yeux, n'avait pas vu que Holly la regardait. Celle-ci en profita pour pivoter vers les autres et faire comme si de rien n'était.

Mais elle était incapable de se concentrer. Peu importait où ils iraient et ce qu'ils feraient ce soir-là. C'était le cadet de ses soucis. Elle savait que quelque chose n'allait pas entre Emma et Charlie. Son instinct le lui disait. Elle devait empêcher Emma d'épouser cet homme horrible. Elle ne pouvait pas rester là à regarder son amie commettre la plus grosse erreur de sa vie.

18

Emma

Sentant un picotement familier dans son nez, Emma renifla un bon coup. Elle n'allait pas pleurer en public ! Sinon tout le monde saurait que Charlie lui avait fait de la peine… Était-elle gênée par le fait de le supporter ? Il se comportait toujours comme si elle méritait la façon dont il la traitait. La plupart du temps, il arrivait à lui donner l'impression que c'était sa faute, et elle se demandait souvent si c'était vrai. Elle ne voyait pas les autres couples fonctionner de la même façon. Il était bien pire une fois la porte fermée, mais il semblait se moquer de plus en plus d'être vu en train de mal lui parler. Ça commençait à la troubler. Elle se disait qu'il avait de moins en moins peur de faire ce qu'il voulait car elle serait bientôt sa femme. Il avait presque réussi à la mettre dans la position qu'il souhaitait. Elle se souvint d'un documentaire qu'elle avait vu lorsqu'elle était jeune sur une femme maltraitée pendant des années par son mari, qui ne cessait de retourner auprès de lui. Emma ne comprenait pas pourquoi cette femme ne le quittait pas une fois pour toutes. Comment pouvait-on accepter d'être traité ainsi ? Elle se rappela le commentaire qui expliquait que ces situations étaient nettement moins simples qu'il y paraissait. Certaines des femmes avaient peur. D'autres avaient été manipulées pendant des années et se retrouvaient isolées, sans soutien à l'extérieur. Malgré tout ce qu'il leur faisait subir, elles aimaient toujours leur mari.

Emma avait trouvé cela ridicule. Selon elle, si quelqu'un ne vous traitait pas comme il faut, vous partiez, changiez de numéro, et ne lui répondiez plus. Ça n'était pas compliqué. Vous tourniez la page. Alors comment pouvait-elle se retrouver ici, à Las Vegas, à ressentir sans doute exactement la même chose que ces femmes dans le documentaire ? Avait-elle peur de Charlie ? Elle ne le pensait pas. Ce n'était pas comme s'il l'avait frappée. Il lui arrivait d'être cruel et de jouer avec ses émotions, mais elle n'avait jamais exprimé la crainte que ce ne soit pas normal. Il avait toujours persuadé Emma de le laisser agir comme son agent, arranger son agenda, négocier ses contrats avec les marques et répondre à ses mails, et elle l'avait laissé faire. Ce qui commençait à la contrarier, c'était ce qu'il faisait dans son dos. Au début, elle avait laissé couler, mais quelques mois plus tôt, il avait passé un accord avec une marque de protéines, pour lui, et tout cela en utilisant sa boîte mail. Il devait identifier Emma dans certaines des images qu'il postait, et Emma devait également poster sur son compte, qui avait davantage d'abonnés. À présent elle découvrait que ce n'était pas la seule fois. Charlie essayait de décrocher tout le travail et tout l'argent possible en se servant de son nom, et sans avoir l'honnêteté de l'en avertir. Elle n'était pas d'accord. Lorsqu'il lui avait enfin parlé du contrat pour les protéines, elle avait dû lui expliquer que c'était impossible pour elle de faire de la publicité à cette marque puisqu'elle avait déjà un accord avec une autre, et que ce serait un manquement aux termes de son contrat. Charlie avait été exaspéré. Il avait tout de même réussi à conclure le contrat, mais avait perdu trente-cinq pour cent de commission lorsque la marque avait appris qu'Emma ne participerait pas.

Lorsqu'elle avait expliqué à Kim et Holly que Charlie gérait ses mails, elles avaient semblé surprises qu'il continue à le faire à présent qu'Emma avait quitté son autre métier. Depuis, elle se demandait si elle avait réellement *besoin* de Charlie, comme il aimait tant à le lui répéter… En voyant tous les messages qu'il avait envoyés ce jour-là, elle constatait au contraire que c'était *lui* qui avait besoin d'elle. Elle avait donc changé le mot de passe de son compte Instagram, et quand Charlie avait essayé de se connecter et échoué, il s'était cru dans son bon droit en attrapant le téléphone d'Emma pour regarder quand même. Elle savait que si elle ne lui donnait pas le nouveau code d'accès, il l'abreuverait d'accusations diverses. Jamais il ne la laisserait s'en sortir, et ça commençait à faire clignoter des voyants d'alerte. Elle lui avait toujours trouvé des excuses, se racontant que c'était seulement parce qu'il tenait énormément à elle qu'il se comportait ainsi.

Dans les premiers mois après la rencontre, Emma n'avait vu que sa facette aimante et attentionnée. Il représentait tout ce dont elle avait toujours rêvé, et elle baignait dans l'euphorie. À chaque nouveau kilo perdu, elle aimait Charlie encore davantage. Elle était émerveillée par sa façon de la soutenir et de l'aider. En outre, n'ayant jamais eu de relation sérieuse avant, elle n'avait aucun point de comparaison. Tout ce qu'elle savait, c'est que grâce à lui, elle s'aimait enfin, elle qui avait jusque-là eu tant de problèmes d'estime de soi.

C'est lorsqu'elle avait accepté d'emménager avec lui que les choses avaient commencé à changer. D'abord, c'était juste une petite remarque ici ou là, mais plus le temps passait, plus le côté méchant de Charlie se faisait jour. La personne qu'il était désormais n'avait presque rien à voir avec celle dont elle était tombée amoureuse.

Et aujourd'hui, elle avait eu une crise d'angoisse. Pourquoi ? Paniquait-elle plus qu'elle ne le croyait à l'idée du mariage ? Quand elle en avait parlé à Charlie, ça n'avait pas semblé le perturber le moins du monde.

— Y a des tas de gens qui en ont, avait-il commenté avec un haussement d'épaules quand elle était rentrée dans leur chambre d'hôtel. C'est rien. Il faut juste apprendre à gérer quand ça t'arrive.

Il était en train de jouer aux cartes avec Frankie sur le balcon. Son cousin avait eu l'air plus inquiet que lui.

Emma ne voulait pas apprendre à gérer les crises d'angoisse. Elle voulait ne plus jamais en avoir, point final. C'était une expérience horrible, et elle était blessée par sa désinvolture. Pas un mot de réconfort ou de soutien comme il lui en aurait dit autrefois. Pas de tentative pour la rassurer. Comme chaque fois qu'elle avait un problème, il était balayé sous le tapis. Si Charlie n'était pas concerné, il ne s'intéressait généralement pas.

Ce soir, elle ne boirait pas d'alcool. Elle ne voulait pas se réveiller le lendemain sans savoir si elle s'était ou non disputée avec Charlie, ou comment s'était passée la soirée. Elle voulait être aux commandes, garder le contrôle de tout ce qu'elle ferait ou dirait. Elle allait bientôt se marier, et elle voulait que rien ne vienne mettre en péril son grand jour, malgré le fait que la pensée de cette union lui donne désormais la nausée. Elle se sentait responsable envers ses invités : tous avaient pris l'avion pour venir la voir dire « oui » à Las Vegas, et c'est ce qu'elle ferait, quelle que soit la peur qui commençait à l'habiter. Elle avait un homme magnifique qui l'aimait, et peut-être qu'il changerait une fois la bague au doigt ? C'était son vœu le plus cher. Peut-être qu'une fois que Charlie saurait qu'Emma était sa femme et n'allait pas le quitter, il se détendrait un peu. Et lui laisserait un peu la bride sur le cou.

Emma repensa à ce qui s'était passé plus tôt dans la journée. Elle était restée pétrifiée quand Holly lui avait demandé ce qui avait mis Charlie dans une telle colère. Elle avait été prise par surprise. C'était la première fois qu'on la questionnait, ou qu'on parlait de sa relation autrement qu'en termes élogieux. On lui disait souvent qu'ils étaient bien assortis, qu'ils feraient de beaux bébés, et que Charlie était très gentil. On lui répétait sans cesse que Charlie était un vrai prince charmant. Elle l'avait toujours cru. Charlie était beau, il réussissait et il avait de l'humour. Un peu immature de temps à autre, mais elle n'était pas étonnée que tout le monde la trouve chanceuse d'être avec lui. Personne ne savait combien il pouvait la faire sentir insignifiante et honteuse. Personne ne le voyait faire ses crises et refuser de lui adresser la parole pour un détail ridicule. Les gens n'entendaient pas les insultes qu'il lui lançait. Elle repensa au jour où elle avait failli confier à Frankie comment était réellement Charlie. Elle avait besoin d'entendre l'avis d'une personne extérieure. Frankie était passé un soir après le travail, à un moment où Charlie n'était pas encore rentré.

— Ça t'arrive de te disputer avec ta copine ?

Elle savait que Frankie n'était pas avec elle depuis longtemps, mais elle était curieuse. Frankie avait plissé les yeux en réfléchissant.

— Ça nous arrive de ne pas être d'accord, oui. Comme tout le monde. Parfois je désapprouve ses choix, mais on arrive toujours à discuter et résoudre nos problèmes. Pourquoi ?

Emma était en train de touiller le curry qu'elle avait préparé.

— Oh, juste comme ça. J'ai entendu un couple se disputer dans le train l'autre jour, c'est tout, avait-elle menti.

Elle était restée plantée devant la cuisinière à se demander si elle devait ou non lui raconter. Allait-il lui dire de quitter Charlie ? Le prendre en grippe ? Emma ne souhaitait ni l'un ni l'autre, bien qu'elle se demande si Frankie serait du côté de Charlie. Elle voulait devenir la femme de Charlie, se caser. Elle n'avait pas envie de repartir à zéro et devoir rencontrer quelqu'un d'autre.

Il y avait eu une pause avant que Frankie reprenne :

— Je pense que le respect est primordial dans une relation. Et quand il n'y en a plus, c'est rare qu'il revienne.

Debout au bar, Emma repensait aux sages paroles de Frankie. Le respect avait-il disparu de son couple dès lors qu'ils avaient emménagé ensemble ? Mais Charlie s'excusait toujours après avoir été méchant, et Emma lui trouvait des excuses. Elle se racontait que son comportement était en partie sa faute. Il lui rappelait sans cesse tout ce qu'il avait fait pour elle et combien elle devrait lui en être reconnaissante. À en croire Charlie, Emma devrait se sentir son éternelle obligée.

Soudain, elle éprouva le besoin de parler à quelqu'un avant de s'engager avec Charlie pour le reste de sa vie. Elle voulait qu'on lui dise qu'elle faisait le bon choix. Elle regarda Holly, en grande conversation avec Max, et s'approcha d'elle.

— Holly, je peux te parler un moment ? demanda-t-elle d'une voix faible.

Sur le point d'avouer la vérité à une personne extérieure, elle se sentait nerveuse. Mais elle savait qu'elle devait le faire. Elle faisait confiance à Holly, qui lui donnerait de bons conseils.

— Bien sûr, répondit Holly avec surprise. Je reviens vite, Max.

Emma sortit du bar et traversa l'hôtel. Près du casino se trouvait un salon assez calme, et elles s'assirent sur deux sièges libres.

— Désolée, murmura-t-elle les yeux baissés, je ne voulais pas t'interrompre avec Max.

— Ne dis pas de bêtises, rétorqua Holly, inquiète. Qu'est-ce qui se passe ? Tu vas bien ?

Emma inspira lentement en regardant ses ongles. Ils étaient parfaits : elle avait eu une manucure gratuite pour le grand jour dans un salon d'esthétique en Angleterre, en échange de quelques posts sur Instagram.

— Je voulais te parler de Charlie. Ça me fait bizarre de te dire ça…

— Tout va bien entre vous ? insista Holly avec un regard plein de compassion.

Emma hésita. Une fois que la vérité serait sortie, elle ne pourrait plus la reprendre. Elle ne pourrait pas revenir en arrière et recommencer à faire comme si tout était parfait.

— Non, pas vraiment, dit-elle enfin.

— Est-ce qu'il te bat ? Je ne le répéterai à personne. Tout ce que tu me dis restera entre nous, je te le promets.

— Non, non, rien de ce genre ! s'écria Emma en essayant de paraître étonnée que Holly ait pu avoir de tels soupçons.

Charlie n'était tout de même pas horrible à ce point. Elle n'était pas une femme battue, elle n'avait pas besoin d'un hébergement en foyer. Elle n'était même pas certaine de ne pas surréagir à la situation.

— Alors qu'est-ce qui ne va pas, Emma ? Est-ce que tout simplement, vous ne vous entendez pas bien ? Il s'est passé quelque chose ?

— Il fait un truc..., dit Emma lentement, cherchant comment formuler les choses pour que Holly comprenne. Il se met en colère pour des broutilles, et parfois, la plupart du temps, il refuse de me parler ensuite. Je te jure, c'est l'homme le plus têtu du monde !

Elle partit d'un petit rire et jeta un coup d'œil à Holly qui la regardait avec gravité. Manifestement, elle ne trouvait pas ça drôle, et l'ambiance devint encore plus sérieuse. Emma se mordit la lèvre inférieure.

— Parfois, il reste plusieurs jours sans m'adresser la parole. Je crois même qu'une fois ça a duré une semaine, confia-t-elle d'une petite voix. Tu imagines ? Vivre avec quelqu'un et le supplier tous les jours pendant une semaine de te répondre ? C'est affreux, et il le fait parce qu'il sait que ça me torture.

Holly buvait ses paroles, les yeux écarquillés, compréhensive.

Emma se racla la gorge.

— Quand il se remet enfin à me parler, et qu'il redevient lui-même, il est super.

Elle regarda Holly avant de détourner de nouveau les yeux au loin.

— Il me rendrait tellement heureuse si seulement il était toujours comme ça... Mais il y a son autre facette : il est possessif et jaloux. Il croit que je lui appartiens et qu'il a le droit de me dire quoi faire. Il déteste mon boulot, sauf quand je parle de lui, et il passe son temps à me rabaisser. Encore tout à l'heure, il était furieux contre moi juste parce que je ne voulais pas le laisser fouiller dans mon téléphone pour lire mes messages. Je sais qu'il va m'accuser de toutes sortes de choses jusqu'à temps que je les lui montre, et ce n'est pas normal, n'est-ce pas ? Ou alors c'est moi qui en demande trop ? Je l'aime, vraiment, et peut-être que j'ai juste peur de me marier ? Il a tellement fait pour moi, depuis le début. Je ne peux pas l'oublier. Quand on s'est rencontrés, je ne ressemblais pas à ça, pourtant il s'est quand même intéressé à moi, dit-elle en baissant les yeux vers son corps désormais gracile. J'étais super mal dans ma peau, et je ne croyais pas qu'un jour je pourrais rencontrer quelqu'un qui me rende heureuse… Du coup, quand j'ai fait connaissance avec Charlie, au début je souriais tout le temps. Je n'arrivais pas à croire ma chance. Tout le monde pense qu'on vit un bonheur parfait, railla-t-elle avec un rire désabusé, ils croient que parce que je souris tout le temps dans ma galerie Instagram, je suis sur un petit nuage, mais c'est loin d'être toujours le cas. La perfection sur les réseaux sociaux, ça ne dit rien sur la vraie vie. Quand je faisais du 46, je regardais toutes ces femmes magnifiques sur les réseaux sociaux, et je me disais, si c'était moi, si j'étais aussi mince qu'elles et que je savais me maquiller comme elles, alors je serais heureuse comme tout ! Mais je ne suis toujours pas heureuse, Holly. Le bonheur, ça n'a rien à voir avec l'apparence, maintenant je m'en rends compte. Le bonheur, ça se passe là-dedans, expliqua-t-elle en se tapotant la poitrine, et je dois encore y travailler. Mais Charlie a toujours cru en moi…

— Je comprends ce que tu dis, répondit Holly, abasourdie. Et bien sûr que tu te juges durement. Il faut apprendre à être heureux et bien dans sa peau, ça ne va pas de soi. Tu es magnifique, pas seulement à l'extérieur mais à l'intérieur aussi. Ce n'est pas parce que tu étais plus ronde au moment de votre rencontre, et que tu avais moins d'abonnés, que tu dois subir la façon inacceptable dont

Charlie te traite. Tu es censée être reconnaissante parce qu'il voulait bien sortir avec toi quand tu avais encore tes kilos ?

— Oui. Non. Je ne sais pas. Personne n'est parfait, pas vrai ? Tout le monde a ses défauts, ça je le sais. La plupart du temps, c'est un mec merveilleux qui me rend heureuse et me fait rire.

— Est-ce que « la plupart du temps », ça te suffit, Em ? J'ai l'impression que Charlie a des vrais problèmes. Il te domine, tu ne vois pas ? Que veux-tu faire ? Lui as-tu parlé sérieusement, et dit que cela devait cesser ? demanda Holly, déconcertée.

— Tout le temps, avoua Emma, la bouche agitée d'un tic. Mais pas récemment, cela dit. Peut-être qu'il faut que j'aie une grande conversation, que je lui dise que ce n'est plus acceptable. Quand on est arrivés, on a eu une grosse dispute, je ne me souviens même plus à quel sujet maintenant, et je suis allée au *Bellagio* pour regarder les fontaines toute seule. J'étais tellement paisible et sereine, à contempler l'eau, que j'aurais voulu rester là toujours, et ne pas avoir besoin de lui faire face.

Peut-être que la solution, c'était de dire à Charlie à quel point la situation était sérieuse. Mais au fond d'elle-même, Emma savait que ça ne fonctionnerait pas. Elle le lui avait déjà dit par le passé. Quatre mois plus tôt, elle l'avait même quitté. Elle avait passé plusieurs nuits dans un *bed and breakfast*. Il avait réussi à l'enjôler pour qu'elle revienne. À peine avait-il été certain qu'elle était de nouveau à lui qu'il avait repris le même comportement. Comme l'avait énoncé Frankie un jour dans la cuisine, une fois que le respect était parti, il était rare qu'il revienne.

— Je crois vraiment que tu ne devrais pas l'épouser, Emma, affirma Holly, la gorge palpitante. Je sais que ce n'est pas mon rôle de te le dire, mais tu n'as pas mérité d'être traitée ainsi. Il n'est pas trop tard et je ne serais pas une bonne amie si je te cachais ce que je pense de la situation.

C'étaient les mots qu'Emma avait redoutés. Ceux qu'elle voulait ne jamais entendre. Elle sentait le désarroi battre dans ses veines.

— Je n'ai pas le choix, répondit-elle, de nouveau prise de panique. J'aime Charlie et comme je te le disais, il peut être charmant. Il me rend heureuse la majeure partie du temps. Je veux me marier et avoir des enfants, et j'ai besoin de croire que si je le lui dis, il changera. Je sais qu'il n'est pas toujours gentil avec moi, mais ça arrive à tout le monde de se disputer, non ? Je crois qu'il mérite que je lui laisse une chance. Je ne suis pas sûre d'être prête à jeter l'éponge tout de suite. Je n'ai pas l'impression que j'y arriverais.

Holly la regardait, les yeux emplis d'inquiétude.

— Em, je ne vais pas te mentir, je pense que c'est une très mauvaise idée de maintenir le mariage. Mais je me doute que ce que je peux te dire n'aura pas d'effet. Je ne te ferai pas changer d'avis, n'est-ce pas ? Tu as déjà décidé que tu l'épouserais. Mais je pense qu'il a besoin d'aide, vraiment. Peut-être que vous devriez voir un conseiller conjugal, ou quelque chose dans le genre. Rob et moi, on a fait quelques séances, et je sais que ça n'a pas marché pour nous, mais il y a beaucoup de couples qui en ressortent très contents.

Emma fut secouée par son expression inquiète. Elle avait espéré que Holly lui dise que Charlie ne semblait pas si méchant, d'après son récit. Qu'elle affirme qu'il fallait suivre son cœur, que l'amour triomphe de toutes les difficultés. Mais même avant de révéler son secret, elle savait que Holly lui déconseillerait d'épouser Charlie. Elle ne voyait pas son côté charmant : celui qui l'invitait au restaurant et lui apportait de jolis cadeaux quand elle n'avait pas le moral.

— Demain, je vais avoir une grande discussion avec lui et lui expliquer tout ce qui doit changer. S'il voit que je suis sérieuse, je suis certaine qu'il m'écoutera, dit-elle plus pour se convaincre elle-même que Holly. Je ne peux pas décevoir tout le monde. Les gens ont fait un énorme effort pour être avec nous ici…

Sentant les larmes monter, elle se tut. Elle avait la gorge nouée.

— Emma, la question ce n'est pas les autres. C'est *toi* et *ton* bonheur. Je t'en prie, ne te marie pas pour tes invités ! Personne ne t'en voudrait de ne pas aller jusqu'au bout, du moment que ta décision est la bonne. Ce n'est pas un choix à prendre à la légère. Je suis contente de ne pas m'être mariée avec Rob, je t'assure. C'est déjà assez dur de se séparer même sans divorce. Ça ne fait que rendre les choses encore plus stressantes.

Emma se tourna vers Holly avec calme.

— Je crois que je fais le bon choix, Holly. Je l'aime. Je veux vraiment que les choses changent. On ne divorcera pas, je le sais. J'avais juste besoin de parler à quelqu'un, merci de m'avoir écoutée.

Elle contempla Holly pendant un moment, soudain coupable.

— Je sais que je n'ai pas été là pour toi depuis que tu as rompu avec Rob. Je suis tellement désolée… Tu sais comment c'est : le temps file, et j'étais tellement occupée par mon boulot, et le mariage qui approchait.

— Ne dis pas de bêtises. C'est ma faute aussi, pas vrai ? Ça va dans les deux sens. Je sais ce que c'est d'être débordée. Ne t'excuse pas. Tu n'as aucune raison.

— Merci, dit Emma en se levant pour la serrer très fort dans ses bras. Viens, on retourne au bar avant que les autres se demandent où on est passées.

— Si tu as besoin de parler, n'hésite pas. Et peut-être que tu pourrais noter les petites choses qu'il te fait, aussi. Tu sais, dans un journal, ou un truc dans le genre.

Emma la dévisagea. Elle se demandait si c'était réellement nécessaire. Il était clair que Holly avait perdu toute confiance dans sa relation avec Charlie. Elle pensait qu'Emma aurait peut-être besoin de preuves contre lui à l'avenir.

— Et, Emma… tu ne peux pas envisager d'avoir des enfants avec lui. Pas tant que vous n'aurez pas réglé vos problèmes de couple. Ce n'est pas sain de faire un bébé dans un tel environnement.

Emma en eut le souffle coupé, comme après un coup de poing. Elle désirait un enfant au plus haut point, le plus vite possible. Rien n'était plus important pour elle que de devenir maman. C'était son prochain objectif dans la vie. Mais Holly avait raison : c'était tout simplement impossible d'élever un bébé avec un père comme Charlie tel qu'il était maintenant. Lorsqu'elle retourna vers les autres, Emma se sentait encore moins bien qu'avant.

19

Kim

Kim ne savait pas où avaient bien pu passer Holly et Emma, et elle s'inquiétait. Pourquoi l'avaient-elles abandonnée comme ça ? Certes, elle connaissait Callum, Max et quelques autres, mais elle aurait vraiment préféré que ses amies lui disent où elles allaient. Elle se sentait un peu oubliée, exclue, et en même temps s'en voulait d'être aussi puérile. Leur disparition avait certainement une explication, mais elle craignait que quelque chose n'aille pas.

Max s'approcha et lui tendit un verre.

— Coucou, sourit-il. Elles sont où, Holly et Emma ? On a une tournée au bar.

— Je ne sais pas, avoua Kim en regardant son téléphone au cas où elles l'auraient contactée. Je vais aller les attendre au comptoir, alors.

Elle suivit Max, qui la conduisit un peu à l'écart. Ni Callum ni personne d'autre n'était à proximité.

— On se retrouve en tête à tête, constata Max avec un regard appuyé.

Kim se sentit aussitôt mal à l'aise, et le souvenir de son attitude au bord de la piscine lui revint à l'esprit. Se comportait-il de la sorte avec tout le monde ? Elle ne voulait pas faire des histoires pour rien, mais cela ne lui semblait pas correct alors qu'il avait couché avec sa meilleure amie la nuit précédente, sans compter qu'elle-même était une femme mariée.

— Où est passé Callum ? demanda Kim en se tournant pour le chercher des yeux.

— Il devait téléphoner à sa fille. Il est huit heures plus tard, ici. Il ne va sûrement pas revenir tout de suite, il adore bavarder avec elle, répliqua Max avec un sourire dépréciateur.

— Ah, c'est mignon, commenta Kim en buvant son verre, gênée et nerveuse.

La tension était telle que l'air semblait crépiter. Elle avait l'impression qu'il ne tarderait pas à y avoir des étincelles.

— Holly et Emma n'ont pas dit où elles allaient ? s'enquit-elle l'air de rien, tout en continuant à observer la foule autour d'eux.

Si seulement elles arrivaient, elle pourrait leur faire signe.

— Non, on est juste tous les deux, répondit-il avec satisfaction.

Il la dévisageait comme s'il prenait plaisir à son embarras. Kim regardait au loin. Elle avait peur de lui faire face. Elle ne savait pas ce qu'il allait dire ensuite. Il se comportait une fois encore de manière bizarre.

— Tu es belle ce soir, déclara-t-il en la parcourant d'un regard intense de ses yeux marron clair.

— Merci, bredouilla Kim.

Elle sentit ses joues s'empourprer et s'en voulut pour ça. Elle ne voulait pas qu'il voie à quel point il la déstabilisait. Elle aurait préféré ne pas lui laisser ce pouvoir sur elle.

Il se rapprocha, une lueur d'espoir dans les yeux.

— Qu'est-ce que tu fais ? demanda-t-elle en tentant de rire.

Il gardait une expression déterminée.

— Oh, arrête, personne ne nous regarde…, dit-il avec assurance.

Il lui souriait comme si elle jouait avec lui, comme si au fond elle en avait très envie.

Kim sentit son haleine alcoolisée. Elle se demanda s'il était encore soûl de la veille. Elle essaya de faire quelques pas en arrière, mais elle était acculée contre le comptoir.

— Max, qu'est-ce que tu veux ? haleta-t-elle.

Il la contempla, l'air amusé. Il était incroyablement arrogant.

— Tu voudrais me faire croire que je ne te plais pas ? Je ne le répéterai pas à Holly, chuchota-t-il d'un air suggestif.

Son corps tout entier était appuyé contre elle, et avant qu'elle ait pu placer un mot, il se pencha pour l'embrasser.

— Casse-toi ! explosa Kim en le repoussant. Tu es taré, ou quoi ? Tu as couché avec mon amie Holly, au cas où tu l'aurais oublié, et je ne sais pas si tu es au courant, mais je suis mariée et heureuse de l'être !

Le sang bourdonnant à ses oreilles, elle haletait de rage.

Max ne se démonta pas.

— OK, j'ai dû mal interpréter les signes, alors. De toute façon, je plaisantais, pas la peine de monter sur tes grands chevaux, conclut-il avec un air détaché.

Kim n'était pas seulement en colère, elle était dans tous ses états. Comme osait-il même imaginer qu'elle puisse avoir envie de faire ça avec lui ? Non seulement Holly était sa meilleure amie, mais elle était pour sa part mariée et mère de deux enfants, et il le savait très bien. Elle haïssait les hommes comme Max, égoïstes et désinvoltes, et elle détestait l'idée de devoir raconter cette scène à Holly.

— Va te faire foutre, Max ! fulmina-t-elle avant de sortir d'un pas furieux.

Une fois seule dehors, Kim se trouva soudain submergée par le mal du pays. Par contraste avec Max, elle comprenait quelle chance elle avait eue de rencontrer Andy des années auparavant. Il lui manquait. Les enfants aussi, le son de leurs rires… Que dirait Andy de ce qui venait de se passer ? L'une de ses qualités, c'était qu'il n'était pas jaloux. La jalousie n'avait jamais eu sa place dans leur relation. Du moins jusqu'à maintenant. Jusqu'à Lily. Avait-elle commis une folie en s'envolant pour Las Vegas sans régler d'abord ses problèmes de couple ? Avait-elle juste rendu la tâche plus facile pour Andy s'il voulait passer du temps avec Lily ? La question demeurait : pourquoi Andy avait-il entretenu cette correspondance dragueuse avec elle ? Kim n'était pas non plus contente qu'il ait liké sa photo. Elle avait traversé la vie dans sa bulle, sans prêter attention au fait que si elle était une bonne mère, ça ne faisait pas d'elle une épouse attentive pour autant. Elle avait la gorge serrée d'anxiété quand elle pensait que leur couple avait changé du tout au tout sans qu'elle y prenne garde. Difficile de faire comme si tout allait bien…

Une larme roula sur sa joue juste au moment où Frankie débouchait d'un angle. En la voyant, il eut une expression consternée, et Kim se sentie gênée d'être surprise en train de pleurer toute seule dans un coin. Elle n'avait pas tellement parlé avec lui depuis leur arrivée, et ne le connaissait pas assez bien pour le laisser la consoler.

— Ça va ? demanda-t-il avec sollicitude. Kim, c'est ça ?

Elle acquiesça en reniflant, les yeux baissés vers ses chaussures à talon toutes neuves.

— Oui, ce n'est rien. Ça va.

— Pourtant, ça n'a pas l'air. Tu veux en parler ? proposa-t-il avec douceur.

— Je ne peux pas… Je t'en prie, entre, ne t'en fais pas pour moi. Ça va aller.

Elle aurait voulu lui parler. Elle aurait voulu s'ouvrir à quelqu'un de tous ses problèmes, mais elle le connaissait à peine. Il lui évoquait un peu Callum : c'était une de ces personnes à qui on fait aussitôt confiance, sans savoir pourquoi. Il semblait sincère et doux, et à force de le voir si souvent proposer son aide à Emma, Kim savait qu'il se souciait réellement du mariage.

Elle s'assit sur un muret et Frankie s'installa à côté d'elle. Il n'allait pas la quitter, et elle se sentit rassérénée.

— Où sont tes copines ? demanda-t-il.

— Je ne sais pas… Peut-être aux toilettes, ça fait un moment que je les ai perdues.

— Mais ce n'est pas pour ça que tu pleures, si ?

Elle éclata de rire.

— Non, bien sûr que non. C'était… C'est Max, tu vois ? Il m'a fait quelque chose…

Elle ne voulait pas lui parler de ses problèmes de couple, mais elle pouvait lui révéler cette partie de l'histoire. Elle n'allait pas couvrir Max.

Frankie ne parut pas surpris le moins du monde.

— Ah, Max, dit-il simplement.

Kim acquiesça, le regard fixé devant elle sur un couple âgé qui attendait un taxi.

— Laisse-moi deviner, il a tenté sa chance avec toi ?

— Oui, comment tu le sais ? répliqua Kim, stupéfaite.

— Le pire, c'est que je ne le connais même pas si bien que ça. Il vient parfois quand je sors avec Charlie, et je le croise souvent à la salle de sport, mais c'est tout. Tout à l'heure, il m'a dit quelque chose, et je me suis douté. Il aime bien jouer les mauvais garçons parfois. J'ai entendu parler de ses frasques par Charlie, expliqua-t-il avec désapprobation. C'est un gamin, il veut tout goûter comme dans un magasin de bonbons. Callum a essayé de le dissuader. Mais Max aime les défis. Il va finir par avoir des ennuis.

Kim souffla lentement.

— J'ai peur d'en parler à Holly. Elle va être dévastée…

— Ne le répète pas, mais je pense que c'est une bonne chose qu'elle découvre maintenant le vrai visage de Max. Je suis sûr qu'elle aussi pensera qu'elle l'a échappé belle.

Kim prit un mouchoir dans son sac et se moucha.

— Emma et Charlie ont beaucoup de chance de t'avoir. Je sais que tu as énormément aidé Emma pour le mariage. Elle t'apprécie. J'étais inquiète pour elle après sa crise de panique dans le magasin de mariage, c'était flippant. Elle t'en a parlé ? Tu crois qu'elle a un problème ?

Frankie semblait tellement attaché à Emma que Kim avait très envie d'avoir son avis.

Il soupira, comme s'il était lui aussi tracassé par cette idée.

— En revenant, elle nous en a parlé à Charlie et moi. On était dans leur chambre, sur le balcon, en train de jouer aux cartes. Ça m'inquiète, oui. Je suis très embêté qu'elle ait des craintes. Je lui ai proposé de l'accompagner chez un médecin, mais Charlie pensait que c'était faire une montagne de rien du tout.

Comment se faisait-il que Frankie se sente plus concerné que le fiancé d'Emma ? C'était assez choquant, et Kim ne put s'empêcher d'éprouver des réticences à l'idée qu'Emma passe le reste de sa vie avec Charlie. Il était si différent de Frankie, et pas en bien. Frankie était attentionné, plein de sollicitude.

— Il tient à elle, ajouta Frankie très vite, comme s'il lisait dans ses pensées. C'est juste qu'il pense que ça ne sert à rien d'aller chez le médecin puisqu'il ne pourra sans doute rien faire. Il pense que c'est normal d'être angoissé avant de se marier, et peut-être qu'il a raison ?

— Tu es très loyal à son égard, non ?

— Mon père est mort quand j'étais petit, et la famille de Charlie m'a beaucoup entouré.

— Oh, je suis désolée pour toi. Ça a dû être dur. Je ne peux pas imaginer vivre sans mon père.

— Ça fait longtemps, maintenant, acquiesça Frankie. La maman de Charlie, Jean, est la sœur de ma mère, et elles sont très proches. La famille de Charlie nous a beaucoup aidés après le décès. Comme ma mère était obligée de travailler tout le temps, j'étais très souvent chez eux. Jean s'occupait de moi après l'école et même le week-end. C'est une deuxième maman pour moi. À l'adolescence, Charlie était un peu chiant, il se rebellait contre tout et se fourrait dans de sales histoires. Jean ne savait plus à quel saint se vouer, et elle se confiait à moi, elle espérait que j'arriverais à le ramener à la raison. Je sais qu'elle aurait aimé qu'il soit plus obéissant et facile à gérer, comme moi, et Charlie me détestait à cause de ça, rit-il. Il s'excusait auprès de Jean de ne pas être « parfait comme son chouchou Frankie ». Je pense qu'il me voyait comme un petit frère casse-couilles. Moi, j'aurais juste voulu qu'il m'aime bien, même si ça fait pathétique de dire ça. Mais quand il rendait sa mère malheureuse, je n'étais pas d'accord. Je ne prenais jamais son parti quand il l'insultait. Pour moi, Jean était la meilleure tante du monde, et aussi la meilleure mère, avec la mienne bien sûr. Heureusement, il a changé en grandissant, et maintenant, il ne me « tolère » plus, on est devenu amis. Il sait que je ferais n'importe quoi pour lui. Ou pour sa famille. Quant à Emma, eh bien, elle est adorable et je pense qu'elle mérite un mariage de rêve, et d'être heureuse. Ça me fait plaisir de l'aider, et ne le lui dis pas, mais je lui ai préparé une surprise : pour la musique, j'ai réussi à réserver le groupe qu'elle voulait. Elle va être tellement contente !

— Oh, Frankie, c'est adorable de ta part. Elle va être folle de joie.

Le sourire de Frankie était contagieux.

— Désolé de t'avoir raconté ma vie comme ça, s'excusa Frankie avec un petit éclat de rire. Je n'en avais pas l'intention, mais ma relation avec Charlie est un peu compliquée. Il fallait que je t'explique…

Kim hocha la tête.

— Merci de m'avoir fait confiance. Je crois que je vais prendre un taxi pour rentrer. Je ne suis plus vraiment d'humeur à faire la fête, et je ne sais même pas où sont Holly et Emma.

— Je te raccompagne. Tiens, voilà un taxi, dit-il en se levant.

Kim appréciait sa proposition. Frankie était un vrai gentleman, mais elle avait envie d'être seule.

— Merci, Frankie, mais il n'est pas tard et tout ira très bien, promis. Je préfère que tu trouves Emma et Holly et que tu leur dises que je suis rentrée. Mon téléphone n'a plus de batterie, dit-elle en le lui montrant.

Elle avait oublié de le recharger avant de sortir.

— Tu es sûre ? demanda-t-il, un peu ennuyé de la voir rentrer seule.

— Certaine, assura-t-elle en lui donnant l'accolade.

— Bon, j'espère que tu te sens mieux maintenant ? insista-t-il avec un regard plein de sincérité.

— Oui, merci.

— Ne laisse pas Max te prendre une minute de tes pensées en plus, il n'en vaut pas la peine. Il n'en avait même rien à foutre que tu sois mariée. Emma m'a déjà parlé de ta famille. Je crois que son rêve, c'est de vivre comme toi et être aussi heureuse que toi, sourit-il d'une façon amicale.

Il était loin de se douter qu'au lieu de la rassurer, il ne faisait qu'augmenter son mal-être.

Avec un geste de la main, elle sauta dans un taxi.

Elle poussa un profond soupir. Tout le monde pensait qu'elle avait une vie de famille parfaite. Le couple idéal. Jusqu'alors, elle avait toujours cru avec une certaine suffisance que c'était le cas. Mais à présent, elle se sentait déstabilisée, vulnérable et désorientée.

Elle n'était plus du tout certaine qu'Andy et elle soient heureux.

20

Holly

— Eh, où est Kim ? Tu l'as vue ? demanda Holly à Max.

Elle l'avait déjà cherchée dans les toilettes les plus proches, et ne comprenait pas où elle avait bien pu passer. Quand elle l'appelait, elle tombait directement sur la messagerie. C'était bizarre : Kim était vraiment partante pour sortir, ce soir-là. Et ce n'était pas son habitude de disparaître sans au minimum envoyer un texto pour se justifier. Holly était très étonnée.

— Elle était là tout à l'heure. Mais je ne sais pas où elle a filé, répondit Max comme si cela n'avait guère d'importance.

— Je l'ai vue dehors, elle a pris un taxi pour rentrer, expliqua Frankie en s'approchant de Holly. Elle m'a dit qu'elle était fatiguée et pas d'humeur à faire la fête.

Il lança un regard réprobateur à Max.

— Elle est rentrée ? Tu es sûr ?

Elle vérifia son téléphone pour la dixième fois, surprise de n'avoir toujours aucune notif. Elle tenta sa chance une fois de plus, et soupira en entendant l'annonce de la messagerie.

— Elle n'a plus de batterie, l'informa Frankie. Ne t'inquiète pas, elle va bien.

— Je ne sais pas quoi faire…, avoua Holly, désemparée.

Frankie avait beau affirmer que Kim allait bien, ça n'en était pas moins curieux qu'elle soit partie. Il fallait qu'elle retourne à l'hôtel pour s'en assurer. Comment pouvait-elle rester ici à s'amuser si Kim avait des ennuis ?

— Eh, dit Max en lui passant un bras autour de la taille, les yeux écarquillés. Je suis sûr qu'elle va bien. Tu n'as pas besoin de bouger d'ici. Comme l'a dit Frankie, elle est fatiguée. Elle s'est certainement déjà endormie, de toute façon. Reste avec nous. Je ne veux pas que tu t'en ailles.

Holly avait envie de rester avec lui, mais elle avait toujours été fière d'être une bonne amie. Elle était loyale, et elle savait très bien que ça ne ressemblait pas à Kim de partir sans l'attendre. Elle s'en voulait énormément à présent d'avoir suivi Emma sans prévenir Kim. Quand Emma était sortie du bar, Holly l'avait simplement accompagnée sans se douter qu'elles seraient si longues. Mais Kim n'était pas repartie simplement parce qu'elle était vexée, si ?

— Je t'ai repris à boire, dit Max en lui tendant un grand verre de vin blanc.

— Merci, sourit Holly, distraite. Je le bois et je m'en vais, cela dit.

— Elle avait l'air en pleine forme, commenta Max avec désinvolture. Ça va aller. Arrête de t'en faire. Tu n'as pas besoin de rentrer juste parce qu'elle a décidé de jouer les pisse-froid.

Il avait l'air agacé que Kim lui gâche sa soirée avec Holly. Il se comportait comme un enfant gâté qui n'a pas ce qu'il veut, sans penser une seule seconde aux ennuis que semblait avoir sa meilleure amie.

— Mec, intervint Callum qui se mettait à la place de Holly, je pense que c'est normal que Holly veuille s'assurer que sa copine va bien.

— Ouais, si tu le dis. Elle fait ce qu'elle veut. Je sors m'en griller une, annonça-t-il avec humeur.

— En griller une ? Tu fumes ? s'étonna Holly.

C'était un détail, et en même temps pas tant que ça. Cela rappelait à Holly que Max était un inconnu. Elle ne savait rien de lui. Elle détestait le tabac, et se sentit immédiatement décontenancée. Debout dans ce bar de Las Vegas, à regarder Max fouiller ses poches en quête de ses cigarettes, elle était perturbée. Comment avait-elle pu ne pas s'apercevoir que Max fumait ? Elle n'avait jamais remarqué la moindre odeur de tabac, et il n'avait jamais allumé de cigarette devant elle. Il était coach sportif : n'aurait-il pas dû être opposé à tout ce qui est mauvais pour la santé ? Elle se mit à penser à la longue liste de tout ce qu'elle ignorait de lui. Quelques jours avant, elle avait cru développer des sentiments pour lui, alors qu'elle n'était même pas au courant de ce point important ! Jamais elle n'autoriserait quelqu'un à fumer dans la maison qu'elle avait travaillé dur pour acheter. Et encore moins à proximité des petits poumons fragiles de ses enfants. Mais évidemment, elle ne pouvait pas dire ça à Max.

Salut, on se connaît depuis moins d'une semaine, mais ça t'embêterait d'arrêter de fumer ? Voilà. Sois un gentil garçon.

Il aurait envie de l'envoyer balader, et elle ne pourrait le lui reprocher. Mais son tabagisme la refroidissait complètement.

— Je ne fume pas si souvent que ça, finit-il par répondre, totalement désinvolte. Juste de temps en temps. Quand je bois. Tu n'en veux pas une ?

— Non, je ne fume pas, rétorqua-t-elle en fronçant le nez.

Max s'éloigna, la laissant seule avec Callum.

— Tu fumes, toi aussi ? demanda-t-elle à Callum, encore abasourdie.

— Moi ? Non.

Elle acquiesça, satisfaite.

— Comment va ta petite fille ? reprit-il.

— Ça va. C'est gentil de me poser la question. Je suis rassurée depuis que je lui ai parlé. C'est difficile d'être aussi loin, mais je sais que tout se passe bien pour elle. Elle est avec Rob et Nikki, sa nouvelle copine, et il m'envoie des tonnes de photos.

Elle lui en montra quelques-unes.

— Je crois que j'ai réussi à suffisamment m'excuser de l'avoir accusé à tort : il m'a pardonnée, ajouta-t-elle avec une grimace gênée.

— Il m'a l'air d'un gars bien, commenta Callum.

— C'est moi qui dois arrêter de partir au quart de tour, convint Holly en se coinçant une mèche derrière l'oreille. Il faut que j'arrive à reconnaître ses qualités de papa. J'ai surréagi parce que je savais qu'il était avec Nikki, et que c'est encore tout frais, enfin je ne sais pas… Je crois que je culpabilisais aussi à propos de Max : j'étais là, à m'amuser et à rigoler, et voilà que Lottie se retrouve à l'hôpital. J'ai eu tort de m'en prendre à Rob comme ça. On s'était promis de ne jamais avoir ce genre de comportement. J'ai un peu honte…

— Tu étais sous le choc, et morte d'inquiétude. Tu t'en es prise à Rob parce que c'est lui qui t'a appelée. Tu as tiré sur le messager, comme on dit. Tout le monde fait des erreurs, non ? Être parent, c'est difficile, effrayant même. En tout cas, moi, je ne suis pas un père parfait. Je me souviens d'une fois où j'avais Eva, et elle s'est réveillée trop tôt, à 5 heures du mat. J'ai mis la télévision avec le son bas pour qu'elle puisse regarder des dessins animés dans son lit. Je n'avais pas l'intention de me rendormir mais c'est ce qui est arrivé. Quand je me suis réveillé, il était 8 heures ! Quel irresponsable !

Il avait beau rire, Holly voyait la culpabilité dans ses yeux.

— Je m'en suis tellement voulu ! Mais je crois qu'Eva a adoré. C'était bien la seule fois de sa vie qu'elle a eu droit à un temps d'écran pareil.

— Le manque de sommeil, c'est affreux, hein ? renchérit Holly avec un sourire chaleureux. Quand les miens étaient petits, j'aurais vendu mon âme au diable pour une bonne nuit. Maintenant ils dorment, ça va. Mais si l'un d'entre eux se réveille, je suis dans le pâté et de mauvais poil, avoua-t-elle.

— Oui, c'est l'horreur. J'ai l'habitude de me lever tôt pour aller au travail, mais quand Eva était bébé, c'était un tout autre niveau de fatigue.

Holly repensa à sa première grossesse. Vers la fin, elle avait des insomnies. Elle se disait que son corps se préparait à l'après, quand elle ne pourrait plus dormir. C'était frustrant, mais ça allait encore. Elle était prête. Elle tiendrait le coup comme tout le monde. Mais quand Lottie était arrivée pour de bon, Holly avait compris que ce n'était pas du tout comme des petites insomnies de fin de grossesse… loin de là. Elle ne pouvait pas rester tranquillement dans son lit avec un bouquin. Elle devait s'arracher à la chaleur de la couette pour affronter le couloir froid, marcher sur la pointe des pieds comme une cambrioleuse pour ne pas réveiller Rob, et tenter de consoler un bébé en pleurs avec une tétine en attendant que le biberon soit prêt.

— C'est marrant, non… Malgré leurs constantes exigences et le fait qu'ils t'épuisent à un point que tu n'aurais jamais imaginé possible, tu ne changerais rien même si tu pouvais, hein ? rit Callum. En vérité, j'aimerais bien avoir d'autres enfants un jour. Eva adorerait avoir un petit frère ou une petite sœur.

Holly lui sourit, et lorsqu'il soutint son regard un peu plus longtemps que nécessaire, elle eut un frisson dans le ventre. Elle détourna aussitôt les yeux, un peu affolée par ce soudain changement d'atmosphère.

Emma s'approcha.

— Où est Kim ? s'enquit-elle en les regardant tous les deux.

— Elle était fatiguée, elle est rentrée. Je finis mon verre et je vais voir comment elle va.

— Tu crois vraiment qu'elle était juste fatiguée ? C'est bizarre qu'elle ne nous ait pas dit au revoir. Maintenant je culpabilise de t'avoir emmenée discuter.

— Ne dis pas de bêtises. Je suis toujours là pour toi, tu le sais. On se voit demain pour essayer la coiffure, conclut Holly en l'embrassant sur la joue.

— Envoie-moi un message pour me dire comment elle va. J'ai demandé à Frankie de venir aussi, je veux un avis masculin. Je t'enverrai son numéro de chambre.

— Parfait.

Holly se tourna vers Callum. Elle regrettait de ne pouvoir rester bavarder avec lui. Elle appréciait leurs conversations.

— J'imagine qu'on se verra demain, dit-elle en lui faisant la bise.

— Salut, Holly.

En repartant, elle eut le plaisir de croiser Max qui rentrait dans le bar. Il afficha un air déçu.

— Tu ne vas pas partir maintenant ? demanda-t-il d'une voix geignarde qu'elle ne lui connaissait pas.

— Malheureusement, si, répondit Holly en observant son air abattu.

Il l'attrapa par les hanches d'un geste ferme et plongea son regard dans ses yeux.

— Mais pourquoi ? gémit-il. Il est encore tôt.

— Il faut que je vérifie que Kim va bien. Son téléphone est éteint, et en plus, demain je fais les essais de coiffure d'Emma donc je préfère ne pas trop boire ce soir. Et puis je voudrais savoir comment va Lottie, je vais appeler chez moi.

— Tu ne lui as pas déjà parlé ? protesta-t-il comme si elle faisait tout un plat de pas grand-chose.

Il n'avait de toute évidence pas la moindre idée des émotions d'un parent. Il était loin de se douter que dès l'instant où votre bébé naît, vous vous inquiétez pour lui toute votre vie.

— Tu pourrais aller voir comment va Kim d'abord, puis venir dans ma chambre boire quelques verres, non ? proposa-t-il avec un sourire en coin plein de sous-entendus.

Holly se sentit aussi dégoûtée par son attitude qu'elle l'avait été en découvrant qu'il fumait. Elle avait l'impression qu'il ne s'intéressait à elle que pour le sexe. Son impatience à la faire revenir dans son lit la rebutait carrément. Elle savait qu'elle est en partie fautive, car elle avait couché avec lui trop tôt. N'avait-elle fait cela que pour se convaincre qu'elle avait tourné la page Rob ? Holly en venait à se poser la question. Max était son premier amant depuis la rupture, et elle devait bien avouer que la pensée de se remettre en couple ne l'avait même pas effleurée avant que l'information de la nouvelle vie amoureuse de Rob ne lui tombe dessus. Dire qu'elle s'était crue tellement cool sur la question... Elle s'était sentie mûre, aimable, elle était restée calme et détachée.

— Je vais certainement me coucher tôt, répondit Holly d'un ton sans appel.

Elle ne voulait pas qu'il insiste. Ça ne ferait qu'empirer la situation.

— Vraiment ? continua-t-il d'un air boudeur. OK, comme tu voudras.

Il regarda brusquement derrière elle, comme si son attention avait été attirée par quelque chose de bien plus intéressant.

Il lui donna un rapide baiser sur la bouche.

— On se voit demain, peut-être, lança-t-il avec désinvolture, comme si ça lui était bien égal.

Il ne s'intéressait pas vraiment à elle, ça se voyait à des kilomètres à la ronde, et elle ne pouvait nier que ça lui faisait un peu mal, bien qu'elle non plus ne soit pas totalement conquise. Max était-il réellement aussi merveilleux qu'elle l'avait cru en le rencontrant ? Il était beau à tomber, mais très immature, égoïste et je-m'en-foutiste. S'ils formaient un couple, elle ne pourrait jamais lui faire confiance. Il était constamment en train de reluquer toutes les femmes qui passaient. Maintenant, c'était évident : Kim avait raison, il n'était pas mûr pour avoir une copine. Il était bien pour s'amuser, pas pour s'engager. Elle n'aurait pas non plus été tellement partante pour le présenter à ses enfants. D'ailleurs, c'était difficile de l'imaginer s'intéresser à eux et vouloir passer du temps en leur compagnie plus que de sortir faire la fête. Il n'était pas encore à ce stade de sa vie, et ne l'atteindrait peut-être jamais. L'idée de lui proposer de l'accompagner pour une excursion avec les enfants était tout bonnement ridicule. Ce serait comme de demander à Lottie et Jacob de venir passer la journée à faire les magasins de meubles. Franchement, elle détesterait ça. Comme Lottie et Jacob dans un rayon tabourets, Max s'ennuierait à périr. Elle n'y avait encore jamais réfléchi jusqu'alors, et encore une fois, elle se demanda si c'était parce qu'inconsciemment, elle savait que Max n'était qu'une passade et ne serait jamais rien de plus.

Lottie et Jacob passaient avant tout le reste. À l'avenir, quand elle sortirait avec un homme, elle ne devrait pas penser seulement à elle-même. Les enfants faisaient partie du contrat, et il fallait qu'eux aussi s'entendent avec son petit ami. Elle commençait seulement à mesurer combien les rencontres sont différentes lorsqu'on est déjà parent.

Elle était préoccupée par autre chose. Plus elle passait de temps avec Callum, plus elle constatait leurs points communs, et plus elle appréciait sa compagnie. Ce soir, par exemple, elle n'avait pas envie de le quitter. Elle aurait pu se donner des baffes. Elle n'y pouvait plus rien, à présent…

Elle avait misé sur le mauvais cheval.

Un quart d'heure plus tard, Holly inspira un grand coup avant de passer sa clef de chambre dans le lecteur de la serrure. Sans savoir pourquoi, elle appréhendait. Elle connaissait Kim depuis qu'elles avaient cinq ans, et elle avait la certitude qu'il se passait quelque chose. Elle le sentait. Alors qu'elle s'avançait le long de la salle de bains, elle vit que l'une des tables de chevet était allumée.

— Kim ?

Kim était assise sur le lit, en robe de chambre. Elle avait les yeux rouges et bouffis, et Holly n'eut aucun mal à deviner qu'elle avait pleuré.

— Comment vas-tu ? demanda Holly avec douceur. J'ai essayé de t'appeler plusieurs fois mais je suis tombée sur la messagerie. Qu'est-ce qui ne va pas ?

— Désolée, répondit Kim d'une voix rauque. J'ai appelé Andy. J'avais juste envie de savoir comme ils allaient, lui et les enfants. Je n'étais pas dans mon assiette et j'ai décidé de rentrer. Désolée de ne pas t'avoir attendue. Vous étiez où, Emma et toi, au fait ?

Holly s'assit au bord du lit et poussa un soupir de soulagement en retirant ses chaussures à talons. Elle n'en portait jamais en Grande-Bretagne. Elle était plutôt chaussures plates. Sandales, baskets, bottes : elle portait de tout du moment que c'était joli, plat et confortable. Depuis qu'elle était devenue maman, c'était la seule chose qu'elle mettait. Ils étaient enfuis, les jours où elle avait mal aux pieds, la plante échauffée, et elle était impatiente de remiser ses escarpins au fond du placard en rentrant à la maison.

— Emma avait besoin de discuter, expliqua-t-elle, en s'appuyant sur la tête de lit. C'est une longue histoire, et je ne peux pas vraiment te raconter. Je suis sûre qu'elle t'en parlera quand elle sera prête.

— Je comprends.

— Alors, qu'est-ce qui ne va pas ? Comment tu te sens ?

Kim n'avait pas l'air malade, mais bouleversée.

— Je ne sais même pas par où commencer. Tu as vu Max avant de partir ?

— Oui. Tu savais qu'il fumait ? Je n'arrivais pas à le croire quand il m'a dit qu'il sortait pour griller une cigarette. Je déteste ça. J'ai toujours dit que je ne me mettrais jamais avec un fumeur.

— Non, tu me l'apprends…

— Eh bien si. Il voulait que j'aille dans sa chambre après être passée te voir ! Tu imagines, il croyait vraiment que j'allais attendre qu'il rentre de boîte au petit matin pour aller le rejoindre ?

Kim resta silencieuse. Elle regardait ses ongles en se mordillant la lèvre.

— J'ai l'impression qu'il a le cerveau en dessous de la ceinture.

Kim ferma les yeux un moment avant de répondre d'une voix pleine de regret :

— Holly, il a tenté le coup avec moi. Je ne voulais pas te le dire, mais je ne peux pas rester là à t'écouter parler de lui alors qu'il vient de me faire ça. Il n'a aucun respect pour toi. Ça lui aurait été complètement égal que tu déboules et le prenne la main dans le sac. Il a essayé de m'embrasser.

Holly était pétrifiée. Elle avait l'impression qu'on venait de la gifler. Certes, elle savait que Max aimait les femmes, mais elle n'aurait pas cru qu'il était minable au point de tenter de se taper sa meilleure amie.

— Je t'en prie, dis quelque chose, supplia Kim. Je sais qu'il te plaisait, et je suis vraiment désolée. J'étais obligée de te le dire. Tu aurais fait pareil à ma place, non ?

Holly se sentait un peu malade. Elle était mortifiée et incrédule à l'idée que Max puisse tomber si bas, et par la même occasion lui donner l'impression qu'elle ne valait rien. C'était plus qu'irrespectueux. Est-ce qu'il la prenait pour une débile ? Avait-il réellement cru que Kim ne lui dirait rien ?

— J'arrive pas à y croire, haleta-t-elle. Raconte-moi en détail.

Malgré ses réticences, Kim lui retraça la scène.

— Mais je suis certaine qu'il a des sentiments pour toi, Holly. C'est juste que tu ne peux pas lui faire confiance.

— Des *sentiments* ? s'écria Holly, entre rire et suffocation. Kim, tu es folle ? Quel genre de mec essaie de se taper la meilleure amie d'une femme pour laquelle il a des sentiments ? Je suis une grande fille, tu sais. J'ai compris.

— Je n'arrive pas à croire qu'il ait pu penser que j'allais accepter. Tu aurais dû le voir, il ne doutait pas un instant.

— Merci de m'avoir tout dit, Kim, conclut Holly, assise sur son lit. Je suis vraiment horrifiée par son comportement, mais je ne tenais pas tellement à lui, alors surtout ne culpabilise pas. Ce n'est absolument pas de ta faute.

— Comment ça ? s'étonna Kim. Je croyais qu'il te plaisait ? Encore ce matin, tu disais…

— J'ai changé d'avis, coupa Holly avec un bref sourire. Max est magnifique, ça tout le monde peut le voir. Mais il ne me convient pas, Kim. Tu avais raison. Ce soir, j'ai réfléchi et j'ai pris conscience que je suis encore en train de me faire à l'idée que Rob est en train de construire une nouvelle relation. C'est sans doute pour ça que je suis allée aussi vite avec Max. Je sais que c'est moche, mais au fond de moi, comme c'est moi qui ai rompu avec Rob, je crois que je pensais qu'il serait toujours là à m'attendre si jamais je changeais d'avis. C'est idiot et égoïste de ma part, mais je pensais que Rob serait toujours disponible. Est-ce que tu trouves ça horrible ? Bien sûr qu'il n'allait pas m'attendre…

Kim était pensive.

— Non. Je crois même qu'au fond de moi, je pensais aussi que vous vous remettriez ensemble. Maintenant qu'il a quelqu'un d'autre, ça paraît plus définitif. Il n'y a pas de manuel de ce qu'on doit ressentir quand notre ex fait une rencontre, et je comprends très bien que tu aies foncé un peu tête baissée avec Max. Pour être honnête, je trouvais que tu prenais étonnamment bien la situation avec Rob et Nikki.

— Pas tant que ça, finalement…, commenta Holly avec un sourire désabusé. Pour ma part, je n'ai même jamais eu le moindre rendez-vous avec quelqu'un d'autre. Comment a-t-il fait pour tomber amoureux sans que je m'en rende compte ?

— Je ne sais pas. Et personne ne sait non plus ce que l'avenir te réserve. Tu as toujours dit que tu n'avais pas envie de faire une autre rencontre après Rob, mais peut-être que si tu croisais un jour la bonne personne, tu changerais d'avis ?

Holly se rongea l'ongle du pouce.

— Peut-être. Je suis trentenaire et j'ai deux enfants qui sont tout mon univers. Ils passeront toujours en premier. Je regrette de ne pas avoir eu la sagesse de résister à Max et à son charme. Ça ne m'a pas du tout aidée à surmonter l'histoire de Rob, comme je l'espérais sûrement au fond. Si jamais je rencontre de nouveau quelqu'un, il faut que ce soit un homme mûr et fiable. Loyal, sur qui on peut compter. Quelqu'un de gentil, qui se soucie de moi. Quelqu'un…

— Comme Callum ? suggéra Kim.

Holly eut un rire crispé.

— Eh bien oui, disons quelqu'un comme lui. Mais je ne peux pas passer de Max à son pote, pas vrai ?

Elle scruta Kim, en quête d'une réaction.

— Il ne s'est pas gêné, lui. À mon avis, ce serait à Callum de décider. Si c'est ce dont tu as envie, bien sûr.

Kim posa sur Holly un regard interrogateur.

— Je ne peux pas, dit Holly. C'est impossible. J'ai déjà fait l'erreur de me mettre avec Max.

Morose, elle se prit la tête entre les mains. Kim avait raison : elle s'était toujours raconté qu'elle ne voulait pas d'une nouvelle relation après Rob. Les mecs, c'était fini pour toujours, elle voulait juste se concentrer sur ses deux petites merveilles. Elle estimait qu'un couple, c'était plus de tracas que de plaisir. Mais avec Rob qui venait de rencontrer Nikki et son voyage à Las Vegas, elle s'était ouverte à l'idée. Si elle devait faire entrer un homme dans la vie des enfants, il fallait qu'il soit parfait. Elle était juste un peu dépitée par la situation : elle commençait à avoir des sentiments pour Callum, mais elle avait tout fait foirer d'avance, avant même d'avoir l'occasion de mettre ces sentiments à l'épreuve. De voir s'il éprouvait la même chose. Évidemment, elle ignorait s'il était intéressé ou s'ils fonctionneraient bien ensemble, mais elle ne pouvait se cacher qu'elle avait commencé à ressentir des choses pour lui, et s'en voulait d'avoir couché avec son copain. C'était désormais impensable qu'il la considère autrement que comme une amie.

— Il te plaît, Callum ? demanda Kim, curieuse.

— Oui. Mais ça n'a pas d'importance… Si ça se trouve, si je passais à l'attaque, au final ça ne me mènerait pas plus loin qu'avec Max.

— Je crois vraiment qu'après ce qui s'est passé ce soir, tu n'as aucune raison de te préoccuper de Max et de ses sentiments. Alors si tu penses qu'il y a quelque chose entre Callum et toi, je te conseille de foncer.

— C'est trop tard. Je suis vraiment une buse.

Elle s'en voulait vraiment. Elle respira lentement et conclut :

— Je vais dormir. Ne t'en fais pas pour cette histoire avec Max, Kim. Si ça n'avait pas été avec toi, il aurait tenté avec une autre fille.

— Oui, tu as sans doute raison.

Après avoir enfilé son pyjama, Holly alla se laver les dents dans la salle de bains puis se glissa entre les draps. Kim éteignit la lampe.

— Comment va Andy ? demanda Holly dans le noir. Et les enfants ? J'ai appelé ma mère sur le chemin du retour, et puis Rob pour parler à Lottie. Tout va bien chez moi.

— Oui, pareil. Il a dit que je leur manquais à tous les trois, répondit Kim d'une voix ensommeillée.

— Ah, c'est mignon, commenta Holly en bâillant. Mais je ne suis pas étonnée qu'il te dise des choses mignonnes. Il est fou de toi.

— Tu t'imagines que notre couple est parfait, Holly, murmura Kim dans un demi-sommeil. Personne ne sait ce qui se passe une fois la porte fermée.

Il fallut un moment à Holly pour prendre conscience de ce qu'elle venait d'entendre.

— Qu'est-ce que tu veux dire ?

Le silence emplit la pièce jusqu'à ce que les doux ronflements de Kim s'élèvent dans l'obscurité.

21

Emma

On était la veille du mariage d'Emma, et elle n'arrivait pas à y croire. Elle se demandait ce qu'elle ressentirait le lendemain. Serait-elle nerveuse ? Passerait-elle toute la matinée dans l'effroi à l'idée de remonter la nef, terrifiée et silencieuse pendant que Holly la coifferait et que la maquilleuse accomplirait son miracle ? Boirait-elle trop de prosecco pour se calmer, et tituberait-elle en marchant vers l'autel, les jambes en coton ? Depuis qu'elle s'était fiancée avec Charlie, le mariage avait été le principal sujet de conversation. Elle ne pensait qu'à cela depuis des mois, et le moment était presque arrivé. Même ses fans sur les réseaux sociaux étaient en ébullition, et quand Emma prit son téléphone, sa messagerie privée Instagram débordait de nouveaux messages.

Haaaan, le mariage c'est demain ! Tu seras la plus sublime des mariées !

Je t'envoie un tas d'ondes positives pour le jour J ! Hâte de voir ta robe !

Tous ces messages l'oppressaient. Pour une fois, elle aurait voulu qu'on lui fiche la paix. Elle n'avait rien posté la veille au soir : elle n'était pas d'humeur.

Elle se félicitait de ne pas avoir trop bu la veille. Elle se sentait fraîche et alerte, l'esprit limpide. Elle se blottit contre Charlie toujours endormi, se délectant de la chaleur de son corps. Elle se sentait mieux maintenant qu'elle avait parlé de ses inquiétudes à Holly. Elle avait partagé ses craintes avec quelqu'un, et avait pris la décision d'avoir une discussion avec Charlie, de s'assurer qu'il comprenne qu'elle l'épouserait à condition qu'ils se fassent aider. Elle allait se renseigner sur la thérapie conjugale dès qu'elle en aurait l'occasion. Holly avait raison, leur relation n'était pas exactement normale, et ils avaient juste besoin de quelques conseils. Emma savait qu'elle devait tenter le coup. Elle se souvint du moment où Hannah, une amie de la famille, en avait dit le plus grand bien.

— Notre thérapeute est un homme, M. Carver, et il a fait des miracles pour notre couple, franchement. Maintenant Ben participe à la cuisine, au ménage et à la lessive, je ne le reconnais plus ! avait-elle dit devant un café par une journée d'été.

Peut-être que Holly contacterait Hannah pour avoir les coordonnées de M. Carver. Ça lui irait très bien de ne plus reconnaître Charlie !

Il fallait que Charlie comprenne que les choses ne pouvaient pas continuer de la sorte, et peut-être que si une personne extérieure indiquait ce qui devait changer, il écouterait pour de bon ? Il fallait aussi qu'elle lui parle de sa façon de s'immiscer dans sa vie professionnelle.

Elle n'avait aucune idée de l'heure à laquelle il était rentré la veille. Elle était si fatiguée qu'elle s'était endormie comme une pierre. Il n'avait une fois de plus pas souhaité la raccompagner, mais ce n'était pas une nouveauté et Emma se dit que c'était à elle de s'y habituer. Charlie aimait sortir, et il n'y avait pas de mal à cela. Certes, elle aurait bien aimé qu'il se soucie davantage de savoir si elle était bien rentrée ou non, mais sans doute qu'elle était trop sensible ?

Charlie remua et se tourna vers elle avec un sourire. Elle vit qu'il était de bonne humeur. Il avait les yeux qui pétillaient, avec des petites rides qui se creusaient au coin. Aujourd'hui, elle aurait la chance de voir le gentil Charlie. Celui qui la rendait folle d'amour et de bonheur, comme lors de leur rencontre. Le Charlie qu'elle voudrait qu'il soit toujours, celui qu'elle avait vraiment envie d'épouser.

— Bonjour, ma future épouse, dit-il en l'embrassant doucement sur la bouche.

Emma eut une soudaine appréhension à l'idée de lui parler de la thérapie de couple et des mails ; cela allait gâcher sa belle humeur. C'était vraiment dommage car il était particulièrement joyeux. Mais elle savait qu'elle devait le faire. Bientôt elle n'aurait plus le temps. Demain, ils se marieraient.

— Tu as passé une bonne soirée ?

— Oui, très bonne. On a fini dans une boîte au *Mirage*. *The Oak*, je crois qu'elle s'appelle. Je ne suis pas rentré tard, finalement : deux heures à peine passées, je crois.

— J'ai dormi comme une bûche. Je ne t'ai pas entendu.

— J'ai remarqué, sourit Charlie. Il faut que tu sois bien reposée pour le grand jour, demain. À propos, on doit aller chercher notre licence de mariage ce matin. C'est obligatoire, et je crois que c'est à une dizaine de kilomètres d'ici.

Il l'attira contre lui.

— D'accord. On peut y aller entre le petit déjeuner et mon essayage cheveux.

Charlie était tout tiède, et elle se sentait bien, en sécurité. Elle aurait donné n'importe quoi pour passer la journée ainsi avec lui, confortablement. Pour oublier tous ses défauts et toutes ces petites choses à propos de leur couple qu'elle ne pouvait plus laisser passer. Si seulement c'était aussi simple…

— Il y avait qui avec toi, pour finir ?

— Dan, Carl, et quelques copains à moi. Max et Callum sont venus aussi, rit-il. Je crois que Max a tiré le gros lot avec l'une des serveuses. Je l'ai vu repartir avec elle.

— Tu plaisantes ? s'étrangla Emma.

Elle fit claquer sa langue, écœurée. Depuis qu'elle avait rencontré Max à la salle de sport, ils étaient devenus proches. Max était gentil, mais il ne semblait pas avoir beaucoup de respect pour les femmes. Dès qu'il avait réussi à en séduire une, il passait à la suivante. Elle aurait mieux fait de prévenir Holly dès le départ, mais même elle ne savait pas que c'était à ce point. Coucher avec tout ce qui bouge ! Holly serait effondrée. Elle qui ne baissait pas la garde si facilement… Rencontrer quelqu'un comme Max n'allait pas l'aider. Quel idiot !

— Nan. Une petite blonde avec de longs cheveux.

— Pauvre Holly, soupira Emma en secouant la tête.

— Ils ne sont pas en couple.

— Oui, je sais bien, mais quand même. Il a passé la nuit précédente avec elle ! C'est dégoûtant. Il faut qu'il grandisse…

Il la contempla longuement, un léger sourire aux lèvres.

— Quoi ? demanda-t-elle.

— C'est juste que tu fais tellement attention aux sentiments des autres, expliqua-t-il avec tendresse.

Je trouve ça adorable, cette façon de ne pas te centrer sur toi-même. J'ai de la chance de t'épouser.

Il glissa un bras sous les draps pour lui prendre la main.

Emma lui rendit son sourire. C'était maintenant ou jamais.

— Charlie… il faut qu'on parle.

Il se redressa aussitôt sur un coude, l'air inquiet.

— Oui, dis-moi. Qu'est-ce qui ne va pas ?

Elle se coinça une mèche derrière l'oreille.

— Charlie, les choses ne peuvent pas continuer comme ça entre nous, déclara-t-elle avec fermeté.

Elle avait le ventre noué par l'angoisse. Comment allait-il le prendre ?

— Je suis sérieuse, ajouta-t-elle. Je t'aime de tout mon cœur, et devenir ta femme est mon vœu le plus cher, mais je crois que tu as besoin d'aide. Désolée, ce n'est pas ce que je voulais dire. Je crois que nous avons besoin d'aide, en tant que couple. Je veux faire une thérapie conjugale quand on rentre à la maison. Il faut changer notre relation, Charlie. Je ne suis pas certaine de pouvoir gérer tes sautes d'humeur toute ma vie.

Ça y est, c'était dit. Elle avait eu la force de lui avouer la vérité. C'était comme si elle s'était débattue sous l'eau pendant tout ce temps, et qu'elle venait enfin de reprendre sa respiration à la surface. Soit Charlie changeait, soit elle ne pouvait pas être avec lui. Elle retint son souffle, dans l'attente de sa réponse.

— Bien sûr, dit-il d'un ton doux, comme s'il s'était justement attendu à cette déclaration.

Il lui caressa l'épaule d'un geste timide avant de reprendre.

— J'irai n'importe où tu me demanderas. Mais je t'en prie, tu ne regrettes pas ta décision de m'épouser, dis ? s'enquit-il d'une voix tremblante.

Il avait une expression qu'elle ne lui avait jamais vue avant : il était nerveux.

— Non, mentit-elle. Mais j'ai besoin que les choses changent entre nous. Il faut que tu me promettes que ça va évoluer. Il y a autre chose, aussi…

Elle se tut, anxieuse.

— Dis-moi.

Elle inspira profondément.

— D'abord, je dois te dire que je te suis reconnaissante de m'avoir aidée dans ma carrière, et de m'avoir amenée au point où je suis. Mais récemment, j'ai vu passer des mails assez surprenants, Charlie. L'autre jour, il y en avait un d'une marque de sportswear à propos d'un shooting pour lequel on poserait tous les deux. Mais qu'est-ce que c'est que cette histoire ? Pourquoi as-tu écrit des mails en mon nom ? Tu aurais pu m'en parler ! Et il y a toutes ces autres marques auxquelles tu as écrit. Je les ai vues dans mes « messages envoyés ».

Charlie était abasourdi.

— Quelle marque de sportswear ? demanda-t-il, perplexe, avant de se souvenir. Ah oui, je vois. Je pensais que ce serait bien pour nous deux, c'est tout. Un truc sympa à faire ensemble, et qui nous rapporterait de l'argent en plus. C'est quoi, le problème ?

— Oui, mais tu ne m'as pas consultée. Parfois j'ai l'impression que tu te sers de ma notoriété pour obtenir des contrats qui t'intéressent, sans même m'en parler. Est-ce qu'il y a d'autres choses que tu as faites dans mon dos, en plus de celles que j'ai vues récemment ?

Elle gardait une voix calme. Elle ne voulait pas se disputer avec elle, mais elle avait besoin de dire les choses.

— Je me sers de ton nom, et alors ? souffla Charlie comme si ce n'était pas un problème. Ça te concernait aussi, non ?

— Oui, mais c'est parce que je suis celle des deux qui a le plus d'abonnés.

Ça lui faisait mal de le souligner. Elle n'avait pas envie de lui rappeler que sans elle, il ne pourrait rien faire de tout ça. Les marques voulaient toucher un large public, et ce n'était possible qu'à travers elle. Elle ne voulait pas le froisser, mais d'un autre côté, elle avait le sentiment qu'il se servait d'elle. S'il s'intéressait tant à sa carrière, était-ce parce qu'il convoitait une part du gâteau, lui aussi ? Elle espérait que non. Mais à présent que le doute s'était insinué dans son esprit, elle ne pouvait l'en déloger.

— Le monde ne tourne pas autour de ton nombril, Emma, siffla-t-il avec dédain. Tu avais peur que je te vole la vedette ou quoi ?

— De quoi tu parles ? s'écria-t-elle, incrédule.

— Tout est tellement *facile* pour toi. Tout le monde veut que tu portes ses tenues, que tu fasses de la pub pour sa marque. Je t'ai suffisamment aidée par le passé, non ? Est-ce que je ne mérite pas de me faire un peu de fric, moi aussi ?

Emma le dévisagea avec perplexité.

— Charlie, on croirait que tu es jaloux.

Elle avait plus d'assurance que d'ordinaire, car elle l'épousait demain et que c'était sa dernière chance de dire ce qu'elle ressentait. Il était de bonne humeur, en plus, alors elle savait qu'il ne se montrerait pas agressif comme il pouvait l'être parfois.

— Ça ne me dérange pas de t'aider à faire ce que tu veux, évidemment. Je veux que tu connaisses le succès aussi. Je n'ai jamais, jamais voulu que tout tourne autour de moi, tu sais que je ne suis pas comme ça. Mais tu aurais dû me *demander* avant. Ça fait un peu mesquin de tenter des choses derrière mon dos comme ça, et de ne pas me tenir informée de mes propres mails. Même l'autre jour, chez le fleuriste, j'étais gênée parce que tu avais fait baisser le prix et que je n'étais même pas au courant.

— Tu ne vas quand même pas te plaindre que je nous aie fait économiser de l'argent ? lança-t-il, agacé.

Emma secoua la tête.

— Je pense juste que ce n'est pas une bonne idée que tu continues à t'investir dans mes affaires. Ça ne veut pas dire que je ne suis pas reconnaissante et que je n'apprécie pas ce que tu as fait. Ça ne veut pas dire non plus que je refuse de t'aider. Mais tu l'as toujours fait parce que tu le voulais bien. Je ne te l'ai pas demandé, Charlie. Tu as toujours insisté. Je ne suis plus à l'aise avec ça, reconnut-elle avec courage.

Il leva les paumes en un geste de défaite.

— Très bien, je ne t'aiderai plus, dit-il d'un air abattu, comme s'il craignait de la perdre en protestant. C'est promis, tout ce que tu veux, Em, dit-il la main sur le cœur. Les choses vont changer. Mais dis-moi que tu m'épouses demain.

Il eut un petit rire nerveux.

Elle le dévisagea en silence. Était-il simplement en train de lui dire ce qu'elle voulait entendre ? Elle n'était pas certaine qu'il se tiendrait à l'écart de ses affaires, mais elle décida de le croire.

— Oui, finit-elle par répondre sans pouvoir réprimer un sourire. Pourquoi tu n'es pas comme ça tout le temps ? demanda-t-elle d'une voix plus basse.

Elle aurait tant voulu qu'il voie combien il la rendait heureuse quand il était aussi facile à vivre et attentionné.

Reste juste comme ça, et tout ira bien.

Il l'embrassa et elle sentit toutes ses inquiétudes commencer à s'envoler.

— Avant d'avoir le temps de dire ouf, on sera mariés et au début d'un nouveau chapitre de notre vie. J'espère que tu seras enceinte tout de suite, ajouta-t-il avec ferveur.

À ces mots, Emma se glaça. Cela la prit par surprise. Elle voulait un bébé plus que tout au monde, mais pas comme ça. Pas alors que son couple fonctionnait ainsi. Holly avait raison. Ce n'était pas un environnement sain où parachuter une nouvelle vie innocente, et tant qu'ils n'auraient pas réglé leurs problèmes, Emma n'essaierait pas de concevoir. Mais elle n'allait pas le dire maintenant. Elle ne voulait pas le mettre en colère.

— Alors, reprit Charlie, on dirait que tu as une journée bien remplie devant toi. Où est-ce que tu vas ? D'abord l'essayage pour la coiffure, ensuite le spa avec les filles, tu m'as dit ?

Emma tenta d'évacuer ses inquiétudes et de se concentrer sur le fait que Charlie avait promis de changer.

— Oui, répondit-elle, et ensuite on sort. Je ne sais pas encore où on va. Ce sont Danni et Fran qui ont organisé.

— Bon, mais ne va pas boire comme un trou, s'il te plaît, assena-t-il d'un air autoritaire, comme s'il s'adressait à une petite fille sur le point de se gaver de bonbons. Je te veux fraîche et en pleine forme demain.

— Eh, ne fais pas cette tête, protesta-t-elle dans l'espoir de ramener son côté calme et doux. On n'a même pas prévu de consommer d'alcool, pour le moment.

— Tu n'as pas intérêt, rétorqua-t-il, mâchoire serrée, une veine battant sur sa tempe.

C'est tout ce qu'il avait fallu pour que le gentil Charlie disparaisse.

22

Kim

Kim se tournait et se retournait dans son grand lit. Elle tapa son oreiller et soupira, agacée. Elle n'arrivait pas à dormir. Elle avait passé une nuit horrible, allongée à penser à son couple et à s'interroger sur son comportement des dernières années. Elle n'avait sans doute pas dormi plus de trois heures avant de se réveiller dans des draps trempés de sueur, cherchant son souffle. Elle avait dû faire un rêve. Un mauvais rêve.

Elle ne parvenait pas à chasser de son esprit les remarques qu'Andy avait faites ici et là au fil des ans, et qu'elle avait repoussées sous le tapis au fur et à mesure. Quand Mylo était né, Kim avait été submergée par une telle vague d'amour qu'elle ne voulait jamais le poser. En y repensant, on peut dire qu'elle l'avait accaparé. Si quelqu'un d'autre le tenait dans ses bras, elle ne pouvait s'empêcher d'essayer de le reprendre sous n'importe quel prétexte, une tétée par exemple. Peut-être qu'elle avait été un peu excessive et obsessionnelle, mais elle n'y pouvait rien. Elle avait choisi l'allaitement, et ça avait été une heureuse surprise de trouver cela facile et naturel. Dans les rares occasions où elle avait tiré son lait et Andy l'avait donné au biberon, elle ne pouvait se retenir de le corriger sur la façon de faire.

— Peut-être que tu pourrais lui tenir la tête un peu plus haute ? Il aime bien faire des pauses de temps en temps, si jamais il a un rot. Tiens, tu veux que je m'en occupe ?

Andy se retrouvait à chaque fois à rendre le bébé à Kim afin qu'elle lui montre comment s'y prendre, et elle se souvenait qu'il s'était parfois senti comme « la cinquième roue du carrosse », mais elle ne l'avait pas vraiment pris au sérieux. Pour être honnête, elle avait toujours redouté que, parce qu'il ne s'était pas senti prêt à devenir père, il n'ait pas *envie* de faire ces choses, et elle avait décidé de s'en charger elle-même à cent pour cent. Elle ne voulait pas qu'Andy trouve que sa vie avait beaucoup changé. Tout ce qu'elle voulait, c'est qu'il soit heureux, mais peut-être l'avait-elle trop mis à l'écart ? Peut-être qu'à force de ne pas l'inclure, il avait vraiment fini par se sentir de trop ?

Elle se souvenait notamment d'un jour, lorsque Mylo avait cinq mois.

— Si on s'offrait une nuit de vacances ? Ma mère est d'accord pour venir s'occuper de Mylo à la maison. Allez, Kim, ce sera chouette. Je suis sûr que tu ne dirais pas non à une bonne nuit de sommeil. Il y a un nouvel hôtel à Londres. Il a l'air absolument dingue, regarde le bar à cocktails ! avait-il dit avec animation en agitant une main vers l'image sur son iPad.

Kim avait répondu par un sourire poli, mais elle savait qu'il n'était pas question pour elle d'abandonner Mylo. Il faudrait qu'elle le lui explique en douceur. Andy ne semblait pas comprendre pourquoi elle ne voulait pas partir. Elle allaitait et Mylo ne s'endormait que dans ses bras. Sans vouloir offenser Helen, la mère d'Andy, elle ne s'occuperait pas de Mylo comme Kim le ferait. Elle prenait toujours une petite voix bizarre pour lui parler, et au lieu d'amener un sourire, cela lui valait la plupart du temps un regard extrêmement surpris de la part du bébé, qui semblait n'avoir jamais rencontré de personne aussi étrange. Une autre fois, juste après une tétée, Helen avait demandé si elle pouvait le tenir. Elle n'arrêtait pas de le bercer d'une façon peu orthodoxe, et Kim savait très bien qu'il finirait par régurgiter. Elle avait prévenu Helen une fois, sans succès. Comme on pouvait s'y attendre, la malheureuse Helen n'avait pas tardé à se retrouver avec du vomi de bébé plein son joli chemisier blanc.

L'idée de partir sans Mylo ne la tentait pas. Elle savait que Holly aurait sauté sur l'occasion si sa belle-mère le lui avait proposé, mais Kim n'avait pas l'impression d'avoir besoin d'une pause. Elle n'en voulait pas, point.

D'innombrables fois, Andy avait tenté de la convaincre de sortir, mais Kim avait peut-être accepté en tout et pour tout deux fois depuis la naissance des enfants. Elle songeait qu'il faudrait peut-être qu'elle se détende un peu par rapport à eux.

Un jour, Mylo était tombé en courant dans le jardin. Elle lui avait collé un pansement sur la jambe, et l'avait consolé.

— Je t'aime de tout mon cœur, Mylo. De tous les garçons du monde, tu es celui que j'aime le plus, avait-elle affirmé en l'embrassant, avant de lever les yeux vers Andy. À part papa, bien sûr.

Andy avait eu un rire bref.

— Ne t'inquiète pas, je connais ma place, avait-il commenté.

Kim avait cru qu'il plaisantait, et s'était contentée de lever les yeux au ciel, mais elle n'en était désormais plus si sûre. Andy avait-il été jaloux que les enfants reçoivent tout son amour et son affection ? Était-il réellement comme cela ?

Elle fut tirée de ses pensées par Holly qui remuait dans son lit. Cette dernière s'assit en se frottant les yeux.

— Seigneur, j'ai besoin d'un café, déclara-t-elle. Ça te dirait de retourner prendre le même délicieux petit déjeuner que l'autre jour, dans le café en bas ? Je tuerais père et mère pour ces pancakes.

Une demi-heure plus tard, elles attaquaient le petit déjeuner.

— J'ai trop hâte d'aller buller au spa, confia Holly en soufflant sur son café. Ça va être super agréable. Je ne sais même pas à quand remonte mon dernier massage.

— Moi non plus…, répondit Kim en réfléchissant.

Se chouchouter appartenait désormais au passé.

— Tu feras quoi, quand tu verras Max ? demanda-t-elle ensuite.

— Rien, répondit Holly avec un haussement d'épaules. S'il essaie ne serait-ce que de me parler, je lui dirai d'aller se faire voir…

Kim acquiesça, heureuse que son amie ne lui en veuille pas.

— Max est un crétin, Holly. Un crétin avec une belle gueule, mais un crétin quand même. Tu mérites le meilleur des hommes, et lui, c'est un gland.

Holly eut un pauvre sourire.

— Je sais que je mérite mieux. Mais ça va, je t'assure. On n'était pas faits l'un pour l'autre, c'est tout. Max aime la nuit, et moi je suis une maman. Il faut regarder vers l'avant. C'était un coup d'un soir, je me suis bien amusée, et voilà, page tournée.

Kim resta silencieuse un instant avant de répliquer.

— Exactement. Tu sais, depuis que je suis ici, j'ai pris conscience que le reste du temps, je suis trop sérieuse et raisonnable. Je veux toujours être une mère parfaite Je ne pense qu'à une chose : m'occuper de ma famille. Et je crois que je me suis un peu perdue de vue en cours de route.

Elle aurait voulu ajouter qu'il n'y avait pas qu'elle-même qu'elle avait oubliée, mais aussi Andy. Pourtant elle se retint.

— C'est parfois difficile de faire autrement, compatit Holly.

— Je sais. Mais je crois que je viens de comprendre que j'ai trente-deux ans, et que je suis en train de vieillir avant l'heure. Quand j'ai vu tout le monde arriver tout fou de joie, j'ai eu envie de faire la fête aussi. Une fois que je me suis mise dans l'ambiance, c'était bon. J'ai l'impression d'avoir enfin trouvé la clef pour faire ressortir mon côté fun.

— Tu es une super maman, tu as bien le droit de te lâcher un peu. Les enfants me manquent tellement..., avoua Holly, les yeux pleins de larmes. D'habitude, je ne rêve de rien tant que d'un break sans eux. Ce n'est pas évident d'être maman solo de deux tout-petits, mais maintenant que je suis ici, je mesure combien j'ai grandi. Combien j'adore être avec eux, en réalité, même si par moments ils me rendent chèvre. J'ai trop hâte de retrouver la maison et la normalité, les petites tâches du quotidien. Rob m'a envoyé un message ce matin pour dire que Lottie allait bien et que la rencontre avec Nikki s'était bien passée. C'est super, évidemment, mais ça me donne encore plus envie de rentrer...

— Comme je te comprends ! soupira Kim.

C'était forcément difficile, de se séparer, puis de voir son ex rencontrer quelqu'un d'autre alors qu'on a des enfants ensemble. Kim n'imaginait rien de pire qu'une autre femme s'occupant de ses enfants. C'était la dernière piqûre de rappel dont elle avait besoin pour se décider à parler avec Andy de leur couple. Il fallait qu'elle découvre ce qui se passait avec Lily, plutôt que de mettre la tête dans le sable, et cela avant que leur mariage n'éclate en morceaux.

— Je culpabilise de m'amuser. Ici, j'apprécie d'avoir du temps pour moi. Ce n'est pas parce que je suis mère de famille que je dois vivre comme une nonne. Quand on rentre, je te promets de nous organiser des sorties sympas. On peut arranger un baby-sitting commun et inviter d'autres copines. Du temps entre filles, c'est important, et je me rends compte que j'avais oublié tout ça. Ça faisait des années que je n'avais pas autant ri que depuis que je suis ici. N'avoir à penser qu'à moi-même pour une fois, ça fait bizarre, mais ça me plaît. Est-ce que c'est grave ?

— Bien sûr que non. Être maman, c'est parfois super dur. C'est un boulot à plein temps, vingt-quatre heures sur vingt-quatre, sept jours sur sept. Quand tu as enfin un peu de temps à toi, pourquoi est-ce que tu devrais te sentir coupable d'en profiter ?

— Tu as sûrement raison, convint Kim, pensive.

Elle ferait de son mieux pour s'amuser pendant les derniers jours du voyage. Pourtant, malgré tous ses efforts, elle ne parvenait pas à se débarrasser de cette sensation de peur qui lui tenaillait le ventre. Elle savait qu'elle devait discuter sérieusement avec Andy dès que possible.

Elle espérait seulement que ça ne sonnerait pas la mort de leur petite famille si parfaite.

23

HOLLY

Holly était asphyxiée par la laque. Elle rit en voyant Frankie se mettre à tousser.

— Quelle quantité de ce truc il faut lui mettre dans les cheveux, bordel ?

— C'est ce qui maintient tout en place. Fais-moi confiance, la dernière chose qu'on souhaite pour un mariage ce sont les mèches folles, expliqua-t-elle en fixant une dernière épingle à cheveux.

Ils se trouvaient dans la chambre qu'Emma avait louée pour passer la dernière nuit seule, afin de ne pas voir Charlie au matin du mariage.

— Remarque, dans mon cas, tu serais là pour les remettre en place, intervint Emma. Mais n'empêche, je veux une coiffure parfaite.

— Alors, comment tu trouves ? demanda Holly en passant les doigts dans les boucles lâches.

Elle fit pivoter la chaise d'Emma afin qu'elle soit face à Frankie, et lui tendit un petit miroir pour voir de dos.

Frankie contempla Emma un moment sans un mot.

— C'est parfait, conclut-il enfin. Vraiment beau. Charlie va adorer.

— Oui, c'est tellement joli ! s'écria Kim.

— Tu es tellement douée, Holly ! commenta Emma, rayonnante. Je suis heureuse de t'avoir pour amie. C'est exactement ce dont je rêvais. Tu as trouvé la coiffure parfaite du premier coup.

— Je suis d'accord, affirma Frankie avec assurance. Ça te va très bien, les cheveux ondulés, Emma. Franchement, tu vas être sublime.

Emma rosit légèrement.

— Oh, Frankie, tu es tellement gentil… C'est pour ça que je t'ai invité, pour que tu me complimentes ! plaisanta-t-elle. Tu crois qu'on devrait essayer aussi un chignon ? Pour être sûrs ?

— À mon avis, ça ne sert à rien. Tu ne t'attaches jamais les cheveux, pas vrai ? Je pense que c'est parfait comme ça, un peu relevés et un peu détachés en même temps.

— Je vote pour, déclara Kim. On voit que c'est une coiffure de mariée, et en même temps ça te ressemble.

Emma s'examina encore quelques secondes dans le miroir.

— Très bien, c'est décidé alors, se réjouit-elle. Une bonne chose de faite. Je commence à angoisser un peu, maintenant. On n'a rien oublié ? Tout est prêt ?

— Je suis allé chercher le plan de table ce matin, répondit Frankie. Tu vas être contente.

— Ah, merci, Frankie ! Je n'y pensais plus du tout, s'exclama Emma, reconnaissante. Et les fleurs or rose, comment ça rend là-bas ? On a un cadre photo avec des jolies fleurs artificielles sur un côté. C'est Frankie qui a trouvé la société qui fait ça ici.

— Franchement, c'est magique. Tu vas adorer, assura Frankie.

— Tu m'as l'air d'être le parfait organisateur d'événements, Frankie. Si un jour je me marie, je crois que je ferai appel à toi ! déclara Holly avec en riant.

— Ah… Aussi bizarre que ça puisse paraître, j'ai vraiment pris plaisir à le faire. Je connais tellement bien les goûts d'Emma, j'ai l'impression que j'aurais pu tout faire sans même la consulter.

— Et le pire, c'est qu'il a raison ! Frankie a même choisi les fleurs sur le cadre. Et j'ai énormément apprécié chacun des services qu'il m'a rendus.

Frankie détourna les yeux, manifestement gêné par toutes ces louanges.

— Alors les filles, vous faites quoi maintenant ?

— On va au spa, répondit Kim. J'ai vraiment hâte de passer le reste de la journée à me détendre.

— Moi aussi, renchérit Emma.

— Dans ce cas, je vais filer, mesdames. Peut-être qu'on se verra plus tard.

— Merci mille fois d'être venu, Frankie ! s'écria Emma en se levant d'un bond pour le serrer dans ses bras. Et pour tout le reste. Je n'y serais pas arrivée sans toi.

Le spa était exactement comme Holly en avait rêvé. Une fragrance d'eucalyptus et de romarin flottait dans l'air tiède. Une musique douce et relaxante jouait en fond sonore, et l'ensemble était éclairé par des lumignons disséminés çà et là. Même le personnel parlait d'une voix douce. Enveloppée dans un peignoir moelleux, des mules aux pieds, Holly avait sommeil.

— On commence par le massage, expliqua Emma à voix basse pour ne pas troubler l'atmosphère feutrée. Ensuite, on se retrouve à côté de la piscine et du jacuzzi, et ce sera l'heure de notre repas au prosecco.

— C'est le paradis, commenta Kim d'une voix rêveuse. J'ai tellement peu dormi la nuit dernière que je ne serais pas étonnée de m'assoupir pendant le massage.

Holly devait bien reconnaître que ça paraissait en effet le bonheur. Elle n'était pas allée au spa depuis la naissance de Lottie et de Jacob. Peut-être qu'elles devraient organiser ce genre de sorties ensemble lorsqu'elles seraient de retour en Angleterre ? Tout le monde avait besoin de se reposer et de s'amuser de temps en temps.

Les masseurs vinrent chercher Kim et leurs autres amies pour les emmener dans différentes salles de soins. Holly et Emma restèrent en tête à tête.

— Comment tu te sens, après hier soir ? Tu as parlé à Charlie ? Tu as réussi à lui dire ce que tu ressens ?

— Oui, chuchota Emma avec enthousiasme, tout va bien. Ça va s'arranger.

Mais son sourire n'éclairait pas ses yeux, et Holly ne put s'empêcher de lui trouver un air un peu perdu.

— Rien ne t'oblige à te marier, sauf si tu es sûre à cent pour cent. Il n'est pas trop tard, Emma. On peut s'enfuir ensemble, si tu veux. Je suis certaine que Kim viendrait aussi. On décamperait sans prévenir personne…

Elle rit un peu, pour alléger l'atmosphère, mais en réalité elle ne plaisantait pas. Si Emma voulait tout arrêter, Holly serait à ses côtés jusqu'au bout.

Emma rit aussi avant de redevenir sérieuse.

— Merci, Holly. On va consulter quand on rentre. Je suis sûre que c'est tout ce dont on a besoin. Un peu d'aide. En fait, je suis toute contente pour le mariage, maintenant.

Son ton gai et optimiste paraissait forcé pourtant, et Holly sentait qu'Emma essayait surtout de se convaincre elle-même que c'était le bon choix.

Emma était décidée, et Holly la soutiendrait quoi qu'il arrive. Elle sourit à son amie pour lui transmettre ce message, malgré ses inquiétudes réelles.

— Ça sera un très beau mariage.

— Je sais ! Je suis tellement heureuse qu'on ait eu l'idée de le faire à Las Vegas ! Je pourrais faire ma vie ici. J'adore.

— En vacances, c'est bien, protesta Holly. Je ne pense pas que je pourrais vivre ici à l'année. La gueule de bois tous les matins, merci bien. C'est trop pour moi. J'ai besoin d'un peu de calme de temps à autre. Et pour le bébé, tu as décidé quoi ?

Pour la première fois, l'expression joyeuse d'Emma se fissura.

— Il veut qu'on essaye tout de suite… Mais c'est hors de question.

— Qu'est-ce qu'il a dit, du coup ? Il était déçu ?

— En fait, je ne le lui ai pas encore annoncé…

— Emma. Tu aurais dû le lui dire avant de vous marier.

— Je sais, Holly, d'accord ? Je le lui dirai quand je serai prête. Je veux d'abord qu'on règle les choses entre nous.

Elle se massait les tempes comme si ce sujet de conversation lui donnait mal à la tête.

Holly acquiesça. Elle ne voulait pas empirer l'état de son amie. C'était bizarre d'épouser un homme avec lequel on redoutait d'avoir des enfants. Pour Holly, c'était un signe de plus qu'Emma faisait fausse route. Elle décida de parler d'autre chose.

— Tu es au courant, pour Max ?

Elle n'avait pas voulu en parler devant Frankie.

— Quoi, le fait qu'il a couché avec cette serveuse ? Franchement, Holly, je ne savais pas que c'était à ce point, sinon je t'aurais prévenue dès le départ. Maintenant je regrette carrément de te l'avoir présenté ! Je veux dire, je sais que vous n'étiez pas officiellement en couple ni rien, mais on est là, un petit groupe, pour mon mariage, et je trouve que c'est un vrai manque de respect de sa part puisqu'il sait que tu vas l'apprendre. Les mecs, je te jure…

— Emma ? Si vous voulez bien m'accompagner ?

Une dame vêtue du même uniforme blanc que les autres employés l'appelait d'une voix douce.

— On se retrouve après, murmura Emma avant de s'éloigner.

Le masseur de Holly arriva quelques minutes plus tard. Avant d'avoir pu dire ouf, elle était allongée sur le ventre, chaque centimètre de son corps détendu par les mains expertes. C'était un pur bonheur. Elle avait chaud juste ce qu'il faut, elle était satisfaite et détendue, sans inquiétudes, sans liste de choses à faire. Elle chassa Max bien loin de ses pensées afin d'être parfaitement sereine. Tout ce qu'elle voulait, c'était se reposer, déstresser et ne penser à rien afin de pouvoir s'endormir.

Pourtant, à sa grande frustration, elle ne parvint pas du tout à se détendre. Son cerveau refusait d'arrêter de mouliner. Une seule pensée tournait en rond dans son esprit : Callum.

24

Emma

Le massage avait été un pur délice. Emma avait vraiment espéré que grâce à une heure de détente intense, son anxiété à propos du lendemain s'évanouirait, mais ça n'avait pas marché. Elle était plus forte que jamais. Chaque fois qu'elle s'imaginait avancer dans la nef, elle avait des crampes d'estomac. Elle se dit que c'était normal, parce qu'elle n'avait pas le choix. Elle *devait* croire Charlie. Pourtant, elle n'était pas certaine que l'amour suffise toujours.

Elle ne pouvait nier qu'elle était inquiète devant la jalousie qu'il témoignait face à sa réussite. Et elle se demandait s'il serait réellement capable de cesser d'interférer à l'avenir. Charlie voulait le même succès qu'elle, et Emma ne pouvait s'empêcher de se demander si sa popularité sur Instagram était ce qui l'avait attiré dès le départ. Elle ne doutait pas qu'il l'aime, mais leur relation était tellement compliquée… Après tout, elle était beaucoup plus ronde à l'époque, et Charlie ne cessait de lui répéter quelle chance elle avait qu'il se soit mis en couple avec elle. Il disait toujours que c'était une plaisanterie, mais qu'en était-il vraiment ?

Pour se changer les idées, elle ouvrit Instagram et regarda de nouveau la vidéo qu'elle avait filmée au spa un peu plus tôt. Aux yeux de ses abonnées, elle apparaissait comme une future mariée folle de joie à l'idée d'épouser l'homme de ses rêves. Elles l'admiraient. Aspiraient à être comme elle, et à trouver un homme parfait, beau et aimant avec lequel passer le reste de leurs jours. Elle se sentit réconfortée par leurs messages, même si c'était absurde, bien sûr. Ces personnes étaient des inconnues. L'écrasante majorité ne l'avait jamais rencontrée dans la vraie vie. Elles n'avaient pas la moindre idée de ce qu'était vraiment son existence. Elles ne la voyaient pas mettre chaque photo en scène pour qu'elle soit parfaite. Elles ne voyaient pas les centaines de selfies qui ne seraient jamais publiés. Elles voyaient ce qu'elle leur permettait de voir, ce qu'elle leur présentait. C'était ce qu'elles souhaitaient voir.

Elle sourit en recevant un message de Frankie.

Profite bien de ta journée. Je me suis occupé des livrets pour demain, je les prendrai avec moi et les distribuerai. J'ai hâte d'être au grand jour ! Si tu as besoin d'autre chose d'ici là, n'hésite pas. Bisous.

Il était tellement attentionné et gentil… Emma s'étonna une fois de plus des différences entre les deux cousins. Il semblait parfois impossible que Charlie et Frankie soient de la même famille. Elle répondit aussitôt.

Merci, Frankie. Passe une bonne soirée. Bisous.

Aujourd'hui, elle allait s'amuser au maximum. Elle voulait oublier ses peurs.

Au déjeuner, elles étaient assises en peignoir à boire du prosecco, et Emma ne pouvait s'empêcher d'apprécier le fait que la chaleur de l'alcool pétillant fasse taire ses inquiétudes. Le vin la réconfortait, et lui donnait l'impression de se rebeller contre Charlie qui lui avait ordonné de se modérer. Elle était adulte, et avait bien le droit de faire ce qu'elle voulait. C'était sa dernière tentative pour lui montrer son indépendance. Il ne la contrôlait pas, ni maintenant ni plus tard. Imaginez un peu que ce soit elle qui lui dise de ne pas trop boire ! Charlie n'en faisait qu'à sa tête et ne lui prêterait aucune attention si elle s'opposait à ce qu'il fasse quelque chose.

— Alors, j'ai pensé qu'on pourrait jouer à quelques jeux à boire, annonça Danni avec un grand sourire en tendant un papier à chacune. Mais pas trop, ne t'inquiète pas, Emma. On sera toutes en pleine forme pour demain matin. On doit deviner ce qu'Emma répondrait aux questions. Tiens, Emma, voici la liste.

C'était un jeu auquel Emma avait déjà participé dans de nombreuses fêtes. Un moment drôle et sans conséquences. Les filles gloussaient en écrivant leurs réponses, certaines aussi concentrées que pour un examen scolaire. Mais en découvrant les questions, Emma commença soudain à manquer d'air. Ses tempes battaient avec violence.

Préférerais-tu que ton futur bébé hérite les caractéristiques suivantes de toi ou de ton partenaire ?
Écris la réponse pour chacune.
Yeux
Taille
Caractère
Sourire
Intelligence…

La liste continuait ainsi jusqu'en bas de la page.

Emma retint son souffle en réfléchissant à chaque réponse.

Yeux.

Quand il était en colère contre elle, Charlie avait les yeux aussi minces que deux fentes. Ces beaux yeux, qui l'avaient attirée au début, lui donnaient parfois un air sinistre.

Taille.

Il ne mesurait qu'un mètre soixante-quinze, mais par moments il lui paraissait plus grand que cela. Il n'avait besoin que d'un instant pour la faire sentir minuscule et vulnérable.

Caractère.

Là, elle n'avait même pas besoin de réfléchir. Charlie était imprévisible. Vivre avec lui revenait à marcher constamment sur des œufs, de peur de le mettre en colère. C'était comme essayer de ne pas faire de bruit lorsqu'un bébé dort. Emma tentait toujours d'être parfaite pour ne pas réveiller son côté colérique.

Sourire.

Parfois, Charlie souriait en voyant qu'il la faisait souffrir. Quand il refusait de lui parler et qu'elle le suppliait, ses commissures remontaient comme s'il y prenait plaisir. Cela lui donnait un air maléfique.

Intelligence.

Il était maître dans l'art de la manipuler pour obtenir ce qu'il voulait.

— Ça va, Em ? Tu es un peu pâle, fit remarquer Holly, une lueur d'inquiétude dans les yeux.

Emma toussa et inspira un grand coup. Puis elle vida son prosecco d'un trait.

— Les filles, on peut finir le jeu plus tard ? demanda-t-elle d'un ton poli. Je ne suis pas vraiment d'humeur à jouer.

— Comme tu veux, répondit Danni, fataliste.

Une demi-heure plus tard, Emma était consciente d'être en route vers l'ivresse. Elle sentait son esprit s'engourdir. Elle avait les jambes qui picotaient, et Kim lui avait signalé qu'elle avait des plaques rouges dans le cou. Ça lui arrivait parfois quand elle ingérait beaucoup d'alcool d'un coup. Elle oubliait des choses évidentes. Mais elle s'en moquait. En fait, elle préférait ça. Au moins, elle n'avait pas à penser au lendemain. Quand elle buvait, elle ne ressentait rien.

Lorsqu'elle siffla encore un autre verre, Holly se tourna vers elle.

— Em, je ne voudrais pas casser l'ambiance, mais tu ne crois pas que tu devrais freiner un peu ? C'est ton mariage, demain. Tu n'as pas une journée pour récupérer. Ce serait vraiment dommage que tu sois malade.

— Elle a raison, renchérit Kim. Peut-être que tu devrais passer à l'eau un moment ? Ou au café, même ?

— C'est bon, coupa Emma.

Elle était assez grande pour s'occuper d'elle-même. Elle n'avait jamais de grosses gueules de bois, de toute façon. Elle se réveillait toujours en forme. Son astuce, c'était de boire de l'eau et avaler un comprimé de paracétamol avant de se coucher. Ça marchait du tonnerre à tous les coups.

Elle fit signe au serveur. Elle avait désespérément besoin d'un autre verre.

25

Emma

Quelque part au fond de sa conscience, Emma savait qu'elle avait franchi la ligne rouge. Elle n'appartenait pas d'ordinaire à la catégorie des gens qui s'en rendent compte. En temps normal, elle continuait à boire, profitant de chaque instant dans l'insouciance la plus totale, jusqu'à son réveil, le lendemain matin. Mais alors qu'elle sortait dans l'air chaud de Las Vegas pour se rendre dans le bar que Fran et Danni avaient prévu, elle sentait sans l'ombre d'un doute qu'elle était allée trop loin. Elle avait le vertige et titubait à chaque pas. Chancelante. Elle se raconta que tout irait bien, et suivit les autres vers une table entourée de cordons dans un établissement chic. Elle ne savait pas dans quel hôtel elles se trouvaient. Allait-elle vraiment se marier le lendemain ? Elle n'arrivait pas à croire que ce jour était déjà arrivé. Tout allait tellement vite ! Le temps filait, et avant d'avoir pu dire ouf, elle remonterait cette nef tant redoutée.

— Comment tu te sens ? demanda Kim une fois de plus. J'ai l'impression que tu es un peu bourrée. Tu as les yeux rouges. Tu veux que je te commande un café ?

— Arrête avec ce café, Kim !

Sa voix n'était pas comme d'habitude, mais elle ne s'en souciait pas. Elle en avait assez de constamment se soucier de tout.

— Je veux de l'alcool, pas du café ! pouffa-t-elle.

Holly l'observa.

— D'accord, peut-être juste un peu d'eau avant le prochain verre d'alcool ?

— Je vais bien, répéta Emma en tendant son verre à moitié vide à Fran pour qu'elle le remplisse avec ce qu'elle était déjà en train de boire. Elle ignorait ce que c'était. Du champagne, peut-être ? Elle voyait un peu flou et il n'y avait pas beaucoup de lumière. Était-ce du prosecco ? Elle n'arrivait pas à savoir, et elle s'en fichait complètement.

Un groupe d'hommes chahutait bruyamment à la table voisine, et Emma les regarda avec condescendance descendre leurs pintes de bière. N'avaient-ils aucune considération pour les autres ? Ils se croyaient seuls au monde !

— Ils font trop de bruit…, se plaignit-elle.

— C'est peut-être un enterrement de vie de garçon, hasarda Holly après un regard dans leur direction.

— Peut-être, mais ils font tellement de bruit qu'on n'entend rien d'autre. Je ne pourrais même pas te dire quelle musique passe en ce moment. C'est énervant.

En temps normal, ça ne l'aurait pas dérangée, mais elle était irritable et ils la contrariaient.

Ils entamèrent un nouveau jeu à boire et se mirent à taper sur la table. Le bruit monta encore d'un cran, et Emma en eut assez. Tout le monde les regardait, mais personne n'avait le courage d'intervenir.

— J'y vais, tonna-t-elle avant de s'éloigner à grands pas.

Un seul de ces messieurs remarqua qu'elle se tenait là, les mains sur les hanches. Les autres étaient trop occupés à s'esclaffer et parler fort.

— Ça va, ma jolie ? demanda-t-il avec un accent britannique.

— Pas trop, rétorqua-t-elle en titubant légèrement. J'essaie de profiter de ma soirée avec mes copines, et on ne s'entend pas parce que vous faites trop de bruit.

À présent, ils étaient au moins cinq à la regarder, très curieux, comme si elle était une créature incroyablement fascinante.

— Désolés. Tiens, on t'offre des shots pour s'excuser, dit l'un d'eux avec un grand sourire. Alors, vous appréciez votre séjour à Vegas, jusqu'ici, tes copines et toi ?

Il était très aimable, et Emma eut honte de son agressivité.

— Oui, beaucoup, merci, toussota-t-elle. On est venues pour un mariage. Je me marie demain, expliqua-t-elle en prenant un verre d'un alcool rouge qu'elle avala cul sec.

Elle grimaça et en prit un deuxième, rose cette fois.

— Tu te maries *demain* ? demanda un brun.

— Ouais, tu as bien entendu, répondit Emma avant de descendre son verre rose.

— Tu n'es pas dans la modération pour quelqu'un qui se marie demain, on dirait ! rigola un autre.

— Je n'ai jamais la gueule de bois. Ça ira très bien, déclara-t-elle, très fière.

— Elle profite de son dernier jour de liberté, commenta quelqu'un. Tu as bien raison !

— Ça vous dirait d'approcher vos chaises et de venir vous asseoir avec nous ? proposa le brun. On pourrait se défier à des jeux à boire. Les garçons contre les filles.

Emma était consciente qu'elle devrait décliner. Mais à présent qu'elle était là, ça paraissait tellement sympa, et elle avait envie de s'amuser, de balayer ses tristes pensées. Les garçons étaient aimables et sociables, malgré son ton sec du début. Avant d'avoir eu le temps de réfléchir, elle fit signe aux autres de venir la rejoindre.

— On fait des jeux à boire, annonça Emma, décidée à battre les hommes.

Elle avait toujours eu l'esprit de compétition, même pour ce genre de défis. Elle avait déjà l'esprit embrumé, et ne pensait pas pouvoir se concentrer vraiment. Elle n'avait clairement pas toutes les chances de son côté.

Les filles s'installèrent autour de la table et se présentèrent. Le brun, prénommé Luke, commença à expliquer les règles. Emma faisait de son mieux pour écouter, mais les consignes étaient moins simples que ce qu'elle avait espéré. Non, en fait, Emma ne se sentait pas partie pour gagner.

C'est la dernière chose dont Emma se souvint. Le reste de la nuit s'effaça entièrement de sa mémoire.

26

Kim

Cela faisait plus d'une heure qu'elles étaient assises avec le groupe d'hommes qu'Emma leur avait présenté. Emma était un peu échevelée et perdue, mais c'était toujours difficile de savoir quand elle était vraiment ivre. Peut-être qu'il était quand même temps qu'elle arrête de boire, songeait Kim, son côté raisonnable et maternel revenant à la surface.

— Alors, qui parmi vous est célibataire ? demanda Fran, très intéressée.

Quelques-uns firent un signe.

— Moi, en quelque sorte, déclara un type avec un rire bête.

C'était un roux, dont la barbe naissante tirait plutôt sur le blond.

— Ne tentez rien avec celui-là, prévint l'un de ses amis, ce serait le début des ennuis.

— Comment ça ? demanda Danni en secouant ses cheveux d'un air coquin.

— Il fréquente une femme mariée, annonça le rouquin triomphalement. Une cougar avec trois gosses.

L'intéressé baissa les yeux. Pourtant, il n'avait pas du tout l'air gêné. Au contraire, Kim avait l'impression qu'il était très fier de lui, et cela l'agaça grandement.

— Pas possible ! s'écria Fran, qui adorait les potins. Mais alors, elle ment à son mari en permanence ? Elle lui raconte qu'elle est avec ses copines quand elle va te voir ?

— Oui, dans ce genre-là. Elle efface nos conversations, et je crois qu'elle a enregistré mon numéro avec le prénom d'une de ses copines.

— Je plains ses enfants, soupira Danni.

— Écoute, moi je ne veux pas briser son ménage, mais c'est elle qui voit, hein ? Je ne connais pas son mari. On peut difficilement lui reprocher de craquer pour moi, cela dit... N'est-ce pas ?

Il rit, accompagné de quelques autres.

Kim détourna les yeux. Elle ne voulait pas écouter le reste de la conversation. Elle savait que si elle s'en mêlait, elle finirait par se disputer avec lui. Comment pouvait-il fanfaronner sur le fait d'avoir une *liaison* ? C'était dégoûtant ! Les gens n'avaient pas la moindre idée de toute la souffrance qu'ils causeraient. Ce n'était pas seulement le malheureux époux de cette femme qui serait sans doute dévasté. Il y avait aussi des enfants, et certainement une belle-famille, des amis. Quand on décidait de se livrer à l'adultère, on détruisait des vies.

Kim poussa un soupir bref, et reprit une gorgée de sa boisson. Elle ne pouvait empêcher ses pensées de retourner vers Andy. Entretenait-il une liaison avec Lily ? L'idée lui avait-elle seulement effleuré l'esprit ? En repensant à ces messages, elle avait le cœur qui saignait.

— Ça va ? s'enquit Holly avec hésitation. Tu es bien calme...

Kim s'apprêtait à repousser sa question, comme elle le faisait depuis le début du séjour, mais soudain elle se demanda ce qu'elle ressentirait en partageant le fardeau qui lui pesait sur les épaules. Holly était sa meilleure amie ; pourquoi ne lui avait-elle encore rien dit ? Elle voulait admettre maintenant qu'elle n'était pas en sécurité dans un mariage « parfait » comme tout le monde le pensait. Peut-être avait-elle honte de rencontrer ces difficultés, et qu'Andy témoigne de l'intérêt à une autre femme ? Elle inspira un grand coup et se décida.

— On peut discuter en tête à tête quelque part ? Il faut que je te raconte quelque chose.

27

Holly

Kim semblait triste, et Holly se demandait ce qui se passait alors qu'elle la suivait à travers l'hôtel. C'était curieux qu'Emma en ait fait de même la veille. On aurait cru que tout le monde avait besoin de se confier à elle en même temps. Elles avaient demandé à Fran et Danni de veiller sur Emma, qui ne s'était même pas rendu compte de leur départ.

— On va loin ? questionna Holly.

Elle était un peu pompette et ne voulait pas trop s'éloigner du reste du groupe. Elle plaignait Emma, qui avait bu au moins trois fois plus qu'elle.

— Je ne sais pas, répondit Kim d'un air solennel. J'ai quelque chose à te dire et il faut qu'on soit seules.

Elles passèrent devant un café largement désert.

— On pourrait entrer là ? proposa Holly. Je ne dirais pas non à un café pour dessoûler un peu. J'ai l'impression que la journée est en train de partir en cacahuète. On n'était pas censées se détendre et se reposer avant le grand jour, au lieu de se prendre une cuite ? Je ne sais pas comment fait Emma, et je ne suis pas sûre que ce soit une bonne idée. Ce n'était pas prévu, on est d'accord ? On devait juste boire quelques verres de prosecco au déjeuner.

Kim acheta deux cafés américains et elles s'assirent en silence.

— Tu n'as pas de nouvelles révélations à propos de Max, j'espère ? soupira Holly après quelques instants.

— Non, ça ne concerne pas Max. Ne t'inquiète pas.

Kim essaya de sourire, mais elle avait un regard inquiet.

— D'accord. Dis-moi, alors.

Kim expliqua comment elle avait trouvé les messages de Lily sur le téléphone d'Andy, et quel mauvais pressentiment ça lui donnait. Les messages étaient déplacés et elle était écœurée de voir Andy se montrer aussi dragueur avec une collègue. Et puis il y avait les likes et les commentaires sur Instagram. Elle avait peur qu'il ait une liaison, et d'après la teneur des messages, elle avait raison de se poser des questions. Holly ne pouvait nier qu'elle était abasourdie. Elle n'aurait jamais cru qu'Andy était du genre à aller voir ailleurs. Elle avait toujours considéré le couple de Kim et Andy comme un roc. Jamais elle n'aurait imaginé qu'ils puissent se séparer. Andy était aimable et agréable, et Holly ne pouvait croire qu'il soit capable de trahison. Surtout pas envers Kim.

— Mais pourquoi tu as gardé tout ça pour toi ? s'étonna Holly.

Elles étaient meilleures amies. D'habitude, elles se disaient tout.

— J'avais honte, je crois. Tu as toujours pensé qu'Andy et moi, on formait un couple super soudé..., avoua Kim, malheureuse.

— Pourquoi tu n'as pas questionné Andy aussitôt ? Si ça se trouve, il ne se passe rien du tout. Je sais que les messages sont plus qu'amicaux, mais tu as probablement tort de penser au pire.

— Je sais que c'est bizarre que je ne lui aie pas posé de questions, mais j'avais trop peur de la réponse… Je ne veux pas le perdre, et s'il m'a trompée, je serai obligée de le quitter, Holly. Je ne pourrais plus jamais lui faire confiance. J'ai tellement peur…

— Je comprends ce que tu dis, mais si j'étais à ta place, je n'aurais pas été capable de garder ça pour moi. Je l'aurai interrogé sur-le-champ. Mais je ne peux pas l'imaginer en train de faire quelque chose dans ton dos. Il est complètement dingue de toi, et tout le monde sait combien vous êtes heureux.

— Justement, répliqua Kim avec mélancolie en tripotant son alliance. Je ne suis pas certaine qu'Andy soit heureux, Holly. Quand je suis tombée enceinte de Mylo par accident, je me sentais tellement coupable d'avoir fait foirer tous les projets de voyage qu'on avait tellement envie de réaliser… Andy n'était pas prêt. Il voulait une maison plus grande, et qu'on fasse des économies avant d'avoir des enfants. Du coup, j'ai toujours voulu lui faciliter la vie quand les enfants sont nés. Je ne voulais pas qu'il pense qu'avoir des enfants plus tôt que prévu était une erreur. Mais en prenant seule la responsabilité des enfants, je crois que j'ai oublié Andy…

Elle raconta ensuite les remarques de son mari sur le fait d'être laissé pour compte.

— La naissance prématurée de Mylo et son premier mois de vie à l'hôpital ont été la période la plus angoissante de toute mon existence. Quand je l'ai vu, si minuscule, je me suis juré de toujours être là pour le protéger. Mais je crois que je suis allée trop loin. Je n'ai jamais laissé à Andy la possibilité de s'occuper de nos enfants comme il aurait dû, et j'ai toujours fait des enfants ma priorité à moi. Je ne suis jamais d'accord pour sortir quand il me le propose, notre vie sexuelle est au point mort, ce qui est ma faute car je n'ai jamais envie, et je me rends compte que j'ai tellement changé que je ne me reconnais plus moi-même.

Holly ne pouvait nier que Kim n'était plus la même personne. Elle avait aussi remarqué qu'elle avait du mal à lâcher prise au sujet des enfants. Elle aimait être celle qui décide, et Holly avait toujours mis ça sur le compte de la prématurité de Mylo et de l'angoisse qu'elle avait causée. Était-il possible de surprotéger ses enfants ? Elle savait que Kim ne laissait jamais Andy gérer les enfants tout seul, mais elle n'aurait pas cru que c'était au point que décrivait Kim à présent. Elle ne s'était pas doutée qu'avoir des enfants avait créé une barrière entre eux. Elle se dit que ça devait être dur pour Andy de se sentir inférieur et inutile.

C'était une bonne chose que Kim prenne conscience de ses problèmes. Ainsi Andy et elle pourraient y travailler ensemble. Et il n'était pas acceptable qu'il échange des messages aussi tendres avec sa collègue. À quoi pouvait-il bien penser ? S'il estimait leur couple en crise, la première chose qu'il aurait dû faire était d'en parler à Kim, pas de chercher du réconfort ailleurs. Il fallait qu'ils communiquent pour résoudre leur problème. Ils devaient faire en sorte que leur relation fonctionne. Kim et Andy étaient faits l'un pour l'autre. Ils avaient juste rencontré une petite ornière sur leur chemin.

— Il faut que je parle à Andy, murmura Kim. Que je voie ce qui se passe. J'ai voulu fuir en venant ici, mais je n'arrive à penser à rien d'autre que ça. Je suis terrifiée à l'idée de l'avoir fait fuir. Tout est ma faute. J'ai peur aussi de ne jamais réussir à oublier ces messages. Je suis tellement en colère contre lui !

Holly pressa la main de Kim.

— Je suis certaine que tu arriveras à régler ça, Kim. Il n'y a jamais d'excuse à l'infidélité d'ailleurs, même si les choses n'ont pas été roses entre vous. Andy aurait dû t'en parler.

— Je crois qu'il a essayé et que je n'ai pas écouté.

Kim enfouit un moment son visage dans ses mains.

— Désolée de ne pas t'avoir parlé plus tôt, reprit-elle. Je n'aurais jamais dû garder ça pour moi, je m'en rends compte maintenant. Ça m'a fait un bien fou de discuter avec toi.

— Ce n'est pas grave. Je comprends.

— Merci de m'avoir écoutée, Holly. Bon, retournons voir les autres.

Kim se leva, aussitôt imitée par Holly.

— Je ne bois pas plus ce soir. Je me sens beaucoup mieux après ce café. Je crois qu'on ferait mieux de ramener Emma dans sa chambre, aussi. Elle a besoin qu'on s'occupe d'elle.

Quand les deux amies arrivèrent au bar, leurs copines n'y étaient plus. Elles essayèrent d'appeler Emma, Fran et Danni sur leurs portables.

— Ça ne répond pas, constata Holly, surprise, après plusieurs tentatives. Je n'ai pas le numéro des autres filles, et toi ?

— Non plus. Elles sont peut-être déjà rentrées ?

— Oui, c'est possible, convint Holly avec un bâillement sonore. On n'a qu'à rentrer, nous aussi. Je suis super crevée, et on a une grosse journée demain. J'envoie un texto à Emma pour la prévenir.

Mais alors qu'elles se dirigeaient vers la ligne de taxis, Holly aperçut Danni et Fran ainsi que quelques autres, qui marchaient sur le trottoir.

— Où est Emma ? appela Kim.

Elles haussèrent toutes deux les épaules.

— On l'a ramenée cuver dans sa chambre. À demain, cria vaguement Danni.

— Mon Dieu, grommela Holly. On n'aurait pas dû la quitter des yeux.

Kim partageait son avis. Elles se mirent en route pour l'hôtel, sans cesser d'envoyer des textos à Emma et de tenter de l'appeler. Arrivées devant sa chambre, elles tambourinèrent à la porte, mais seul le silence leur répondit.

— On pourrait descendre à la réception et expliquer ce qui se passe. Comme ça quelqu'un viendrait nous ouvrir et on pourrait vérifier que tout va bien, suggéra Kim.

Cinq minutes plus tard, après un aller-retour au comptoir, un membre du personnel les suivait jusqu'à la chambre d'Emma.

— Peut-être qu'elle dort ? hasarda Holly avec espoir. Dès qu'on sait qu'elle va bien, on file au lit.

Mais lorsque le battant s'écarta avec un craquement, Holly sentit son cœur se serrer. La chambre était vide.

Emma avait disparu.

28

Emma

Emma ouvrit les yeux et les referma aussitôt. Il faisait sombre, mais un interstice entre les rideaux laissait passer un rai de lumière. Elle regarda autour d'elle, le cœur battant. Où diable se trouvait-elle ? Elle avait la bouche sèche, comme si on l'avait remplie de boules de coton. Une vive douleur pulsait sous son crâne, et elle avait une sensation horrible dans l'estomac. Il se passait quelque chose de grave. De très grave.

Elle s'assit dans le lit inconnu et regarda la silhouette étendue sur le lit voisin. Au moins, ils étaient dans deux lits séparés, et elle était soulagée d'être encore habillée de la tête aux pieds, avec sa jupe et son haut de la veille. Qui était-ce ? Elle ne voyait que sa nuque, mais à sa taille elle était certaine qu'il s'agissait d'un homme. Une pensée lui revint soudain. C'était aujourd'hui qu'elle se mariait ! Comment était-ce possible ? Elle soupira en constatant que l'horloge du téléviseur affichait 5 h 01. Au moins, elle n'avait pas laissé passer l'heure de se lever, mais il fallait qu'elle sorte d'ici. Elle voyait bien que ce n'était pas Charlie dans le deuxième lit, car il avait les cheveux trop sombres.

Une bouteille d'eau était posée sur sa table de chevet et elle prit plusieurs gorgées, assoiffée. Haletante, elle essuya une goutte qui lui coulait sur le menton. Elle n'avait aucun souvenir de ce qui s'était passé. Elle fut contente de voir son sac par terre : au moins, elle ne l'avait pas perdu. Elle l'attrapa et en sortit son téléphone. Elle avait raté un nombre incroyable d'appels et de messages de ses amis. Par bonheur, il n'y avait rien de Charlie, et Emma espérait seulement qu'elle arriverait à se faufiler hors de la chambre où elle avait atterri, et que personne n'en saurait jamais rien. Ne pas se souvenir de ce qu'on avait fait et de comment on était rentré était assez terrifiant, comprit Emma. Elle se sentit soudain très bête. Elle était sur le point de tenter de quitter son lit sans bruit lorsqu'elle aperçut quelque chose qui la rassura aussitôt. Un short de bain bleu et des tongs, qui étaient à Frankie. Elle souffla doucement, reconnaissante qu'il se soit occupé d'elle. Elle vit alors d'autres objets qu'elle reconnut : une valise d'un violet sombre et une casquette noire où NYC était écrit en blanc. *Ouf.*

Emma but de nouveau, consciente d'avoir l'esprit trop préoccupé pour envisager de se rendormir. Tant pis, elle était réveillée pour de bon. Elle savait que c'était égoïste, mais elle aurait voulu que Frankie se réveille et lui raconte les événements de la nuit. Elle avait honte de ne se souvenir de rien, mais ce n'était guère étonnant quand on savait quelle quantité d'alcool elle avait consommée ! Où avait-elle la tête ? Elle avait tant à faire aujourd'hui ! Avec cette migraine terrible, elle avait vraiment besoin d'un comprimé de paracétamol. Cette fois-ci, elle n'avait pas échappé à la gueule de bois... Elle fouilla la pièce du regard, en quête de médicaments.

Plus confiante maintenant qu'elle savait que c'était la chambre de Frankie, elle ouvrit un peu le rideau et vérifia l'heure sur sa montre, au cas où la télévision aurait été mal réglée. C'est alors qu'elle vit quelque chose qui lui donna un haut-le-cœur.

Un nouvel anneau ornait son doigt, à côté de sa bague de fiançailles. D'où sortait-il ? Perplexe, elle se sentit soudain moite et faible. Elle se laissa tomber sur lit, la main levée à hauteur des yeux, espérant que ce ne soit qu'un mirage. Elle n'avait jamais vu cette bague auparavant, et pour être honnête, elle n'était pas jolie. Vulgaire. Un énorme faux diamant sur un anneau qui allait sans aucun doute déteindre sur son doigt. Ça ne pouvait pas être l'alliance que Charlie avait prévu de lui passer plus tard ce jour-là ; alors d'où venait-elle ?

Elle se dit que c'était sans doute une babiole, et qu'elle l'avait peut-être reçue lors d'un jeu avec ses copines pendant la soirée. Elle prit de grandes inspirations pour se détendre. Il y avait forcément une explication rationnelle, et un jour, elle rirait en y repensant.

Tu te souviens quand je me suis réveillée le matin de mon mariage dans la chambre de Frankie, sans savoir où j'étais, et toute paniquée à cause de la fausse bague ?

Tout le monde serait écroulé. Ce serait la meilleure blague de l'année. Quelque chose qu'ils raconteraient à leurs enfants.

Si seulement elle se rappelait ce qui s'était passé. Elle avait un horrible pressentiment. Elle frotta la bague, la tournant et la retournant avec son pouce, lorsqu'un souvenir lui revint brusquement.

Un trajet en taxi.

Elle tendait sa licence de mariage.

Un prêtre, debout devant elle.

Une petite chapelle de mariage.
Un bouchon de champagne qui saute.
Frankie.
Elle s'était mariée.

Sentant qu'elle allait être malade, elle se leva d'un bond et courut vers les toilettes. Elle s'était mariée la veille de son mariage, et en passant à toute allure près de Frankie, elle sut qu'elle regardait son nouvel époux. Elle avait pris une telle cuite qu'elle avait épousé *Frankie*, le cousin de son fiancé ! C'était une farce. Un cauchemar absolu. Frankie était en général celui qui venait la sauver, et Emma se dit qu'il devait être dans un sacré état pour avoir fait une chose pareille. Quand s'étaient-ils retrouvés ? Et surtout, pourquoi personne ne les avait-il empêchés de commettre l'irréparable ? Emma commença à paniquer. La pièce se mit à tourner, et elle se demanda comment elle allait pouvoir affronter la journée. Elle vomit dans les toilettes.

C'était forcément le pire mariage de tous les temps.

Elle s'aspergea le visage d'eau glacée, et s'ordonna de se calmer. La dernière chose dont elle avait besoin était de faire une crise d'angoisse toute seule dans la salle de bains. La précédente avait été terrifiante. En cet instant, elle prit conscience qu'elle ne serait en réalité pas toute seule. Frankie était là, juste de l'autre côté de la porte de la salle de bains. Il suffisait qu'elle l'appelle. Il l'entendrait, et se lèverait d'un bond pour être à ses côtés. *Son époux.* L'idée l'aurait presque fait rire si cela n'avait pas été si tragique. Comment allaient-ils expliquer cela à Charlie ? Elle ne pouvait même pas imaginer dans quel état de fureur ça allait le mettre. Rien que d'y penser, elle en avait des frissons dans le dos. Elle se regarda dans le miroir et se creusa la cervelle en quête d'une solution pour réparer cette catastrophe. Peut-être pouvait-elle faire annuler le mariage ? Elle ne savait pas si c'était seulement possible. Elle retourna lentement vers son lit pour chercher sur Google à l'aide de son téléphone. En le sortant, elle remarqua dans son sac un papier marqué Certificat de Mariage, qui ne faisait que confirmer ce qu'elle avait fait. Le reste du document était flou, et elle ne voyait rien sur la possibilité de revenir en arrière. Bien que ce soit ridicule, elle espérait trouver une ligne qui dirait : « Si vous étiez bourrés et que c'est juste une énorme bêtise, revenez et on annulera tout. »

Elle doutait fortement que ce soit aussi facile que ça. En cherchant sur internet, elle découvrit qu'elle ne pourrait jamais régler le problème à temps pour se marier dans moins de huit heures. On aurait cru un rebondissement dans un film. L'idée de se marier bourrée à Vegas était totalement ridicule. Rien de tout cela ne lui semblait réel.

Elle allait devoir supplier Charlie de lui pardonner. Mais que faire s'il lui tournait le dos, s'il disait que c'était impardonnable, même si elle ne savait pas ce qu'elle faisait sur le moment ? Est-ce qu'à sa place, elle lui aurait pardonné ? Elle aurait été folle de rage. Elle aurait annulé le mariage à l'instant où elle l'aurait appris. Elle réfléchit un moment : est-ce qu'au lieu d'être la pire mésaventure du monde, cet événement allait la sauver ? C'était l'excuse dont elle avait besoin pour ne pas aller au bout. Ainsi, elle avait épousé Frankie. Et quelque part, ça semblait la bonne décision, en vérité. Elle se tourna pour le regarder. En observant ses traits doux, détendus dans le sommeil, ses longs cils, elle prit conscience qu'elle serait en réalité heureuse si elle était avec lui. Si c'était lui qu'elle épousait ce matin, elle n'aurait probablement pas de doutes. Frankie la traitait comme une reine. Il était gentil et sincère. Il tenait toujours compte de ses sentiments, et veillait sur elle quand Charlie ne le faisait pas. Pourquoi ne s'était-elle pas aperçue plus tôt de ce qu'elle ressentait ? Avait-elle toujours éprouvé quelque chose, de façon inconsciente, sans jamais oser se l'avouer ? Avait-elle refoulé ses sentiments depuis qu'elle l'avait rencontré ?

S'attacher au cousin de son fiancé de cette manière, c'était mal. Elle soupçonnait l'attirance d'être réciproque. Sa façon de la regarder, de prendre soin d'elle et de la traiter était différente de son attitude avec les autres filles, même ses petites amies. Mais Emma était avec Charlie, et elle était loyale. Ou du moins l'avait-elle cru. Bien sûr, elle ne voulait pas blesser Charlie, mais d'un autre côté, elle se découvrait un courage nouveau maintenant qu'elle avait Frankie avec elle. Se préoccuper de Charlie et de ce qu'il pouvait bien penser, c'était fini. Plus jamais il ne la mènerait à la baguette. Il ne méritait pas une autre chance, et tout au fond d'elle-même elle était parfaitement consciente qu'il ne changerait jamais. Pas tant qu'elle serait avec lui. Il avait tellement l'habitude d'être celui qui contrôle. Toujours aux commandes, pouvant la traiter chaque jour selon son bon plaisir, parce qu'il savait qu'elle accepterait tout. Qu'elle le supplierait toujours de la pardonner. Eh bien, pas cette fois. Être avec Frankie, être son *épouse*, lui donnait une puissance et une force inconnue, même si tout cela s'était produit sur un coup de tête, sous l'emprise de l'alcool. Il était évident qu'ils avaient des sentiments l'un pour l'autre. Ne disait-on pas que l'ivresse révélait le vrai visage des gens ? C'était le cas cette fois-ci, sans l'ombre d'un doute.

Frankie était tellement attentionné qu'il avait même choisi de dormir dans le lit voisin plutôt que dans le sien, sans doute pour qu'elle ne se sente pas gênée ce matin. Elle se demanda s'ils s'étaient embrassés. Quel dommage de ne pas se souvenir de la première fois que ses lèvres s'étaient posées sur les siennes, mais hélas, la sensation était perdue. Envolée, comme toutes les autres choses qui s'étaient produites la veille.

Il y avait tant à faire. Tant à annuler. Tellement de gens à décevoir, et Emma aurait voulu pouvoir fermer les yeux, se rendormir et se réveiller sur une magnifique île déserte pour sa lune de miel, juste Frankie et elle. Cette image la rendait plus heureuse que jamais elle ne l'avait été. C'était l'homme avec qui elle aurait dû être depuis le début. Si seulement elle avait rencontré Frankie en premier. La pensée de ce qu'ils avaient fait lui donnait envie de rire à gorge déployée. Ce n'était pas drôle du tout, mais c'était un geste tellement insouciant, et pour une fois, Emma avait fait ce dont elle avait de toute évidence vraiment envie. Tellement typique de Vegas !

Elle entendit Frankie bouger dans son lit. Il se retourna et plissa les yeux dans la lumière qui filtrait par la fenêtre.

— Quelle heure est-il ? demanda-t-il d'une voix ensommeillée.

— Tôt, répondit Emma, contente qu'il soit réveillé et qu'ils puissent parler.

Il s'assit, et Emma ne put s'empêcher de jeter un coup d'œil à son torse nu, ferme et bronzé. Elle brûlait de s'approcher pour passer les doigts sur sa peau douce.

Il soupira et tourna la tête vers elle. Puis il regarda l'heure sur son téléphone.

— Comment te sens-tu ? Tu te souviens de la nuit dernière ?

— En toute franchise ? Pas vraiment, non. J'ai comaté, avoua-t-elle, honteuse. Mais je suis au courant pour ceci, cela dit, déclara-t-elle en contemplant sa bague.

— Ouais, répondit-il, mal à l'aise. Oui, je ne sais pas trop ce qu'on va faire à ce sujet. C'est un peu le bazar, non ?

Emma était bien d'accord. C'était *complètement* le bazar. Frankie regrettait-il de l'avoir épousée ? Il n'avait pas l'air fou de joie au réveil, et Emma ressentait une intense déception. Mais à quoi s'était-elle attendue ? À ce que Frankie vienne se blottir contre sa jeune épouse comme s'ils n'avaient rien fait de mal ? Il avait épousé la fiancée de son cousin. Difficile d'en être fier, et il se sentait forcément coupable. Charlie et lui étaient tellement proches ! Et ce depuis leur prime jeunesse.

— Je me demande si on peut retourner à la chapelle ce matin et expliquer qu'il y a eu une énorme erreur. Peut-être que je peux les appeler ? suggéra-t-il d'une voix sombre.

Emma sentit son cœur se serrer. C'étaient des paroles qui faisaient mal. Qui blessaient.

— Peut-être, répondit-elle d'une toute petite voix.

— Tu ne veux pas épouser Charlie, Em ? C'est ça ? demanda-t-il avec sollicitude.

N'était-ce pas évident ? Elle s'était bourré la gueule et l'avait épousé, lui. De toute évidence, elle ne voulait pas épouser Charlie.

— Je…

Elle se tut. Elle ne savait ni que dire, ni que faire. C'était bizarre. Elle était assise dans son lit à côté de son nouvel époux, et il lui demandait si elle voulait épouser quelqu'un d'autre.

— C'est normal d'avoir des angoisses, lui rappela-t-il. La nuit dernière, tu n'étais pas toi-même, on est d'accord ? Tu étais blindée à un point… Tu ne devais plus savoir comment tu t'appelais. J'étais tellement surpris qu'ils acceptent de procéder à la cérémonie. On arrivera peut-être à parler à quelqu'un et régler tout ça afin que le mariage puisse avoir lieu. Je ne suis pas certain que ça soit légal de laisser quelqu'un convoler dans cet état, et il faut en avoir le cœur net le plus vite possible. Charlie t'aime. Peut-être qu'on arrivera à faire en sorte qu'il n'apprenne pas ce qui s'est passé.

Pourquoi tenait-il tant à ce qu'elle épouse Charlie ? Avait-il peur de lui ? Elle avait envie de pleurer. Pourquoi l'avait-il épousée s'il savait qu'elle était ivre morte ? Cela ne ressemblait pas à Frankie, et elle ne comprenait pas pourquoi c'était maintenant qu'il disait cela. Il venait de se réveiller, la réalité de ce qu'ils avaient fait commençait à se faire jour, et il avait des remords. Elle qui avait espéré qu'il ouvrirait les yeux avec le projet de s'enfuir ensemble et de vivre longtemps et heureux, tout en évitant Charlie pour qu'elle n'ait jamais besoin de le recroiser ! Elle était bien bête d'avoir imaginé ça !

Elle haleta. Plus que tout, elle aurait voulu dire la vérité à Frankie. Elle ne souhaitait pas qu'il passe ce coup de téléphone. Qu'il parle à quelqu'un à la chapelle et lui dise que c'était une erreur. Non, elle voulait garder les choses en l'état, avec Frankie comme époux, même si elle savait que c'était fou. Peut-être qu'elle devrait mettre un peu plus de folie dans sa vie ? Elle savait qu'elle aurait dû mourir de honte, qu'elle aurait dû être submergée de culpabilité et d'horreur, mais elle ne ressentait rien de tout ça. Elle était juste soulagée, comme si on lui avait donné la carte « vous êtes libéré de prison » au Monopoly. Mais comment pouvait-elle ne pas se rendre à son propre mariage ? À son avis, rien ne serait plus cruel envers Charlie. Se faire jeter devant l'autel. Impensable.

— Je ne sais pas, révéla-t-elle d'une voix tremblante. Je ne suis pas sûre de pouvoir le faire, Frankie.

Elle le regarda avec des yeux suppliants, pour qu'il vole à son secours comme il en avait l'habitude. Elle voulait qu'il lui dise que ce n'était plus possible désormais. Qu'elle l'avait épousé lui, Frankie, et qu'il était trop tard pour convoler avec Charlie. Qu'il était impossible de faire marche arrière. Elle voulait que leur mariage soit légal. Mais à présent qu'elle y pensait, sachant que Frankie n'avait certainement pas de licence de mariage, c'était très peu probable. Elle s'était renseignée avant de choisir Las Vegas comme destination, et connaissait les procédures.

Frankie était pâle, comme sous le choc.

— Mais pourquoi ? Je te croyais heureuse avec lui, Emma. Il sera tellement malheureux. Il y a sûrement des tas de gens qui sont dans le même état que toi le matin de leur mariage. C'est vraiment normal d'être nerveux, et de croire qu'on a changé d'avis. Mais tu l'aimes. Vous êtes un couple parfait.

Emma secoua la tête.

— Charlie n'est pas toujours comme il est devant toi. Notre relation n'est pas ce qu'elle paraît...

Au bord des larmes, elle regardait le mur, plongée dans ses pensées.

— Tu sais, j'ai toujours cru que je me réveillerais ce matin, tout émue et impatiente, prête à épouser l'homme de mes rêves. Pleine d'espoir pour notre avenir heureux ensemble. Au lieu de ça, je me retrouve avec la gueule de bois, et déjà mariée à quelqu'un d'autre. Qu'est-ce que ça signifie, Frankie ? Ça ne peut pas être bon signe, pas vrai ?

Frankie hésita. Il ne savait que répondre.

— Tu es sortie, tu as trop bu. Je crois que c'est tout ce que ça signifie. Tu ne seras pas la première personne à te réveiller au matin de ton mariage en ayant fait une bêtise, et sûrement pas la dernière.

— Et toi, alors ? Qu'est-ce que tu as à dire pour ta défense ?

Elle en avait assez qu'il se conduise comme si elle était seule responsable. Il avait joué un rôle aussi, et elle ne comprenait pas qu'il ne prenne pas ses responsabilités.

Frankie eut l'air perplexe, comme si elle parlait une autre langue.

— Quoi ? Je ne suis pas sûr de comprendre. Ma défense pour quoi ?

— Pour m'avoir épousée ! Ça veut forcément dire quelque chose, Frankie, même si tu étais aussi bourré que moi. Il y a toujours eu un truc entre nous, j'en ai pris conscience en me réveillant ce matin. Je sais que c'est mal, mais tu ne devrais pas le nier. Nos actes de la nuit dernière sont éloquents. Je crois qu'au fond de toi, tu es d'accord pour dire que je suis bien mieux assortie avec toi qu'avec Charlie…

— Emma, arrête !

Il secoua la tête comme s'il ne pouvait supporter de l'entendre prononcer un mot de plus.

— Tu te trompes…

— Vraiment ? Tu peux prétendre sans mentir que c'est l'alcool qui nous a poussés à ça et que tu n'as pas de sentiments pour moi ? lança-t-elle, pleine d'assurance.

— Je t'assure que tu te trompes, Emma, insista-t-il, les sourcils froncés. Je t'ai trouvée vers 23 heures hier soir après avoir essayé de t'appeler des dizaines de fois.

Emma eut une sensation horrible dans l'estomac. Elle le dévisageait avec la même expression confuse que lui.

— Mais on s'est mariés, non ? La bague…, dit-elle en regardant sa main gauche. J'ai trouvé le certificat de mariage dans mon sac. Je suis heureuse, en fait, Frankie, tu n'as pas besoin de t'en faire. Tu as raison, c'est complètement le bazar, mais pour être honnête, je suis contente que ça m'ait forcée à ouvrir les yeux sur mes sentiments pour toi.

Frankie lui adressa un regard plein de compassion.

— Oui, Emma, tu t'es mariée.

Il détourna les yeux, comme agacé par ses actions écervelées.

— Mais pas avec moi.

Emma sentit la nausée menacer de nouveau.

— Tu étais avec un groupe d'hommes, rappela Frankie d'un air sévère. Je crois que c'est Luke que tu as épousé. Je ne sais pas. Je ne me souviens pas vraiment de son nom.

Elle était abasourdie. Elle n'avait pas du tout épousé Frankie.

Elle était la femme d'un parfait inconnu.

29

Kim

Lorsque Kim se réveilla, elle était mieux à tous égards. Elle se sentait plus légère depuis qu'elle avait partagé ses inquiétudes avec Holly. Elle avait décidé d'appeler Andy dès le matin et de lui poser des questions sur Lily. Elle aurait préféré le faire en face-à-face, mais ne pouvait attendre un moment de plus.

Elle s'étira dans le lit et ses pensées se tournèrent vers Emma. Elle sourit, malgré ce coup de fil qu'elle redoutait de passer. Son amie avait sans doute fait une virée très tardive quelque part : ses derniers moments de liberté. Elle espérait qu'elle n'était pas trop malade ce matin. Elle-même était contente de s'être arrêtée de boire relativement tôt : elle n'avait qu'un léger mal de tête. Elle se massa les tempes et éteignit son alarme qui venait de se déclencher.

Holly remua.

— Oh, seigneur, je suis encore tellement fatiguée, soupira-t-elle en s'asseyant.

— Moi, ça va. Un peu mal à la tête, mais rien de méchant.

— Je vais réessayer d'appeler Emma, déclara Holly en consultant son téléphone. Il faut que je commence sa coiffure dans pas longtemps, et je n'ai pas eu de réponse depuis hier soir. Et toi ?

— Moi non plus. Elle doit dormir, à mon avis. On n'a qu'à prendre nos douches et se rendre dans sa chambre comme elle nous avait dit. Je suis sûre qu'elle y est. Entre-temps, j'appelle Andy. J'ai vraiment besoin de lui parler.

— Bonne idée.

Quand Kim essaya d'appeler Andy une demi-heure plus tard, elle tomba directement sur la messagerie. Elle se demanda s'il avait éteint son téléphone ou s'il n'avait pas de réseau… Elle avait le ventre noué par l'appréhension. Elle ne savait pas si c'était à cause de ce qu'elle allait lui demander ou parce qu'il ne répondait pas. Il était seul avec les enfants ce jour-là et elle ne pouvait s'empêcher de paniquer en imaginant qu'il s'était produit quelque chose. Elle savait qu'il fallait qu'elle arrête de s'inquiéter autant, mais être loin d'eux trois et ignorer ce qui se passait était vraiment dur.

— Je réessaierai tout à l'heure, dit-elle à Holly.

La chambre d'Emma se trouvait à l'étage en dessous. Debout devant la porte, les deux amies restèrent dans un silence abasourdi lorsque personne ne répondit.

— Merde, marmonna Holly. Elle n'est pas là, hein ? Impossible qu'elle ne se soit pas réveillée, avec tout le bruit qu'on fait. Qu'est-ce qu'on va faire ?

— Je ne sais pas trop, grimaça Kim. Peut-être qu'on ferait mieux de retourner à notre chambre pour nous préparer ? Comme ça au moins il ne te restera qu'Emma à coiffer ensuite ?

— Elle était censée prendre son petit déjeuner dans sa chambre à 8 heures, répondit Holly, inquiète. Il est dix. Ça ne me dit rien de bon.

Pour une fois, Kim ne savait que dire. Ce n'était pas commun de disparaître le matin de son mariage… Kim repensa au matin du sien. Ils avaient dormi à l'hôtel où aurait lieu la réception, et s'étaient limités à deux verres de vin au dîner. Elle avait décidé de se coucher tôt et s'y était tenue, au lit à 22 heures. Elle voulait se réveiller fraîche et pleine d'énergie. Pas question d'avoir les yeux cernés. Elle voulait être au top. Pour Kim, il n'y avait qu'une seule explication à la disparition d'Emma, et ce n'était pas une hypothèse réjouissante.

La seule raison que pouvait avoir une personne de ne pas vouloir être trouvée le matin de son mariage, c'est qu'elle avait changé d'avis. Peut-être qu'Emma n'avait pas l'intention de se marier aujourd'hui, finalement ?

Juste quand elles tournaient au coin du couloir, Kim entendit l'ascenseur s'ouvrir avec un bip reconnaissable. Une silhouette avachie en sortit.

— Elle est là ! s'écria Holly, soulagée. Regarde, c'est Emma !

30

Emma

Elle devait se comporter normalement. Frankie lui avait répété très fermement de ne parler à personne de son mariage avec Luke la veille au soir. Il allait tout arranger pour qu'elle puisse épouser Charlie. Elle ne devait s'inquiéter de rien, il l'appellerait dès qu'il aurait obtenu des réponses. Il se comportait comme si ce n'était qu'un tout petit problème à régler. Un accident, comme trébucher ou perdre ses clés. Ça ne signifiait rien. Quand Frankie lui avait raconté ce qui s'était passé et comment il l'avait trouvée, Emma était restée sans voix. Elle s'était couverte de honte. Il feignait de ne pas se souvenir du moment où elle lui avait avoué ses sentiments, et Emma était à présent horrifiée d'avoir parlé ainsi. Elle s'était donc contentée d'écouter les instructions de Frankie. Obéissante, elle faisait ce qu'il lui avait ordonné, afin de ne pas gâcher le plus beau jour de sa vie. Il n'avait cessé de lui répéter qu'elle aimait Charlie et qu'elle avait la tête à l'envers à cause du trac. Peut-être le croyait-il ? Dans un cas comme dans l'autre, sans Frankie à ses côtés, Emma avait l'impression de ne pas avoir d'autre choix que de suivre le programme de départ. Elle faisait taire son cœur brisé, la déception que Frankie ne l'ait pas emmenée au loin. En apercevant Kim et Holly devant elle, elle se força à sourire.

— Tu étais où ? s'écria Holly, qui semblait folle de joie en la voyant. On était tellement inquiètes ! Tu n'as pas vu tous tes appels manqués ?

— C'est une longue histoire, soupira Emma, mais je suis là, maintenant. J'ai pris une cuite, c'est tout. Je suis tombée sur ma tante et finalement je suis allée bavarder dans sa chambre, inventa-t-elle, certaine qu'elles ne se rendraient jamais compte qu'elle mentait.

Elle avait une tante célibataire, Brenda, qui était venue en effet.

— Je me suis endormie sans faire exprès. J'espère que la maquilleuse saura faire un miracle. Je me sens affreuse, ce matin.

Emma ouvrit la chambre et grimaça en découvrant la bouteille de champagne qui l'attendait dans un seau de glace. Hors de question d'en avaler la moindre goutte.

— Les autres viennent ici pour que tu les coiffes, Holly. J'espère que ça te convient ?

— Bien sûr. J'avais dit que je m'occuperais de tout le monde. Je suis ravie de pouvoir rendre service.

— C'est tellement gentil ! remercia Emma.

Elle essayait de se comporter comme elle le ferait si elle était heureuse de son choix. Elle tentait d'imaginer comment les autres mariées traversaient leur grand jour. Étaient-elles anxieuses ? Surexcitées ? Calmes ? Se transformaient-elles en moulin à paroles sous l'effet du stress ? C'était difficile de parler d'une voix joyeuse et de sourire, et elle ne savait plus où elle en était lorsqu'elle entendit son téléphone sonner pour notifier un message, et que le nom de Frankie s'afficha sur l'écran.

Bonne nouvelle. La cérémonie n'était pas réelle. La chapelle fait aussi des faux mariages. Rien ne t'empêche de te marier aujourd'hui. Je te vois dans la nef! Bisous, Frankie

Emma haleta, les yeux rivés sur les mots jusqu'à ce qu'ils se brouillent et que son nez picote. Elle inspira profondément, ferma les yeux, et se répéta qu'elle devait juste tenir le coup toute la journée. Ce serait bientôt fini. Elle serait la femme de Charlie et devrait s'en accommoder. Le vin était tiré : tout le monde était venu jusqu'à Las Vegas pour elle. Mais elle ne pouvait ignorer le fait qu'il était désormais très clair à ses yeux qu'elle ne voulait pas se marier avec Charlie. Elle ne pouvait s'empêcher de penser à Frankie, à ce qu'elle avait ressenti plus tôt lorsqu'elle avait cru qu'il était désormais son époux. Il existait entre eux une intimité naturelle. Elle était certaine de leur attachement réciproque. Jamais elle ne s'était sentie aussi dépossédée de son destin. Elle redoutait tellement de décevoir les autres, mais elle ? Son propre bonheur importait-il ?

—Je te sers une flûte ? proposa Holly.

—Surtout pas ! Mais allez-y, vous deux, faites sauter le bouchon. Ce serait dommage de ne pas en profiter. Désolée pour l'état de mes cheveux…

Elle s'excusait auprès de Holly, mais personnellement elle s'en moquait bien.

—J'ai fait un shampoing rapide avant d'arriver, et ça frisotte un peu parce que je n'ai pas eu le temps de bien les sécher. Heureusement que tu es là pour arranger les choses.

Holly acquiesça et se mit à les brosser.

— Tu es sûre que ça ne te dérange pas qu'on ouvre la bouteille ? Ça me fait bizarre si tu n'en bois pas. Je ne suis pas franchement au top de ma forme non plus, mais il faut soigner le mal par le mal, gloussa Kim.

— Franchement, allez-y, encouragea Emma.

Tant qu'à faire, autant que les autres s'amusent le jour de son mariage.

Elle était passée maîtresse dans l'art de dissimuler ses sentiments. Quand elle avait quatorze ans, elle avait une fois entendu Sally Bateman et Hayley Martins chuchoter dans les couloirs du collège qu'elle allait devoir porter une tente à la fête de fin d'année car elle ne rentrerait dans rien d'autre. Trop honteuse pour expliquer à ses amies pourquoi elle était triste, elle avait préféré faire semblant de ne pas avoir entendu, mais cela lui avait miné le moral pendant des semaines.

Une autre fois, Emma était partie avec des copines passer un week-end à Amsterdam. Elle ne voulait pas y aller, car ça ne rentrait pas dans son budget. Au départ, elle avait accepté parce qu'elle ne connaissait pas le coût. À l'époque, elle était étudiante, et sachant que ça embêterait les autres qu'elle se désiste parce que ça ferait un nombre impair et augmenterait les frais, elle avait eu l'impression de ne pas avoir le choix et s'était forcée à se joindre à l'excitation générale, qu'elle ne partageait pas du tout. Elle voulait toujours faire plaisir, et détestait décevoir les autres. Elle n'aimait pas faire d'histoires, causer des problèmes. Elle ne voulait pas que les gens soient tristes pour elle. C'était le genre de personne qui pouvait avoir une migraine terrible toute la journée sans jamais se plaindre. Elle acceptait de garder les enfants de ses amis, même si pour ça elle devait annuler sa propre sortie. Elle n'avait pas son pareil pour faire croire aux autres qu'elle allait bien, même quand c'était faux. Et aujourd'hui ne faisait pas exception.

Tout le monde était de bonne humeur, mais Emma ne s'était jamais sentie aussi seule de sa vie. Danni et Fran arrivèrent avec de nouvelles bouteilles de champagne, et rapidement après ses deux cousines se joignirent à l'assemblée. Les filles gloussaient et s'aspergeaient de parfum. Les flashs et le vacarme des sèche-cheveux donnaient à Emma l'impression de ne pas s'entendre penser. De l'extérieur, cela ressemblait à la matinée typique d'une future mariée.

Plus les gens affluaient dans la chambre, plus Emma avait envie de disparaître. Elle aurait donné n'importe quoi pour être juste demoiselle d'honneur, ou mieux encore, juste invitée. Elle ne voulait pas que l'attention soit tournée vers elle toute la journée. Elle avait beau avoir l'habitude d'être au centre des regards sur les réseaux sociaux, c'était différent. Elle se sentait submergée, comme si la pièce était en train de se refermer sur elle. De nouveau, elle avait des taches rouges sur le buste, et elle était prise de tremblements incontrôlables. Était-ce la nervosité, ou les excès d'alcool de la veille ? Elle l'ignorait.

— Tu es superbe, la complimenta Fran.

— Merci, bredouilla-t-elle.

Quand la maquilleuse eut terminé, Emma pivota pour se regarder dans le miroir.

— Waouh, Emma, tu es tellement belle ! s'écria Kim, subjuguée.

— Magnifique ! renchérit Holly, les yeux brillants de joie.

Elle était obligée d'en convenir. Holly et la maquilleuse avaient fait un travail fantastique, et même après sa très courte nuit, elle était jolie. C'était juste dommage qu'elle ne ressente rien et ne puisse se joindre à l'enthousiasme général.

— On s'occupe de la robe maintenant ? suggéra Holly. Il ne reste plus tellement de temps et je suis un peu inquiète, avec tous ces boutons dans le dos.

— D'accord, répondit Emma avec un pauvre sourire.

— Je te trouve bien calme, constata Danni. Je ne pense pas que je serais comme ça si c'était mon mariage, pouffa-t-elle, de toute évidence égayée par le champagne.

Holly l'aida à enfiler la robe.

— Elle est splendide, commenta Kim en regardant le miroir tout en se mettant du gloss.

La chambre était vaste, mais elle paraissait bondée. Quand Holly commença à fermer les boutons, elle eut plus que jamais l'impression que les murs se refermaient sur elle.

— Emma, Frankie demande où tu as mis les nouveaux boutons de manchette de Charlie ? Je l'ai au bout du fil ! cria Fran.

— Emma, le photographe veut savoir s'il doit aller dans la chambre de Charlie maintenant. Est-ce que je lui demande de rester encore un peu ? questionna Danni. Est-ce que tu es prête ?

— Em, est-ce qu'on rajoute le voile ? interrogea Kim. Je ne veux pas te mettre la pression, mais il faudrait s'y atteler avant de manquer de temps. C'est Holly qui va le faire.

— Bon Dieu, ces boutons. Il y en a tellement, souffla Holly dans son dos, un peu stressée par l'heure qui avançait. C'est une belle robe, mais punaise, ils ne se sont pas demandé combien de temps ça prendrait à la mariée d'être prête !

— Où est ton parfum, Emma ? Le photographe veut le prendre à côté de tes chaussures.

Emma sentit la chaleur lui monter aux joues. Elle se toucha le visage : il était brûlant. Il fallait qu'elle sorte d'ici.

— Arrête, dit-elle soudain à Holly, qui la regarda, bouche bée. Tout le monde, arrêtez, répéta-t-elle, plus fort cette fois.

Tout le monde resta planté à la dévisager. Emma souleva la traîne de sa robe, et sans plus d'explication, quitta la chambre en courant.

31

Emma

Alors qu'elle se dirigeait vers la chambre de Charlie, Emma avait le ventre noué comme jamais encore dans sa vie. Mais il fallait qu'elle lui dise, quelle que soit sa peur. Le mariage était annulé. Elle ne pouvait et ne voulait pas le faire. Le plus facile aurait été de s'enfuir, mais Emma savait qu'elle devait l'affronter. Bien qu'il puisse être terriblement méchant, Charlie méritait mieux que ça.

Et voilà que, malgré le fait qu'elle ait accepté d'obéir à Frankie en allant au bout du projet, elle se trouvait devant la porte de la chambre où il était. Où elle espérait qu'il était toujours, plutôt. Et s'il était déjà en route vers la chapelle ? Essoufflée, elle se mit à transpirer, malgré la température glaciale de l'air climatisé. Elle s'appuya contre le mur et respira profondément, devant la chambre de Charlie. La même chambre où elle avait dormi toute la semaine. Elle avait réservé l'autre chambre, où elle aurait dû dormir la nuit précédente, à un autre étage. Cette autre chambre où elle aurait dû être en cet instant, en train d'apporter les touches finales à sa tenue. Elle se demanda ce que les autres penseraient de tout ça. On parlerait de ce mariage pendant des années. La mariée qui avait changé d'avis le jour J. Et s'était déjà mariée la veille. C'était absolument ridicule. Comique.

Elle frappa à la porte, surprise d'entendre des rires à l'intérieur. Puis elle songea que bien sûr, Charlie avait de la compagnie. Comme la mariée, le marié se préparait avec ses amis. Les témoins, son père et Frankie seraient tous là autour de lui.

Jason, l'un des garçons d'honneur de Charlie, ouvrit la porte et parut choqué de découvrir Emma vêtue de sa robe de mariée. Il pâlit et repoussa le battant, ne laissant qu'un mince interstice pour lui parler.

— Qu'est-ce que tu fais là ? Vous n'êtes pas censés vous voir avant la cérémonie, ça porte malheur, chuchota-t-il.

— Il faut que je voie Charlie, expliqua Emma, la bouche tremblante. En tête à tête. Tout le monde doit sortir de la chambre. C'est urgent. Ça ne peut pas attendre.

Elle parlait avec fermeté, malgré son nœud à l'estomac.

— Quoi ? Maintenant ? s'étrangla-t-il comme si elle avait perdu la boule. OK, attends une minute.

Il ferma la porte. Le cœur d'Emma s'emballait. Elle se demandait ce qui se disait de l'autre côté du battant. Elle entendait seulement des voix étouffées.

Le père de Charlie ouvrit la porte, essaya de sourire, sortit et referma derrière lui.

— Tout va bien, Emma ? Est-ce que je peux faire quelque chose pour toi ?

Ses yeux préoccupés démentaient son ton vif et gai. L'inquiétude plissait son front.

— J'ai besoin de voir Charlie tout de suite. Je dois lui parler, et il faut qu'on soit seuls. Je ne plaisante pas, ça ne peut pas attendre, déclara-t-elle d'un ton affolé.

Il la regarda avec une appréhension croissante, toute trace de sourire envolée.

— Très bien. Tu en as pour combien de temps ? Tu es sûre que je ne peux pas t'aider ?

— Oui, malheureusement. On va avoir besoin d'un moment... Je ne sais pas combien de temps exactement. Tout ce que je sais, c'est que plus vite je le vois, mieux ça vaut.

Il acquiesça et quelques minutes plus tard, ressortit de la pièce avec trois des garçons d'honneur et Frankie.

— Emma ! souffla Frankie en passant près d'elle. Qu'est-ce que tu fais ?

— Ce que j'aurais dû faire ce matin, répondit-elle, catégorique.

Elle ne ressentait pas autant de courage que ce que sa voix aurait pu faire croire.

Frankie comprit qu'il était vain de tenter de la faire changer d'avis. Il détourna les yeux et emboîta le pas aux autres.

Lorsqu'Emma entra dans la pièce, Charlie écarquilla les yeux d'angoisse et de surprise.

— Emma, que se passe-t-il ?

Il la contempla de la tête aux pieds, distrait un instant, ébloui par le maquillage et la coiffure, ainsi que la robe.

— Tu es belle, au fait. Waouh.

Puis son expression changea, et il eut de nouveau l'air perturbé.

— Tout va bien ? Pourquoi tu es venue ? Tu me fais peur. C'est toi qui tenais à ce qu'on ne se voie pas ce matin. Tu ne devrais pas être avec tes amies, en train de te préparer ? Je croyais que tu voulais me faire la surprise de ta robe ?

Emma, la bouche sèche, était incapable de déglutir. Son cœur battait si vite qu'il allait exploser. Elle s'enfonça dans le fauteuil du coin de la pièce, les épaules voûtées.

Haletante, elle attrapa une bouteille d'eau près du téléviseur et se servit un verre.

— Tu devrais peut-être t'asseoir. Il faut que je te parle.

Charlie s'assit au bord du lit, en face d'elle. Il avait l'air incroyablement vulnérable, assis là à attendre qu'elle lui annonce son destin. Il était terrifié, et Emma comprit qu'il avait deviné. Il ne passerait pas la ligne d'arrivée, finalement. Il avait poussé Emma trop loin et l'avait perdue.

Bien qu'il soit immobile, il avait le souffle court, et Emma l'entendait respirer.

— Charlie, je ne sais pas par où commencer…, soupira Emma en se tordant les doigts, défaite. Je suis tellement, tellement désolée. Je ne peux pas t'épouser. Ça ne va pas entre nous, et je le sais au fond de moi.

Il exhala lentement, et mit la tête dans les mains, incapable de la regarder. Comme si en évitant de lui faire face, il pouvait ignorer ses paroles.

— Je t'aime, continua Emma qui ne s'était jamais sentie aussi mal. Mais tu sais aussi bien que moi que notre relation n'est pas saine. J'ai l'impression de passer mon temps à marcher sur des œufs. Je ne sais jamais de quelle humeur tu vas être, ou ce qui va te mettre en colère. La plupart du temps, je ne suis même pas sûre que tu aies de l'affection pour moi. Je dois t'implorer de me parler. J'ai l'impression que notre relation est trop imprévisible. Et il t'arrive parfois d'être méchant avec moi. Je ne peux pas vivre comme ça, Charlie.

À ce moment-là, il la regarda, les yeux suppliants.

— Je vais changer, Emma. Je croyais qu'on en avait discuté. Je ferai tout ce que tu voudras, absolument tout…

Sa voix se brisa sous l'effet de l'émotion. Il paraissait tout petit.

—Comment tu peux me faire ça ? On est censés se marier. Je t'aime. Je vais changer, je vais être l'homme que tu veux que je sois. Je t'en prie, Emma. Ne me fais pas ça. Tu ne peux pas, soupira-t-il, une larme sur la joue.

Emma essuya ses propres larmes. Elle s'était attendue à ce discours, mais cela ne lui rendait pas les choses plus faciles pour autant. C'était étrange de l'entendre la supplier, alors que c'était si souvent l'inverse. Mais elle savait qu'elle devait être forte, se tenir à ses résolutions. Elle ne pouvait pas le laisser l'influencer. Elle n'avait aucune confiance dans le fait que ça marche entre eux un jour, et elle se rappela le soulagement qu'elle avait éprouvé lorsqu'elle avait cru avoir épousé Frankie. Ce ne serait pas juste pour elle-même, ni même pour Charlie, si elle se laissait convaincre.

—Charlie, je regretterai toute ma vie de ne pas avoir eu le courage de te quitter plus tôt. Je m'en veux terriblement de te faire ça maintenant. C'est le pire moment possible. Mais ma décision est prise. Je ne peux pas t'épouser. J'espère seulement qu'un jour tu parviendras à me pardonner.

Charlie eut un sanglot, et Emma ne put s'empêcher de le prendre dans ses bras. Elle savait qu'elle lui avait brisé le cœur, et elle en était déchirée. Elle se souvenait de son premier petit ami, des années auparavant. Lorsqu'il l'avait quittée, elle avait été tellement triste… Elle avait vécu un véritable deuil, comme s'il était mort. Cela avait duré des mois, et elle ne souhaitait pas cela à son pire ennemi. Pourtant, elle était en train d'infliger la même chose à quelqu'un d'autre. Et c'était pire, bien pire. Elle surprit leur image, enlacés, dans le miroir, et songea qu'ils paraîtraient bizarres à un regard extérieur. Elle avait tout de la mariée idéale : une robe somptueuse, les cheveux parfaitement coiffés, un maquillage impeccable. Les taches rouges révélatrices étaient toujours visibles sur sa poitrine, trahissant le fait qu'elle avait trop chaud, qu'elle était perturbée et stressée. Charlie, d'habitude si plein d'assurance, semblait vulnérable, brisé. On avait l'impression qu'il venait de se cogner la tête et ne savait plus vraiment qui il était ni où il se trouvait.

— Je t'en prie, Emma, supplia-t-il de nouveau, en murmurant dans son oreille.

Il plaça ses mains tremblantes dans les siennes.

Emma recula en se mordant la lèvre inférieure.

— Je suis désolée, Charlie. Vraiment désolée.

Il se raidit, mâchoire serrée.

— Après tout ce que j'ai fait pour toi, cracha-t-il.

Le visage crispé comme par une douleur intense, il franchit la porte.

32

Holly

Fran se mit la main devant la bouche, horrifiée.

— J'y crois pas ! piailla-t-elle, en raccrochant le téléphone. Le mariage est annulé ! C'était Frankie. Je n'arrive pas à joindre Emma. Est-ce que vous avez tous essayé de l'appeler ? C'est quoi, ce délire ?

Fran était quelqu'un que Holly aurait décrit comme « une flipette ». Même quand tout allait bien, elle en faisait toujours des tonnes. Elle s'affolait pour un rien. C'était la dernière personne qu'on aurait voulu avoir avec soi en cas de crise. Le genre qui ne fait qu'empirer la situation.

Holly réessaya de joindre Emma, mais elle était certaine que ça ne servait à rien. Si elle avait annulé le mariage, ce qui n'était pas une grosse surprise après la conversation qu'elles avaient eue, elle ne voudrait parler à personne.

— Messagerie, annonça-t-elle tristement.

— Nan mais c'est ridicule, commenta Fran, sonnée. Elle ne peut pas faire un truc comme ça et puis juste disparaître.

— Je n'arrive pas à croire qu'elle ait annulé ! Tu en penses quoi ? chuchota Kim.

— Je crois qu'il y a bien plus que ça, répondit Holly avec prudence. C'est mieux d'annuler le mariage que de le faire et ensuite regretter, tu ne crois pas ?

— C'est vrai qu'on ne l'a pas tellement entendue, ce matin, fit remarquer une cousine d'Emma.

— Oui, elle ne décochait pas un mot, renchérit Danni qui semblait plutôt prendre plaisir à toute cette agitation. Je pensais qu'elle était simplement nerveuse.

— Je crois que je n'ai jamais entendu parler d'une chose pareille, commenta Fran d'un ton réprobateur. Je ne veux même pas imaginer combien d'argent a été gaspillé dans l'histoire. En plus, j'étais vraiment impatiente d'être aujourd'hui…

Elle se mit à marmonner dans son coin, l'air toujours aussi ahuri.

— On essaie de la trouver ? proposa Kim.

— Oui, de toute façon il n'y a rien d'autre qu'on puisse faire… Elle doit se sentir tellement mal !

Elles se faufilèrent hors de la pièce sans que les autres y prêtent tellement attention.

— Une idée d'où elle peut être ? demanda Kim alors qu'elles sortaient de l'hôtel.

Holly réfléchit un moment, puis se souvint de la remarque qu'Emma avait faite à propos des fontaines. S'il y avait bien un moment où elle avait besoin de paix et de tranquillité, c'était maintenant.

— À vrai dire, oui ! répliqua-t-elle avant de monter dans un taxi jaune. Au *Bellagio*, s'il vous plaît.

Dix minutes plus tard, Holly retrouva Emma sans peine. C'était difficile de la rater, avec son air malheureux et sa robe de mariée. Les gens ne regardaient qu'elle.

— Mon Dieu, elle a toujours sa robe ! murmura Kim, horrifiée.

— Viens, allons-y, dit Holly en s'avançant entre les tables et les chaises.

Emma ne changea pas d'expression en les regardant s'asseoir. Comme si elle s'était attendue à les voir arriver.

— Alors, dit Holly lentement, tu as changé d'avis.

C'était plus un constat qu'une question.

— Comment tu te sens, Em ? demanda Kim.

— Vous devez penser que je suis un monstre, renifla-t-elle. C'est tellement moche de larguer son fiancé juste avant le mariage !

Elles restèrent silencieuses un moment.

— Je trouve au contraire que c'est très courageux, déclara Holly en toute sincérité.

— Charlie doit me haïr, mais je ne pouvais pas. Je ne pouvais pas le faire alors que je savais que ça n'allait pas. Il faut faire confiance à son intuition, expliqua Emma, les yeux dans le lointain. Mon téléphone n'arrête pas de vibrer et de sonner, et je ne réponds pas. Je ne réponds à personne, je fuis. J'ai même dû suspendre mon compte Instagram à cause des messages de tous ces inconnus qui me souhaitent le meilleur pour le grand jour... ce qui tombe un peu à côté de la plaque finalement ! Tout le monde pense que j'ai une vie parfaite, enviable, alors qu'en réalité, j'étais sur le point d'épouser un homme dont je savais qu'il ne me convenait pas. Maintenant j'ai rompu avec lui, et je dois passer pour une folle avec ma robe de mariée toujours pas boutonnée dans le dos.

Elle rit, pour de vrai cette fois, et Kim et Holly ne purent réprimer un sourire malgré la tristesse de la situation.

Le visage d'Emma s'assombrit.

— Tout ce que je voulais, c'était être heureuse, casée, vous comprenez ? J'ai tellement envie d'avoir des enfants, comme vous, une petite famille. Ce qui est désolant, c'est qu'à un moment j'ai vraiment cru que ce serait avec Charlie. Je ne sais pas quand j'ai commencé à me demander si je pourrais rester toujours avec lui, mais je n'aurais jamais dû laisser les choses aller aussi loin. Je l'aime, mais parfois, l'amour ne suffit pas. Quand je l'ai rencontré, j'avais tellement honte de mon poids, je ne m'aimais tellement pas, et je me suis sentie euphorique parce qu'il m'aimait quand même et qu'il voulait sortir avec moi. Mais ensuite, quand j'avais perdu tous mes kilos en trop, il n'arrêtait pas de me rabaisser. De me rappeler que c'était lui qui m'avait aidée à en arriver là. Il n'arrêtait pas de répéter que j'avais besoin de lui, au point qu'à la fin, j'ai fini par le croire. J'avais l'impression de ne pas pouvoir vivre sans lui, mais maintenant je vois bien qu'il ne faisait que me manipuler et me dominer. Même mince, je manque de confiance en moi, et il faut vraiment que je travaille là-dessus. Il faut que j'apprenne à m'aimer pour ma beauté intérieure, et ça, je l'accepte.

— Qu'est-ce que tu vas faire ? Dans tous les cas, on est là pour t'aider.

Emma les regarda, reconnaissante.

— Merci. Ça me fait vraiment plaisir que vous soyez venues me chercher. Je ne sais pas vraiment quoi faire. Enfin pour commencer, je dois enlever cette robe ! Je me rends bien compte que j'ai l'air bizarre…, confia-t-elle avec un petit sourire.

— Ne t'en fais pas, répondit Holly gentiment en lui pressant la main. On est à Vegas. Il y a des femmes en robe de mariée partout.

Elles se levèrent pour partir.

— Ça me rappelle…, reprit Emma, penaude. J'ai quelque chose à vous raconter à propos de ce qui s'est passé la nuit dernière.

Le téléphone de Kim sonna, et elle répondit, manifestement contente de recevoir un appel d'Andy.

— Tout va bien ? Je suis au *Bellagio*. Il s'est passé quelque chose. Pourquoi ?

Elle leur tourna le dos et s'éloigna pour poursuivre sa conversation.

— J'avais complètement oublié, dit Emma pendant qu'elles attendaient Kim.

— Complètement oublié quoi ?

— Andy. C'était une surprise. Il venait au mariage. Il est ici, à Vegas.

33

Kim

— C'est vrai ? s'écria Kim, éberluée. Tu es où ? C'est pas une blague, hein ?

— Non, promis. Je suis à la chapelle, mais ils me disent que ça n'a pas lieu, enfin je ne sais pas. Qu'est-ce qui se passe ? Je ne me suis pas trompé d'endroit, au moins ?

— Le mariage est annulé, expliqua Kim.

Son esprit bouillonnait de questions.

— Sérieux ?

— Emma a changé d'avis. Je suis avec elle, avec Holly aussi.

— Seigneur ! Je crois que je vais aller à mon hôtel, alors, et si tu peux, tu viens me rejoindre.

— Bien sûr. C'est où ?

— Eh bien, je nous ai réservé une très belle chambre au *Wynn*, où le mariage devait se dérouler. J'avais tout arrangé avec Emma… Tu es surprise ?

Kim entendait son cœur battre à ses oreilles.

— Oui, j'ai du mal à le croire, bredouilla-t-elle. Qui s'occupe…

— Ce sont tes parents qui gardent les enfants, coupa-t-il, sachant d'avance ce qui la préoccupait. Ne t'inquiète pas. Ils étaient impatients d'aller dormir chez eux.

Kim était partagée entre bonheur et appréhension. Elle n'arrivait pas à imaginer qu'Andy soit là, à Vegas ! Elle brûlait de le voir, mais elle savait aussi que c'était le moment d'avoir une conversation sérieuse. Elle en était malade d'appréhension et de chagrin. Certainement, son mari l'aimait encore, s'il était venu jusqu'à Las Vegas pour lui faire une surprise ?

— Attends-moi à la réception de l'hôtel. Je pars maintenant.

— À tout de suite.

Kim se retourna vers les autres, incapable de réprimer un sourire en découvrant celui d'Emma.

— Je n'arrive pas à croire qu'Andy soit là et que tu aies gardé le secret ! C'est un choc !

— Il m'avait demandé de ne rien dire. J'ai failli gaffer une ou deux fois, pour être honnête. J'imagine qu'il trouve que c'était beaucoup de dérangement pour rien, maintenant que le mariage est annulé…

— Vegas, ce n'est jamais un dérangement pour rien, rappela Holly, amusée.

— Je vous retrouve après, les filles, dit Kim avant de s'éloigner vers la file de taxis.

— Bonne chance, répondit Holly du fond du cœur en lui pressant la main.

Un quart d'heure plus tard, Kim franchissait l'entrée principale du *Wynn*.

Dès qu'il l'aperçut, Andy sentit un sourire s'épanouir sur son visage. Elle s'avançait vers lui dans la longue robe rose poudré qu'elle avait achetée pour le mariage. Holly l'avait coiffée, une tresse lâche et des boucles qui s'en échappaient avec grâce.

— Bonjour, dit-il en la prenant dans ses bras pour l'embrasser. Tu es magnifique…

Kim vit qu'il le pensait vraiment, et elle prit conscience que cela faisait longtemps qu'Andy n'avait plus guère l'occasion de la voir maquillée et coiffée. Ça ne servait à rien, puisqu'elle ne sortait pas dans des endroits chics, n'est-ce pas ? Son apparence faisait partie des choses qu'elle avait négligées, et elle se jura d'y remédier. Pas tous les jours, bien sûr, mais cela lui avait manqué qu'Andy la regarde comme ça. Cela lui avait manqué de se sentir belle.

— Je n'arrive pas à croire que tu sois là pour de vrai, avoua Kim en s'accrochant à lui, bien en sécurité entre ses bras puissants. Je suis tellement heureuse de te voir, Andy, soupira-t-elle en le dévorant des yeux. Montons dans la chambre. Il faut que je te parle.

Ils entrèrent dans la suite qu'Andy avait réservée, tout en discutant de la décision d'Emma d'annuler le mariage. La pièce était immense, avec une vue splendide sur le Strip, une terrasse privée et même un jacuzzi dans la salle de bains.

— Waouh, Andy… Ça a dû coûter une fortune, balbutia Kim, abasourdie.

— J'avais envie de te gâter, expliqua-t-il, des étincelles dans les yeux. C'est tellement rare maintenant qu'on ait du temps à deux. J'ai pensé que ce serait agréable.

— C'est superbe. Merci, répondit-elle en s'asseyant sur le lit.

Elle lissa le tissu de sa robe.

Andy s'assit à son tour et s'appuya sur la tête de lit.

— De quoi voulais-tu me parler ?

Kim hésita, mal à l'aise.

— Je ne sais pas vraiment par où commencer…

Elle se tut, puis se força à prononcer des mots difficiles.

— Mais voilà, je vais le dire quand même. J'aurais dû t'en parler dès le moment où je suis tombée sur tes messages…

— Quels messages ? demanda Andy, consterné.

Kim se racla la gorge.

— Andy, est-ce qu'il y a quelque chose entre Lily et toi ? Tu étais dans le jardin le jour où j'ai reçu l'invitation pour le mariage, et ton téléphone a eu une notif. J'ai vu les messages qu'elle t'avait envoyés.

Andy fronça les sourcils, le regard surpris. Il la dévisagea un moment.

— Non, bien sûr que non. On est amis. Il ne se passe rien entre nous et il ne se passera jamais rien. Je n'arrive pas à croire que tu aies pu penser ça.

Il avait l'air dévasté.

Elle l'observa, consciente de ses propres battements de cœur, qui résonnaient comme un martelage insistant.

— Vraiment ? Malgré ses messages dragueurs et totalement inappropriés envers un homme marié ? Elle t'a appelé « beau gosse », bordel ! Qu'est-ce que j'aurais dû penser ? En plus, tu as liké ses selfies sur Instagram et elle a liké et commenté tes photos. S'il te plaît, ne me mens pas, dis-moi la vérité. J'ai besoin de savoir.

— Kim, je te jure qu'il n'y a rien. Rien de ce genre, affirma-t-il d'une voix claire qui ne tremblait pas. Je sais que tu ne vas pas me croire, mais Lily s'était plainte de n'avoir aucun like sur Instagram, alors je lui ai dit que je likerais ses photos. Je ne peux pas l'empêcher de liker les miennes. « Beau gosse », c'est une blague aussi. Personne ne parle comme ça au premier degré. Je t'assure que c'est juste sa façon de rigoler.

Kim se sentit aussitôt soulagée, mais elle restait un peu sceptique. Andy était-il capable de lui mentir ?

— Alors, pourquoi tu as continué à échanger ces messages ? Ça se voit qu'elle en pince pour toi. Je ne suis pas idiote, Andy. Ne viens pas me dire que je me suis fait des films…

— OK, répliqua Andy avec calme. Peut-être que Lily a le béguin pour moi. Elle a déjà dit deux ou trois fois des choses qui me laissent penser qu'en effet, elle n'éprouve pas seulement de l'amitié à mon égard, mais Kim, elle sait que jamais, jamais je ne la suivrai dans cette direction. C'est toi que j'aime, et elle en est consciente.

— Alors pourquoi tu ne lui dis pas d'arrêter de t'envoyer des messages comme ça ? Pourquoi est-ce que tu réponds, demanda-t-elle, sentant renaître son sentiment de trahison. Je ne te ferais jamais un truc pareil !

Andy regarda dans le vide et poussa un profond soupir. Une veine palpitait sur son front.

— Je ne sais pas, je devais être flatté…, confia-t-il d'un air mortifié. Je suis désolé de dire ça, mais je pense que c'est la vérité. Mais tu as raison, j'aurais dû lui dire d'arrêter. Je n'aurais pas aimé qu'un homme t'envoie ce genre de messages, et que tu répondes et l'encourages. Je serais en colère. J'ai eu tort. Je suis vraiment désolé, mais je peux te jurer sur la tête de Mylo et Willow qu'il ne s'est rien passé et ne se passera jamais rien. Je ne te tromperais jamais, mais j'aurais dû arrêter ces messages. C'est un manque de respect, j'ai franchi une limite.

Kim le croyait. Andy ne savait pas mentir, et elle ne l'ignorait pas. Heureusement, il mentait vraiment très mal. Une fois, elle l'avait pris la main dans le sac alors qu'il était en train de lui organiser un anniversaire surprise. Il était tout rouge et n'arrivait pas à la regarder en face. Elle avait bien compris qu'il mijotait quelque chose.

— Est-ce que Lily a déjà tenté quelque chose ?

Il fallait qu'elle sache.

— Non, rien de sérieux. Elle me dragouille, c'est tout.

— Et tu la dragouilles aussi ?

— Non, je balaye ses remarques et je tourne la chose en plaisanterie…, bégaya-t-il, un peu perdu. Tu sais, j'essaye d'alléger l'atmosphère, mais je ne dirais pas que je la drague, non. J'aurais dû tuer ça dans l'œuf dès le début, et je suis vraiment navré, dit-il avec un air repenti.

Kim n'était pas rassérénée pour autant. Elle savait qu'il faudrait bien plus qu'un « désolé » pour effacer tous ces messages de sa tête.

— Tu es heureux avec moi ? Dans notre couple, je veux dire ?

La pensée d'Andy encourageant Lily la blessait terriblement. La simple idée d'une autre femme en train de faire la coquette devant son mari la mettait en rage. Mais c'était aussi un signal d'alarme.

Andy se gratta la barbe.

— Oui, affirma-t-il sans hésiter, mais j'aimerais bien qu'on passe plus de temps rien que tous les deux. Ça me plairait que tu sortes plus souvent avec nos amis, comme autrefois. L'ancienne Kim me manque un peu. Mais je comprends bien que les enfants passent en premier, et que les choses ont changé…

Il se tut un instant.

— J'aime les enfants à la folie, reprit-il, mais pour être franc, je pense que tu devrais parfois te détendre un peu à leur sujet. Les laisser jouer sans être toujours derrière eux, prête à les rattraper s'ils tombent. Il faut que tu laisses un peu respirer…

— Andy, même si je suis fâchée à propos des messages, je suis désolée, moi aussi, avoua Kim, la gorge nouée. J'ai eu le temps de réfléchir, depuis que j'ai lu tout ça, et je me rends compte que je suis loin d'avoir été une épouse parfaite ces dernières années, n'est-ce pas ? Je ne suis pas d'accord avec la façon dont tu t'es comporté avec Lily, et je ne vais pas prétendre que je ne suis pas en colère, mais je n'ai pas le droit de m'étonner que tu aies apprécié de recevoir un peu d'attention de sa part, puisque je ne t'en donnais pas du tout.

Andy la dévisagea, peiné.

— J'ai quand même eu tort de te causer de l'inquiétude par rapport à notre couple, à moi. Je veux que tu puisses me faire confiance. Est-ce le cas ?

— Oui, bizarrement, je crois que j'ai confiance en toi, répondit Kim, le regard rivé sur ses yeux gris. Je me suis toujours sentie tellement coupable depuis la naissance de Mylo, à cause du lit à barreaux…

— Ce n'est pas ta faute, rappela Andy.

Kim acquiesça.

— Tu te souviens comme il était petit quand il est né ? La première fois que je l'ai vu, si délicat, avec tous ces tuyaux qui sortaient de son corps, quelque chose a changé en moi. Mais je me suis tellement concentrée sur Willow et lui que je ne t'ai plus consacré de temps, ni même laissé participer.

Andy avait les yeux dans le vague.

— Quand j'ai reçu le coup de fil pour me dire que tu étais en travail, j'étais dans un tel état de choc ! J'avais tellement peur ! Mais je savais que je devais être fort, pour toi et pour le bébé. Je ne savais plus où j'étais. Je me souviens de l'une des premières choses que tu m'as dites pendant qu'on l'emmenait en urgence aux soins intensifs.

— Quoi ? demanda Kim, qui ne se rappelait pas du tout.

Elle était certaine qu'Andy ne lui en avait encore jamais parlé.

— Tu m'as dit que tu étais désolée, raconta Andy, en battant plusieurs fois des cils. J'avais beau te répéter que tu n'y étais pour rien, je voyais bien que tu ne me croyais pas. Je savais que tu avais du mal, et j'essayais de te dire que c'était arrivé comme ça, que c'était inévitable. Mais j'aurais dû te soutenir davantage. J'aurais dû te forcer à te reposer de temps en temps, plutôt que de te laisser t'occuper de tout parce que tu disais toujours que tu gérais. J'aurais dû être davantage là, et essayer…

— Mais tu étais là, Andy, assura Kim. Je crois que c'est moi qui t'ai empêché de prendre ta place…

— J'ai envie d'être un bon père, Kim. Notre famille, c'est tout pour moi. J'ai juste peur de mal faire, ou pas comme tu voudrais. Tu es une maman fantastique, la meilleure, et je ne veux pas me plaindre de ça, mais je me suis toujours senti un peu exclu et incapable, quels que soient mes efforts. Je ne peux pas dire que tu me donnais l'impression d'avoir envie que je sois là, ou de m'aimer… Je sais que ça a l'air pathétique et puéril…

Kim ne s'était pas trompée sur ce qu'il ressentait. Ce n'était pas une surprise. Ces choses devaient changer, et sans attendre.

— Je vais travailler sur le fait de me détendre un peu en ce qui concerne les enfants, je te le promets. Je veux que ça bouge. Je n'ai jamais souhaité que tu te sentes de trop. J'ai besoin de toi, Andy. Plus encore que ce que tu crois. Les enfants sont fous de toi. Après avoir vu ces messages et m'être inquiétée de ce qui se passait avec Lily, j'ai pris conscience que je devais agir autrement, moi aussi.

— J'aurais dû te parler de ce que j'éprouvais plus tôt, j'en suis conscient. Je ne sais pas pourquoi je n'ai pas évoqué ces sentiments devant toi avant. J'ai tout fait de travers, se reprocha-t-il, l'air déçu de lui-même. Je n'aurais jamais dû prétendre que tout allait bien. On aurait dû en discuter depuis longtemps, et se faire aider.

— Je suis bien d'accord avec toi…

— Tu me pardonnes ? demanda-t-il, malade d'anxiété. Je te jure que je n'ai jamais eu l'intention de faire quoi que ce soit avec Lily. Je t'aime et jamais je ne te serais infidèle. J'ai bien trop à perdre.

Kim exhala lentement.

— Je veux tourner la page, oui. Je ne peux pas te dire que je ne suis pas fâchée, parce que je le suis, mais je pense que notre amour est trop fort pour qu'on le fiche en l'air à cause de ça.

Il sembla euphorique.

— Je suis tellement heureux que tu dises ça ! Je te promets aussi de parler à Lily pour lui dire que les messages, Instagram et tout, ça doit s'arrêter. Tu as ma parole. Si tu veux, je peux même changer de collège. Je ne m'excuserai jamais assez, mais ça ne voulait rien dire du tout. Pas pour moi.

— Je ne sais pas comment j'ai changé à ce point, mais être ici et m'amuser pour une fois m'a poussée à la conclusion que j'ai besoin de plus de temps pour moi ainsi que pour nous deux. C'est tellement important ! J'ai l'impression de m'être un peu perdue après la naissance des enfants. Je ne te mettrai plus jamais à l'écart.

Elle pensait chaque mot de ce qu'elle venait de dire.

— Viens, proposa Andy en tapotant le lit près de lui.

Elle s'allongea à ses côtés, et passa la main dans ses cheveux épais et bruns. Elle l'embrassa, incapable de se souvenir de la dernière fois qu'ils avaient passé des moments comme ça. C'était bon. La plupart du temps, elle s'endormait aussitôt couchée, et avait l'impression qu'il ne s'écoulait ensuite guère de temps avant que Mylo vienne la réveiller par des petites tapes, ou que Willow se mette à pleurer dans son lit à barreaux. Leurs baisers se firent plus ardents, et Kim écarta la couette pour se glisser dessous avec Andy. Alors qu'il la caressait sous les draps, Kim sentait son corps s'embraser de frissons, comme si c'était la première fois que chacun explorait le corps de l'autre. Pourquoi ne faisaient-ils pas cela plus souvent ? se demanda-t-elle, haletante. Elle sentait la passion irradier d'eux alors qu'Andy ouvrait la fermeture éclair de sa robe.

Le seul fait de parler de leurs problèmes les avait rapprochés. Kim avait l'impression de comprendre désormais comment la naissance de Mylo l'avait affectée, l'avait poussée à prendre le contrôle de tout ce qui concernait les enfants. Mais en réalité, elle avait besoin d'Andy autant qu'il avait besoin d'elle. Ils avaient encore un long chemin à parcourir, et il leur faudrait du temps pour retrouver leur relation d'avant, elle le savait. Il faudrait encore beaucoup de grandes discussions, mais quand Andy lui mordit doucement la lèvre, elle décida que cela pouvait attendre.

34

Kim

On était le lendemain du jour où le mariage aurait dû avoir lieu, et au lieu de se réveiller avec la gueule de bois dans la même chambre que Holly, Kim ouvrit les yeux dans les bras d'Andy, heureuse comme jamais et enfin rassurée.

— Bonjour, dit Andy avec un sourire avant de l'embrasser sur le nez.

Ils avaient passé toute la journée au lit, à regarder des films et commander des repas par le room service. Ça avait été merveilleux. Cela rappelait à Kim l'époque où ils n'étaient que tous les deux, sans interruptions ni responsabilités. Elle avait l'impression qu'ils s'étaient reconnectés. Pourquoi n'avait-elle pas accepté plus tôt les propositions que lui faisait Andy ?

— J'ai envoyé un texto à ta mère, elle dit que les enfants vont bien, annonça Andy en regardant son téléphone avant de le débrancher du chargeur.

— Vraiment ? Je vais peut-être appeler…

Kim s'arrêta.

— OK, super, se corrigea-t-elle.

Elle n'avait pas besoin d'appeler. Sa mère était parfaitement capable de s'occuper d'eux pendant quelques nuits. Andy lui avait appris la veille qu'il avait modifié son vol retour, afin qu'ils puissent rester deux jours de plus ici. Kim mourait d'impatience de voir les enfants mais elle se dit que leur couple avait besoin de ce temps ensemble. Quelques nuits, ce n'était rien, et Andy lui avait assuré que sa mère était ravie d'avoir les enfants si longtemps.

— Je nous commande un petit déjeuner au lit ? suggéra Andy d'un air coquin.

— Tu sais quoi, je crois que j'ai assez vu ce lit, quand même. Ça te dirait qu'on aille prendre l'air, plutôt ?

Kim regarda son téléphone et vit que Holly lui avait envoyé quelques messages.

— Holly et Emma vont à la piscine, si ça te tente ?

— Je vais prendre le petit déjeuner avec toi, ensuite j'irai à la salle de sport, et on se retrouve après. Ça te va ? Sauf si tu veux venir avec moi à la salle ?

Kim grimaça.

— Je te vois après, déclina-t-elle en l'embrassant.

Deux heures plus tard, Kim était allongée sur un transat à côté de Holly et Emma.

Emma n'avait pas osé sortir la veille, de peur de croiser un membre de sa famille ou de celle de Charlie. Elle avait éteint son téléphone, et Holly et elle avaient fait la même chose que Kim : hiberné dans leur chambre et mangé des cochonneries.

— C'était exactement ce dont elle avait besoin, expliqua Holly lorsqu'Emma s'éloigna vers le bar. Elle a pleuré presque toute la journée.

Emma leur avait raconté le mariage avec l'inconnu, Luke, qu'elle avait rencontré lors de sa dernière nuit de célibataire. Kim avait été sidérée. Heureusement que ce n'était pas un vrai mariage, sinon cela aurait causé à Emma encore plus de stress et d'ennuis que ce qu'elle traversait déjà.

Emma revint, et leur tendit une bouteille d'eau à chacune.

— Alors, tout va bien avec Andy ? demanda Holly.

— Je ne m'étais même pas aperçue que ça n'allait pas, souligna Emma.

— Je crois que c'est résolu, oui, répondit Kim avant d'expliquer à Emma ce qui s'était passé dans son couple depuis la naissance de Mylo.

— Je suis vraiment contente que vous ayez réussi à en parler, se réjouit Emma. Et il vous reste encore quelques jours pour profiter d'être à deux.

— J'adore l'idée de me détendre avec Andy encore un peu. C'est tellement gentil à lui d'être venu jusqu'ici, et de tout arranger sans rien me dire.

— Vous allez passer des bons moments, mais pour ma part je suis contente qu'on ait prévu de rentrer aujourd'hui. J'ai la hantise de croiser des gens, avoua Emma alors qu'elles étaient allongées au soleil et s'enduisaient de crème solaire. Je suis aussi soulagée qu'on n'ait pas réservé de lune de miel. Ça aurait fait encore plus d'argent perdu. On s'était dit qu'on n'en aurait pas besoin juste après Vegas, et on projetait de partir plutôt en hiver. J'espère qu'il va bien…, dit-elle, morose. Il ne répond pas à mes messages, et je ne peux pas le lui reprocher. Il doit me mépriser.

— Laisse-lui le temps, conseilla Holly. C'est encore tout frais. Il souffre.

— Vous avez passé un bon séjour, malgré le mariage annulé ? demanda Emma, les yeux plissés à cause du soleil.

Holly se tut un moment avant de répondre.

— Tu sais quoi, j'ai passé de super vacances, mais je meurs d'impatience de rentrer à la maison pour retrouver

Lottie et Jacob. Je disais à Kim l'autre jour, parfois j'ai l'impression d'avoir perdu une part de moi-même en devenant maman solo. C'est tellement dur, épuisant… Mais être séparée d'eux, même un temps assez court, me fait prendre conscience de la chance que j'ai de les avoir. Ils sont tout pour moi. Ma vie, c'est eux, souffla-t-elle, un peu émue. J'ai un peu honte d'avoir eu tant envie de m'évader. Dès que Rob m'a annoncé sa grande nouvelle, j'ai su qu'il fallait que je vienne ici. Je ne vais pas me reprocher le fait qu'il m'ait fallu du temps pour m'habituer à l'idée que Nikki fasse désormais partie du paysage. C'est un gros changement dans nos vies à tous. J'ai l'impression que maintenant que je l'ai accepté, ça va être plus facile pour moi d'avancer, et de me concentrer sur moi. Peut-être que je ne suis pas entièrement réticente à l'idée de rencontrer la bonne personne, le moment venu. Mais en attendant, j'ai surtout envie de passer du temps avec mes enfants et mes amies.

— Ça me paraît bien, commenta Kim. Et tu n'as aucune raison de culpabiliser parce que tu avais envie de repos. Je suis d'accord, ce n'est pas toujours facile et on a parfois besoin de respirer. C'est quelque chose que j'ai appris, moi aussi. Je sais que j'ai bien fait de venir. Ça m'a aidée à affronter des problèmes importants, et maintenant, on peut avancer.

Emma acquiesça.

— Si tu as envie d'en parler, on est là pour toi.

— Merci, répondit Kim, reconnaissante.

— Quoi qu'il arrive, on sera toujours là les unes pour les autres.

C'était la vérité, et Kim en éprouva une bouffée de réconfort et d'espoir. Elle avait une chance folle d'avoir d'excellentes amies, et elle avait eu tort de ne pas leur parler de ses soucis plus tôt. Rien ne semblait désespéré lorsqu'on pouvait compter sur certaines personnes.

— Ah, merde, siffla Emma en se baissant. Max et Callum, là-bas ! Est-ce qu'ils nous ont vues ?

Kim regarda. Callum la salua d'un signe de tête. Impossible de leur échapper… Il était trop tard pour se cacher. Ils approchaient. Kim jeta un coup d'œil à Holly, qui s'était redressée, le menton levé.

— C'est la honte de ma vie, chuchota Emma, les yeux toujours plissés au soleil.

— Ça baigne, les meufs ? lança Max avec un sourire radieux, plein d'assurance malgré ses récentes actions.

— Bonjour, marmonna Emma, en s'asseyant, nerveuse.

— Comment te sens-tu, Em ? demanda Callum avec douceur.

— Horriblement mal. Coupable. Triste. J'ai l'impression d'être la pire personne du monde. Je ne sais pas…

— Tu as fait ce que tu devais faire, déclara Max d'un ton paternaliste. Si ce n'était pas le bon, ce n'était pas le bon. Charlie trouvera quelqu'un d'autre. Une de perdue…

— Ne te fais pas de reproches, dit Callum gentiment.

— Ce n'est pas comme si tu avais fait voyager des tas de gens de l'autre côté de la planète, hein, commenta Max. C'était une blague, au cas où vous n'auriez pas compris.

Personne ne rit.

— Vous repartez quand ?

— Dans l'après-midi, répliqua Holly.

— Notre vol est soir, ajouta Callum.

— Bref, les filles, nous allons devoir renoncer à votre charmante compagnie. Je t'envoie un texto, Holly, hein ?

On se voit au retour, affirma Max, sans douter de lui. On ira dans ce restaurant dont je t'ai parlé, ou ailleurs.

— Je ne crois pas, non, cingla Holly avec un rire sarcastique.

Max grimaça, visiblement interloqué.

— Ah bon ?

— Eh non, rétorqua-t-elle d'un ton tranchant, brutal. Je crois qu'on va enterrer ce petit amour de vacances. Comme on dit, ce qui se passe à Vegas reste à Vegas, fit-elle avec dédain. Et c'est sans doute mieux comme ça. Je n'ai pas l'intention d'intégrer ton harem, aussi tentant que cela puisse paraître. Mais merci quand même.

Max était décomposé. Il regarda Kim, qui avait les yeux rivés sur ses ongles, gênée. Pas besoin d'être bien malin pour deviner qu'elle avait tout raconté à Holly.

Et alors ? avait-elle envie de lui crier. *Et alors, Max ?*

Comme si elle allait laisser sa meilleure amie s'engager avec un type comme lui. Il n'avait aucun respect pour les femmes. C'était un vrai connard.

— Très bien, rétorqua-t-il avec un haussement d'épaules.

Il feignit de s'en moquer éperdument, mais personne n'était dupe.

— Si c'est ce que tu veux..., conclut-il avec un rire forcé. Tant pis pour toi !

Après ce moment gênant, personne ne savait que dire et chacun regardait ses pieds.

— Viens, alors, Callum, je crois qu'on ne veut pas de nous ici, reprit Max en faisant semblant de trouver ça drôle. À plus tard, les filles.

— Bon retour, murmura Emma.

Callum grimaça en emboîtant le pas à Max.

— Salut, les filles. C'était chouette de vous rencontrer.

Elles regardèrent Max s'éloigner vers un groupe de filles, son ami à sa suite. Callum ne regardait pas tellement autour de lui : il était au téléphone et ne tarda pas à s'éloigner pour mieux entendre ce qu'on lui disait.

— Quel gros prétentieux, commenta Kim avec animosité.

— Franchement, quand je le vois maintenant je me demande ce que j'ai bien pu lui trouver…

— C'est vrai qu'il a l'air d'un pervers…, commenta Emma avec dégoût. Je ne m'étais pas rendu compte que c'était à ce point, sinon je t'aurais prévenue, je te le jure.

Max passa le bras autour de la taille d'une blonde pulpeuse, qui s'éloigna discrètement. Il se rapprocha. Elle n'était pas manifestement pas intéressée, mais il ne semblait pas s'en apercevoir.

— C'est même gênant à regarder, grinça Kim entre ses dents. Je crois qu'il fait ça pour se venger, Holly. Les mecs, faut pas froisser leur ego…

— C'est exactement ce que je me disais, renchérit Emma. Il se donne en spectacle pour toi.

— Oups, gloussa Holly quand deux armoires à glace s'avancèrent vers les filles d'un air furibond. On dirait que les petits amis ne sont pas trop ravis de ses façons de faire.

— Ah merde, s'esclaffa Kim. Il vient de se faire bousculer.

Les filles restèrent bouche bée lorsque Max poussa l'imposant petit ami en colère. Il reçut alors un coup de poing dans l'œil et tomba en arrière dans la piscine. Après l'avoir vu remonter à la surface, l'air penaud, une main sur son œil qui commençait déjà à devenir violet, elles éclatèrent de rire et se recouchèrent sur leur transat en se tenant les côtes.

Kim riait toujours lorsque Max se hissa hors de la piscine en s'auto-apitoyant. Sa journée n'avait pas l'air partie pour s'arranger : le vigile l'escorta vers la sortie.

— Bien fait pour lui, commenta Emma en essuyant ses larmes de rire.

— Je crois que j'ai fait pipi, pouffa Holly.

Ce n'était pas seulement l'ego de Max qui avait pris un coup ce jour-là, et Kim continua à rire à gorge déployée avec Holly et Emma. Rien ne vaut une bonne rigolade avec vos meilleures amies, et elle attendait l'avenir avec impatience. Passer plus de temps avec elles serait désormais une priorité. C'étaient de vraies amies, qui partageraient ses joies et ses peines. La vie leur réservait encore bien des surprises, mais le voyage serait plus doux si elles le partageaient.

— Ça m'a remonté le moral, s'écria Emma en levant son verre. Tchin, tchin, les filles ! À Vegas !

— À Vegas !

Elles trinquèrent pour la dernière fois du séjour.

35

Emma

Emma attendait avec nervosité, assise au bar, les jambes croisées sur son haut tabouret. Machinalement, elle cliqua sur l'icône d'Instagram, puis se rappela qu'elle avait désactivé son compte. C'était incroyable de voir combien de fois par jour elle avait le réflexe de le consulter. Elle avait du mal à s'en passer, et devait bien reconnaître que c'était ce qui lui tenait compagnie dans les temps morts. Juste un petit post rapide, ou un coup d'œil aux publications des autres. Cela faisait partie de sa routine quotidienne. Ou peut-être de son obsession quotidienne ? Elle en avait peut-être un peu trop besoin ? Cela ne faisait que vingt-quatre heures qu'elle avait suspendu son compte, et cela lui manquait déjà.

— Merci d'être venu, dit-elle, le cœur battant.

Pourquoi était-elle si terrifiée ?

— Je t'ai pris une limonade, ajouta-t-elle. Je me suis dit que tu ne voudrais pas d'alcool à cause de l'avion tout à l'heure, et je me suis souvenue que dans ces cas-là, c'était ce que tu préférais.

— En fait, on a modifié nos billets, répondit Frankie en toussotant.

Il se passa la main dans les cheveux, et s'assit à côté d'elle.

— C'est Charlie qui a voulu, expliqua-t-il. Il voulait rester quelques jours ici avec les copains. Noyer son chagrin dans l'alcool, je suppose. Il n'était pas prêt à affronter le retour tout de suite.

Frankie semblait un peu froid, sérieux. Emma hocha la tête. S'il y avait bien un endroit pour oublier un chagrin d'amour, c'était Vegas. Charlie ferait la fête toutes les nuits jusqu'au petit matin, elle l'imaginait sans mal. Frankie, nettement moins fêtard, se contenterait de le suivre. Il accomplissait toujours les quatre volontés de Charlie. C'était un cousin si loyal et attentionné, mais il arrivait à Emma de juger leur relation un peu déséquilibrée. Elle se souvint d'une fois où Charlie avait refusé d'aller chercher Frankie dont la voiture était en panne, parce qu'il était tard et qu'il avait sommeil. Il avait préféré lui envoyer des numéros de sociétés de dépannage. Emma dormait à ce moment-là, sinon elle y serait allée elle-même. Elle ne l'avait appris que le lendemain au réveil, quand Charlie le lui avait raconté. Et puis, il y avait la fois où Frankie avait déménagé et avait eu besoin d'aide pour transporter tous ses meubles.

— Pourquoi ne fait-il pas appel à des déménageurs ? avait ronchonné Charlie. J'ai été invité à un match de foot, aujourd'hui.

Il avait fini par y aller, mais seulement quelques heures, après le match, et uniquement parce qu'Emma avait insisté. Frankie n'aurait pas hésité une seule seconde à sa place.

Et puis il y avait la maman de Charlie, Jean. Charlie répétait sans cesse que Frankie était son chouchou, le fils qu'elle aurait voulu avoir. Emma voyait bien qu'il était jaloux de leur proximité. Il n'était proche d'aucun de ses deux parents, alors que Frankie avait d'excellentes relations avec eux. Emma lui avait toujours dit de faire des efforts s'il se sentait à l'écart, mais rien n'avait jamais changé. Elle était souvent triste pour Frankie. Après tout, ce n'était pas sa faute s'il s'entendait si bien avec la maman de Charlie.

Elle comprenait sans mal que Charlie veuille passer quelques jours de plus à Vegas, mais cela ne la regardait plus. Ne pas savoir ce qu'il faisait était étrange et perturbant, mais l'un dans l'autre, Emma était surtout soulagée de ne plus avoir à s'inquiéter à son sujet.

— Comment va-t-il ? s'enquit-elle tout de même.

— Honnêtement ? Pas bien. Je suis inquiet pour lui. Il t'aimait, Em. Ça lui prendra du temps de se remettre du fait que tu l'aies quitté le jour du mariage.

Frankie la contempla de ses yeux noisette lumineux, et vit son air traumatisé.

— Mais, eh, je suis sûr que ça ira, reprit-il. Il a de la ressource. Plus qu'aucun autre homme de ma connaissance, en fait. C'est mieux que tu ne l'aies pas épousé si ton cœur ne t'y poussait pas. Et toi, tu tiens le coup ? demanda-t-il d'un air sincère. J'ai remarqué que tu avais supprimé ton compte Instagram.

Ainsi, il avait cherché de ses nouvelles, comprit Emma, aussitôt un peu réconfortée. Il avait remarqué qu'elle était partie.

— Je fais une pause. Je ne sais pas encore combien de temps. C'est mon unique source de revenus, donc je vais devoir revenir assez vite. Mais ça fait du bien de s'arrêter. Je respire. Je ne suis pas au top de ma forme, en ce moment… Je regrette de ne pas avoir rompu plus tôt, au lieu d'essayer de me convaincre que ça allait s'arranger.

J'aimais Charlie, mais notre relation était beaucoup plus compliquée qu'il n'y paraissait.

Elle secoua la tête en repensant au visage défait de Charlie lors de la rupture.

— Écoute, Frankie, je voulais te remercier de m'avoir aidée le matin du mariage. Merci de m'avoir secourue la veille au soir, aussi, comme tu l'as fait si souvent. Tu as toujours été là quand j'avais besoin de quelqu'un.

— Ce n'est rien, ne t'en fais pas, répondit Frankie avec un sourire chaleureux.

— J'imagine qu'on ne se verra plus tellement, maintenant que je ne suis plus avec Charlie, n'est-ce pas ? Qui s'occupera de moi ?

Les larmes lui étaient montées aux yeux. Elle venait juste de prendre conscience qu'elle ne perdait pas seulement Charlie, mais Frankie par la même occasion. Cette idée l'attristait davantage qu'elle ne voulait l'admettre. En fait, c'était intolérable. Ne pouvaient-ils au moins rester amis ?

— Tu as l'air d'avoir d'excellentes amies, conclut Frankie, mais il semblait très attristé par la situation, lui aussi.

Emma hésita avant de reprendre la parole. Elle n'avait rien à perdre, alors autant se jeter à l'eau.

— Frankie, ce que je t'ai dit, que j'étais heureuse quand j'ai cru qu'on était mariés, c'était vrai. Je ne peux pas m'empêcher de penser à ce que j'ai ressenti. Comme si toi et moi, on était faits pour être ensemble, depuis le début.

Frankie regarda au loin, la bouche agitée d'un tic.

Il digérait ses paroles en silence.

Emma continua.

— Il y a quelque chose entre nous, Frankie. Je le sais. Tu ressens la même chose, n'est-ce pas ?

Elle avait les mains moites, la voix tendue.

— Tu ne peux pas faire ça, Emma, gémit Frankie. Tu ne peux pas me dire ça. Charlie est mon cousin. Il est là pour moi depuis mes douze ans, depuis la mort de mon père. Il prenait de mes nouvelles, quand j'étais plus jeune il me prêtait de l'argent et m'invitait quand il sortait. Quand mon père est mort, on était sans le sou, et ma mère ne faisait que travailler. Ce n'était pas sa faute, mais elle n'était jamais là pour moi quand j'en avais besoin, et la mère de Charlie est comme une maman pour moi. J'ai une dette envers eux. Envers lui.

Emma acquiesça. Elle connaissait déjà leur passé. Elle n'ignorait pas l'importance de la famille de Charlie pour Frankie.

— Mais tu le ressens, n'est-ce pas ? Si ce n'est pas le cas, si je me fais des films, dis-le-moi. S'il te plaît. J'ai besoin de savoir.

— Oui, d'accord. J'ai des sentiments pour toi. Plus que de l'amitié. Depuis toujours. Mais ça n'a pas d'importance, rien de tout ça n'en a, parce que je ne pourrai *jamais* en tenir compte. Je ne pourrai jamais suivre mon cœur. Tu ne comprends pas ? demanda-t-il, très triste, en lui pressant la main. Ça ne change rien que tu ne sois plus avec Charlie, il y a une règle tacite entre nous, et je ne peux pas l'enfreindre. Je ne veux pas. Pas alors que Charlie a été si gentil avec moi.

Normalement, quand quelqu'un vous avoue qu'il partage vos sentiments, vous êtes heureux, euphorique même. Mais pas cette fois. Emma était encore plus malheureuse qu'avant. Leurs sentiments n'avaient pas d'importance. Il fallait les faire taire. Les ignorer. À l'instant présent, cela semblait pourtant impossible. Le pire, c'est qu'Emma ne croyait même pas que Charlie avait été *gentil* avec Frankie. Elle avait entendu toutes les remarques méprisantes qu'il faisait derrière son dos. Bien sûr, jamais elle n'irait les lui répéter…

— On peut rester amis, au moins ? supplia-t-elle.

— Ça sera difficile, Em. Tu sais que je n'ai pas plus envie de te perdre que toi de me perdre, mais…

— Mais Charlie. Ça va, j'ai compris.

Elle regarda autour d'elle dans la pièce, envieuse de tous ceux qui semblaient détendus, insouciants. Elle regarda sa montre, soudain pressée de partir. De courir pleurer dans un endroit à elle.

— Je ferais mieux d'y aller. Je ne peux pas traîner, j'ai mon avion.

Ce n'était pas un mensonge. Elle n'avait effectivement plus tellement de temps devant elle.

Frankie acquiesça et se leva. Il était grand et fort, et elle se sentit en sécurité quand il la prit dans ses bras.

— Prends soin de toi, dit-il d'une voix mesurée, grave et basse.

Emma le serra très fort avant de s'écarter. Elle l'embrassa doucement sur la bouche. Il n'hésita pas. Ça semblait si parfait.

— Au revoir, Frankie.

— Au revoir, Emma.

En s'éloignant de lui, elle sentit son cœur se briser. Mais après ce qu'elle avait fait à Charlie, elle méritait cette douleur. Elle se retourna pour jeter un dernier regard à Frankie, dont le visage reflétait le même tourment. À cet instant, elle sut que ce qu'elle éprouvait pour lui était un amour véritable.

Mais parfois, l'amour ne suffit pas.

36

Holly

— Comment ça s'est passé pour elle ? demanda Holly à sa mère en serrant Lottie de toutes ses forces dans ses bras.

Ses yeux s'embuèrent de larmes. Elle savait que c'était impossible, pourtant Lottie lui paraissait plus mûre. Ses cheveux avaient poussé. Ses pieds semblaient plus grands. Était-elle déjà si haute quand Holly était partie ? Elle ne voulait plus jamais la lâcher. Sa chevelure fraîchement lavée avait une fragrance de pomme. Sans doute l'un de ces shampoings hors de prix qu'elle achetait, vendus dans des emballages colorés pour attirer l'attention des enfants. Quand elle les confiait à sa mère, ses enfants avaient toujours un air propret et une odeur agréable.

— Très bien, n'est-ce pas ma chérie ?

Lottie acquiesça, fière d'elle.

— L'infirmière à l'hôpital m'a dit que je devais être très prudente, maman.

— Et elle avait bien raison, il faut être très prudente, ma choupette, affirma Holly en resserrant encore son étreinte. Plus d'enfants qui sautent sur le lit !

— C'est comme dans la chanson, maman, se réjouit Lottie. Cinq petits singes qui sautent sur le lit !

— C'est vrai, rit Holly.

Jacob faisait encore la sieste, mais Holly était déjà entrée dans sa chambre pour lui faire un gros bisou. En temps normal, l'heure de la sieste était son moment de bonheur. Son temps de liberté pour ranger ou regarder un épisode sur Netflix, ou lancer une lessive, mais ce jour-là, Holly était impatiente qu'il se réveille. Elle brûlait de tenir son fils contre elle et de le couvrir de bisous. D'avoir ses deux enfants à ses côtés.

— Merci de les avoir gardés, maman. Je n'arrive pas à croire que tout ça soit arrivé quand je n'étais pas là. Plus jamais je ne repars sans eux, décréta-t-elle, émue.

— Une petite pause de temps en temps ne peut pas te faire de mal, ma chérie, protesta Edna, les lèvres pincées par la réflexion. C'est juste très mal tombé que Lottie choisisse ce moment pour avoir un accident. J'ai eu très peur, pour être honnête. Mais Rob a été parfait. Il est venu tout de suite chercher Jacob. Ensuite je l'ai eu constamment au téléphone. Et sa petite amie, Nikki, a l'air gentille aussi. Je pense qu'il a bien choisi. Elle a la tête sur les épaules.

— Je m'en veux encore d'avoir cru que c'était sa faute, chuchota Holly pour que Lottie n'entende pas. Il doit me prendre pour une mégère, avec la façon dont je lui ai parlé. Il faudra que je le rappelle pour m'excuser encore. Il ne me le reproche pas, mais moi j'ai vraiment honte.

— Tu as eu peur, c'est tout. Tes paroles ont dépassé ta pensée, c'est le choc qui fait ça. En tout cas, je suis contente que tu aies bien profité. Par contre, c'est fou cette histoire de mariage annulé. C'est inouï !

— C'est mieux comme ça, crois-moi, expliqua Holly, le visage assombri à la pensée de l'homme auquel Emma avait failli se lier par un lien sacré. Je suis contente d'être de retour chez moi avec mes enfants, c'est ici ma place.

Elle attira Lottie contre elle pour l'embrasser de nouveau.

— Tu as rencontré un gentil garçon, pendant que tu étais là-bas ? s'enquit Edna.

Elle ne pouvait pas s'en empêcher, songea Holly avec tendresse. Toujours pleine d'optimisme à l'idée que Holly tombe amoureuse. Callum traversa ses pensées, mais elle savait que si elle le mentionnait, sa mère la bombarderait de questions. Et elle ignorait comment répondre... C'était compliqué.

— Non, mentit-elle en se concentrant sur le plâtre de Lottie, qu'elle effleura du bout des doigts. Rien de sérieux, maman.

Au contraire, sa rencontre avec Max n'avait fait que renforcer l'idée qu'elle n'avait pas besoin d'un homme dans sa vie. En tout cas, elle ne chercherait pas pour le moment. Si un jour elle croisait la route de quelqu'un qui lui convenait, très bien. Elle n'était plus opposée à ce projet comme elle l'avait été précédemment, mais si ça ne se produisait pas, Holly serait tout de même satisfaite de son sort. Elle avait une chance folle d'avoir sa petite famille.

Edna resta déjeuner, et Holly passa une douce après-midi avec ses enfants. Jacob s'était réveillé heureux, tout ravi de revoir sa maman. Il ne cessait d'entrer en courant dans la cuisine pour vérifier qu'elle était toujours là, puis lui sautait dans les bras en riant. Bien sûr, elle était consciente d'être dans une bulle qui finirait par crever quand le quotidien reprendrait ses droits. Elle savait que les pleurnicheries finiraient par arriver. Que Lottie se plaindrait que Jacob lui ait pris une pièce de son puzzle ou la tétine de sa poupée, mais pour le moment, les enfants étaient aussi réjouis qu'elle de son retour.

Ce jour-là, tout était parfait.

37

Holly

Six mois plus tard

Holly peinait toujours à croire que Lottie fréquente désormais l'école maternelle. Alors qu'elle lui faisait au revoir de la main et qu'elle la regardait franchir d'un pas joyeux les grilles de l'établissement, elle ressentit une vague de tristesse. Où était passé son petit bébé ? Jacob dormait comme un sonneur dans sa poussette. Ça faisait bizarre de se retrouver juste tous les deux, mais Lottie adorait l'école, et elle s'y épanouissait. Holly s'en réjouissait. Elle fit quelques pas pour s'éloigner. Quelle ne fut pas sa surprise de se trouver nez à nez avec Callum, accompagné de sa fille ! Elle eut soudain la tête qui tourne, saisie d'une bouffée de nervosité teintée d'euphorie. Eva portait le même uniforme que Lottie. Holly ignorait que leurs filles fréquentaient la même maternelle. Elle ne l'avait encore jamais croisé. Elle comprit avec bonheur qu'elle aurait de nombreuses occasions de le croiser.

— Ça faisait longtemps ! s'exclama Callum avec un grand sourire.

Il était plus grand que dans son souvenir, un mètre quatre-vingts au bas mot, et plus beau que jamais avec sa mâchoire bien dessinée, ses pommettes saillantes et ses bras musclés bien visibles dans sa tenue de sport. Sa peau lisse et parfaite avait gardé le hâle des vacances qui faisait ressortir ses magnifiques yeux verts.

— Tu m'attends une seconde ? Je dépose Eva à la grille.

Holly le regarda embrasser et câliner sa petite fille avant la séparation du matin. Son cœur fondit. Quelques instants plus tard, Callum revenait vers elle d'un pas vif.

— Je ne savais pas qu'Eva était dans la même école que ma fille. Lottie s'y plaît énormément.

— C'est vraiment une bonne école, acquiesça Callum. Au début, c'est stressant de les laisser, mais Eva adore.

— Comment vas-tu ? Je ne t'avais pas vu depuis Las Vegas.

— Bien. Pas grand-chose de neuf, en fait. Et toi ? Oh, qu'il est mignon ! Quel âge ça lui fait, maintenant ? demanda-t-il en se penchant sur la poussette.

— Il va avoir deux ans, sourit Holly avec fierté. En ce moment, il est très facile. On a passé un cap. Je suis sûre que ça va changer quand il atteindra le fameux stade des deux ans !

— Hélas, certainement, acquiesça Callum, tout sourire. Alors, comment vas-tu ?

— Très bien, merci.

Elle remarqua une fois encore comme ses yeux verts étaient beaux. Elle était toujours aussi attirée par lui qu'à Vegas. Callum dégageait une gentillesse qui avait fait défaut à Max, et elle ne cesserait jamais de se reprocher son choix. Pourquoi s'était-elle laissé aveugler par l'arrogance provocante de Max ? Elle ne comprenait pas comment elle avait pu se planter à ce point, et choisi le mauvais garçon dans la paire.

— Comment va Kim ? Et Emma ? Ça fait un moment que je ne l'ai pas vue non plus.

— Elles vont bien toutes les deux. Je vais justement les retrouver pour un brunch, c'est drôle.

Elle supposait que s'il n'avait pas vu Emma, c'était parce qu'elle ne fréquentait plus la salle de sport dont Callum était propriétaire : elle aurait risqué d'y croiser Charlie.

— J'ai ouvert une nouvelle salle à Londres, annonça Callum. C'est là que je travaille en ce moment, et plus dans celle où sont Charlie et Max. Je ne les ai pas vus depuis longtemps non plus, on a un peu perdu contact. Charlie a déménagé en Australie.

— En Australie, c'est vrai ? s'écria Holly, surprise. Je vais par-là, et toi ?

Elle fit un geste vers la rue qu'elle devait prendre.

— Moi aussi, ça tombe bien.

Ils continuèrent à bavarder comme s'ils se connaissaient depuis des années. C'était facile de s'entendre avec Callum, et délicieux d'être en sa compagnie. Il était toujours positif, optimiste. Il faisait ressortir les qualités des autres. C'était le genre de personne avec qui on a envie de passer du temps. Holly ne put s'empêcher d'être déçue en arrivant à sa voiture.

— Je n'ai pas trouvé de place plus près de l'école aujourd'hui, rit-elle.

— Ça ne m'étonne pas. Ces rues sont toujours bondées, le matin. Attends, je vais t'aider.

Callum plia la poussette pendant que Holly installait Jacob toujours endormi dans son siège-auto. Holly ouvrit le coffre et Callum y rangea la poussette.

— Merci, j'aurais pu me débrouiller…, fit Holly, reconnaissante.

— Ne dis pas de bêtises, protesta Callum en jetant un coup d'œil à sa montre. Il faut que je file. Mes bureaux sont à Londres, je dois aller attraper le train.

— Mais la gare est de l'autre côté ? fit remarquer Holly, perplexe.

Il avait pourtant dit qu'il allait dans la même direction ! Manifestement, il avait dit ça pour le plaisir de marcher avec elle. Elle en fut toute transportée de joie.

— Oui, c'est vrai, répondit-il d'un air un peu égaré en regardant la rue. Écoute, Holly, ça te dirait qu'on se voie, un de ces quatre ? Qu'on aille prendre un verre, ou un café, ou autre…

Il n'était pas du tout sûr de lui, et Holly s'aperçut qu'elle trouvait ça très mignon. Au contraire de Max, il ne savait pas à quel point il était beau. Il ne savait même pas que Holly s'intéressait à lui.

— Ça me plairait beaucoup, avoua-t-elle, timide.

Elle était heureuse à l'idée de voir Callum : avec lui, elle serait en sécurité.

Peut-être qu'ils resteraient seulement amis, mais qui sait ? Peut-être qu'il y aurait plus. Holly avait hâte de savoir ce que lui réservait l'avenir. Elle avait un très bon pressentiment.

Callum afficha un grand sourire.

— Super ! Il faut que je prenne ton numéro, alors.

Trente minutes plus tard, Holly était assise avec Kim au café. Elles attendaient Emma.

— Mon Dieu, c'est vrai ? Callum et toi, vous iriez très bien ensemble. Je trouve ça super que vous ayez rendez-vous, déclara Kim d'un ton encourageant.

— Tu ne crois pas que tu t'emballes un peu, là ? sourit Holly. C'est juste un café ou un verre. Ça ne donnera peut-être rien.

Kim lui lança un regard suspicieux.

— J'ai l'intuition que ça donnera bien plus que ça. Traite-moi de Madame Irma si tu veux ! Je ne sais pas. Mais j'ai l'impression que c'est peut-être le début d'une belle histoire.

Holly était bien obligée de sourire. Elle partageait cette impression, sans savoir pourquoi.

— On verra bien. Comment ça va, entre Andy et toi ?

Depuis Las Vegas, la relation de Kim et Andy avait pris une bonne direction, et ils venaient de faire une offre sur une nouvelle maison, qui avait été acceptée. Le fait de s'ouvrir l'un à l'autre avait renforcé leur relation, et ils revenaient d'un week-end à Amsterdam sans les enfants. Holly était folle de joie pour son amie. Kim aimait Andy de tout son cœur. Ça aurait été un immense gâchis si leur mariage était allé dans le mur.

— En fait, on a décidé d'essayer d'avoir un autre enfant dès qu'on aura emménagé dans la nouvelle maison. Je suis tellement impatiente ! confia Kim, béate.

— Oh, Kim, c'est merveilleux ! Je suis tellement contente pour vous deux.

— Oui. C'est tellement chouette de passer du temps tous ensemble. Les enfants adorent être avec Andy. Parfois, il m'arrive d'avoir l'impression que c'est moi qui suis en trop ! rit-elle.

Elle buvait son café, joyeuse et pleine d'optimisme.

Holly se tourna vers la porte et sourit en voyant entrer Emma. Les deux amies se levèrent pour l'embrasser.

— Oh là là, quel froid de canard, dehors ! gémit la dernière arrivée en enlevant son manteau.

Elle était magnifique, comme toujours. Elle avait la peau lumineuse et resplendissante de santé (sans doute avait-elle encore reçu des crèmes et des soins gratuits), les cheveux brillants… En un mot, elle était parfaite, jusqu'au bout de ses ongles manucurés. Mais il y avait autre chose, songea Holly : Emma avait l'air heureuse.

Après Las Vegas, Emma avait décidé de se montrer plus honnête sur Instagram. Elle avait même cessé de compter les calories et de passer tout son temps à la salle de sport. Elle prenait toujours soin d'elle-même, bien sûr, mais elle ne se sentait plus obligée d'être perçue comme parfaite. Elle postait des selfies sans retouches ni maquillage et sa galerie regorgeait de « vraies » images auxquelles les gens pouvaient s'identifier. Lorsqu'elle avait réactivé son compte, elle avait posté une vidéo pleine de sincérité pour expliquer à ses abonnés que la relation n'avait pas fonctionné et que le mariage n'avait pas eu lieu. Le soutien qu'elle avait reçu était phénoménal, et son compte n'avait fait que gagner en popularité. Les gens aimaient son authenticité. Récemment, une grande marque de bijoux vendus par Internet lui avait même proposé de créer sa collection. Sa carrière était plus florissante que jamais.

— Comment va le travail ? demanda Kim, les yeux pétillants. J'ai vu l'un des colliers que tu as postés l'autre jour, de ta collection. Il est magnifique, Em. Tu dois être tellement fière !

— Je suis un peu débordée, mais je profite de chaque seconde. Ça peut paraître bizarre, mais j'y prends plus de plaisir maintenant que je ne suis plus avec Charlie. J'ai l'impression d'être enfin aux commandes de ma vie. Au fond, il détestait que je fasse ça. Il levait les yeux au ciel chaque fois que je lui demandais de prendre une photo, mais je crois que c'est parce qu'il était jaloux. Il arrivait à me donner honte, à me faire penser que j'étais complètement narcissique, que je ne pensais qu'à m'admirer en photo.

Elle se tut avant d'ajouter avec gaieté :

— Maintenant, je fais attention à ne pas poster le week-end. C'est mon moment de pause des réseaux sociaux, sauf si j'y suis obligée, pour une marque. Couper de temps en temps me fait un bien fou. Ça me permet de me concentrer sur la vraie vie. Et je prends aussi du temps pour moi, pour faire les choses que j'aime. Je me suis inscrite à un cours de photographie. J'en avais envie depuis toujours. J'ai commencé à me concentrer sur le fait de m'aimer moi-même et de renforcer mon estime de moi, de croire en ma valeur. C'est moins facile que ce qu'on pourrait croire.

— C'est super, commenta Holly, toujours prête à la soutenir. Je crois que c'est sage de prendre du temps pour respirer. Dans tous les autres métiers, les gens le font ; il n'y a pas de raison que toi, tu n'y aies pas droit. Je me souviens que tu m'avais parlé de ton désir de prendre des cours de photo. Tu as bien raison de t'accorder le temps de le faire.

— Je crois que les gens apprécient ton honnêteté sur les réseaux sociaux. L'autre jour, j'ai lu un commentaire positif quand tu as posté ce selfie rigolo avec le double menton, rit Kim.

— C'était super marrant ! renchérit Holly.

— Ah oui, je vois de quel selfie vous parlez. Je voulais prendre une photo, et mon téléphone était resté en mode selfie. J'ai cliqué sans faire exprès, et la photo était tellement atroce que je n'ai pas pu m'empêcher de la poster ! Je crois que les gens préfèrent me voir comme une vraie personne. Je ne suis pas toujours parfaite. Personne n'est parfait. J'ai des boutons et de la cellulite comme toutes les femmes sur cette planète.

— Tu es un bon exemple pour les jeunes filles, commenta Kim. Quand je vois partout sur les réseaux sociaux toutes ces images de corps totalement irréalistes, je suis inquiète pour les filles comme Willow et Lottie quand elles seront plus grandes. Si seulement davantage d'influenceuses faisaient comme toi !

La serveuse vint prendre leur commande.

— Alors, demanda Kim à Emma, tu vois quelqu'un en ce moment ?

— Non, répondit Emma avec légèreté, c'était bien dans un premier temps de me concentrer sur moi-même et de me remettre de ma relation. J'ai enfin l'impression de m'être retrouvée, vous voyez ce que je veux dire ? C'est tellement plus facile de ne devoir m'inquiéter de personne d'autre que moi pendant un moment !

— Est-ce que tu as des nouvelles de…, hésita Holly.

— Frankie ? coupa Emma, comme si elle s'attendait à la question. Un SMS poli de temps à autre, mais c'est tout. Pas de vrai contact…

Elle se remit une mèche derrière l'oreille. Ses yeux ne brillaient plus.

Emma leur avait raconté la conversation qu'ils avaient eue avant de se quitter, à Vegas. Elle aimait Frankie, et Holly savait que ses sentiments ne s'éteindraient pas du jour au lendemain.

— C'est certainement mieux comme ça, dit-elle, essayant de voir le verre à moitié plein.

— Certainement, répondit Emma avec un sourire plein de regrets. J'ai entendu dire que Charlie était parti s'installer en Australie, donc au moins, on ne risque pas de se croiser par hasard. Ce serait vraiment dur, de le voir.

— C'est une bonne chose, convint Kim. On dirait qu'il fait de son mieux pour tourner la page.

Elles passèrent la matinée à bavarder, et Holly était impatiente de raconter à Emma sa rencontre avec Callum. Depuis Las Vegas, elles avaient toutes les trois fait l'effort de se dégager du temps pour se voir. Emma prenait même plaisir à accompagner les deux autres dans les aires de jeux gonflables où elles emmenaient parfois Jacob et Willow. Elles étaient aussi un peu sorties le soir, et Holly n'en avait que mieux mesuré combien leur amitié était importante à ses yeux. Entourée par ses amies, il lui semblait que rien ne pouvait lui résister. Et c'était pareil pour les deux autres.

Le téléphone d'Emma émit une sonnerie. Elle resta bouche bée en lisant le message.

— Qu'est-ce qui se passe ? demanda Kim, toujours curieuse.

— C'est Frankie ! répondit Emma d'une voix vibrante, sous le coup de la surprise. Il veut qu'on se voie.

38

Emma

Emma dit au revoir à ses amis d'un grand geste du bras. Elle avait la tête à l'envers. Depuis qu'elle avait reçu le message de Frankie, elle avait l'esprit ailleurs, incapable de se concentrer sur la conversation. Il voulait la voir. Ça faisait six mois qu'ils ne s'étaient pas rencontrés, et la vérité était qu'il lui manquait terriblement. Les messages qu'il lui envoyait étaient loin de lui suffire. Quand elle voyait des photos sur les réseaux sociaux, elle devenait folle. Où était-il allé ? Avec qui ? Sortait-il avec quelqu'un ? Elle essayait de ne pas regarder les images où Charlie apparaissait. C'était trop triste de revoir son visage, même après tout ce qui s'était passé. Par chance, il était parti en Australie et cela faisait des mois qu'aucune photo de lui ne s'était affichée dans son fil. Si elle passait trop de temps à penser à lui, elle était rongée de culpabilité. Mais à part la perte de Frankie, la vie d'Emma tournait plutôt bien. Elle avait l'impression de s'être perdue pendant un moment, et d'être enfin de retour, prête pour un nouveau chapitre.

La question de savoir pourquoi Frankie voulait la voir tournait en boucle dans sa tête. Il était en route pour chez elle à l'instant, et elle n'aurait même pas le temps de retoucher son maquillage, mais au fond, elle savait que ça n'avait pas d'importance : Frankie ne s'intéressait pas à ce genre de choses.

Elle était tremblante, le cœur palpitant comme les ailes d'un papillon, alors qu'elle se dirigeait vers l'entrée de son immeuble. Frankie était déjà là, devant la porte, avec son mètre quatre-vingts de grâce musclée, son écharpe bleu marine et sa parka. Il avait les cheveux un peu plus longs, et une barbe naissante, lui qui d'ordinaire était rasé de près. Ça lui allait bien.

Quand il la vit, son visage s'éclaira et ses yeux noisette se mirent à pétiller. Elle sentit aussitôt toute tension la quitter. C'était *Frankie.* Elle n'avait aucune inquiétude à avoir. Ils s'embrassèrent comme s'ils ne s'étaient pas vus depuis six ans, et non six mois. Il était plus beau que jamais.

— Ça faisait longtemps, sourit Emma. C'était une bonne surprise de recevoir ton message. Entre.

Elle ouvrit la porte. Elle avait quitté la maison qu'elle avait partagée avec Charlie, qu'elle n'avait plus jamais revu. À présent, elle occupait son nouvel appartement, et se délectait de la paix et de la liberté d'être seule.

Frankie jeta un regard circulaire en entrant.

— Oh, c'est joli ! Dis donc, ce que tu as l'air jeune sur cette photo ! s'écria-t-il en montrant un cadre sur la bibliothèque, vieux de plusieurs années.

— J'étais surtout beaucoup plus grosse, en fait, rit Emma.

Elle s'était crue obligée de le souligner. Elle avait l'habitude que Charlie le mentionne quand elle lui montrait d'anciennes photos. Elle pensait qu'il fallait qu'elle en parle la première pour éviter une remarque.

Frankie contempla longuement le cliché et haussa les épaules.

— J'ai toujours trouvé que ça t'allait bien, quand tu faisais ce poids-là.

— Vraiment ? J'étais vraiment beaucoup plus lourde, tu sais.

— Oui, répondit Frankie, très sérieux. Tu avais plus de formes. Je trouve que les deux te vont très bien.

Emma le dévisagea, incrédule. Il ne se doutait pas à quel point cette remarque lui faisait plaisir. Charlie avait toujours été très clair sur le fait que si elle reprenait du poids, il ne la trouverait pas attirante. Elle avait fini par le croire.

— Merci, répondit-elle, intimidée.

Elle lui fit une tasse de thé. Elle se souvenait exactement comment il l'aimait.

— Alors, pourquoi est-ce que tu voulais me voir ? demanda-t-elle sans plus attendre.

Elle avait besoin de savoir pourquoi il était là. Elle voulait que ça aille vite : elle craignait, si elle passait trop de temps en sa compagnie, d'être de nouveau submergée par ses sentiments. Puis il s'éloignerait de nouveau, et la laisserait éprouvée, le cœur brisé. Il fallait qu'elle sache ce qui se passait. Ça avait été plus facile d'avancer dans sa vie sans le voir, finalement.

— J'avais envie de te voir, c'est tout, répondit-il avec un haussement d'épaules.

Pourtant, elle savait qu'il y avait autre chose. Elle le voyait dans ses yeux.

Elle but son thé, assise dans le fauteuil en face de lui.

— C'est vrai ? Mais je ne pense pas que ce soit une bonne idée, moi. Ne te méprends pas, je suis contente que tu sois là. C'est super de te voir. Tu m'as...

Elle se tut, ne sachant pas si elle devait ou non lui avouer qu'il lui avait manqué. Elle lui avait déjà révélé ses sentiments à Vegas, après tout. Ça n'avait pas eu d'effet, à cause de Charlie. Elle ne voulait pas s'exposer de nouveau. C'était trop douloureux.

— Les choses changent, affirma-t-il d'une voix mal assurée.

— Par exemple ?

— J'ai envie que tu reviennes dans ma vie, confia-t-il, les épaules voûtées.

— Mais tu avais dit qu'on ne pouvait pas se fréquenter, à cause de Charlie, rappela-t-elle, étonnée. Pour être honnête, Frankie, je ne sais pas si c'est bien pour moi de te voir. Je m'en sors très bien en ce moment, et passer du temps avec toi va juste m'embrouiller. Mes sentiments, eh bien… ils n'ont pas changé depuis Vegas, mais ça va. Je crois que ça m'aide de ne pas te voir, et en toute franchise, je ne crois pas pouvoir être amie avec toi. Je suis désolée, c'est juste trop difficile.

Elle fit un non catégorique de la tête.

Il restait assis là à la regarder, comme s'il ne parvenait pas à dire ce qu'il avait sur le cœur.

— Peut-être que le mieux, ce serait que tu boives ton thé et que tu partes, se força-t-elle à dire. Je ne peux pas nier que c'était bon de te voir, et je n'ai vraiment pas envie de paraître malpolie, mais j'ai vraiment peur que tu me remues trop la tête, dit-elle en riant pour alléger la tension.

— D'accord, dit-il en se levant pour mettre son manteau. Je suis désolé, Emma. Te perturber est le dernier de mes souhaits.

Une boule dans la gorge, Emma le raccompagna à la porte. Il se retourna et posa sur elle un regard intense.

— Quoi, Frankie ? Qu'est-ce que tu veux me dire ? Vas-y, parle…, supplia-t-elle.

Comme il restait silencieux, elle se retourna pour fermer la porte, les yeux brûlant de larmes contenues. Mais alors il la prit par le bras. Il l'attira contre lui et Emma fondit alors qu'il embrassait ses lèvres avec passion. Ils s'accrochaient l'un à l'autre en se dévorant de baisers. Elle n'aurait su dire combien de fois elle avait imaginé ce moment… Mais elle aurait voulu qu'il ne s'achève jamais.

— Qu'est-ce qui a changé ? haleta-t-elle, car elle voulait être sûre qu'il ne reviendrait pas sur sa décision. Comment ça se fait que tu craques maintenant, après tout ce temps ?

— Tout. Je ne peux pas vivre sans toi, Emma. Il n'y a personne d'autre. Je n'arrête pas de penser à toi. Tu hantes mes pensées chaque jour. Je n'arrive même pas à me concentrer au travail, tellement j'ai envie de te voir. J'ai appris comment Charlie t'avait traitée. Tu sais, toutes ces remarques horribles qu'il faisait sur ton travail, et le fait qu'il essaie de te contrôler.

— Mais qui t'a raconté ça ?

Elle était surprise. Pourtant, elle n'avait pas hésité à dire la vérité quand les gens lui demandaient pourquoi elle avait renoncé à se marier.

— J'ai vu Fran et Danni il y a quelques semaines, et elles m'ont raconté ta version de l'histoire. Je ne connaissais que celle de Charlie.

Emma hocha la tête. Fran et Danni savaient tout. Elle leur avait expliqué un soir quand elles étaient rentrées de Las Vegas. Elles avaient été horrifiées. Elle le regardait, attendant de savoir ce qu'il avait encore à dire.

— Je me sens terriblement coupable de ne pas avoir remarqué à quel point il te rendait malheureuse. Même quand tu as épousé cet inconnu, la veille du mariage, c'était un appel au secours. J'étais trop aveugle pour le voir, je me disais que tu avais juste le trac. Un revirement de dernière minute. J'ai parlé à Charlie de son comportement envers toi quand je l'ai su, et il a juste haussé les épaules, comme si ce n'était pas grave. Il disait que tu montais les choses en épingle, que tu voulais garder ton succès juste pour toi. Il a dit des choses horribles, et je t'ai défendue. Je n'arrivais pas à croire que je n'aie rien remarqué avant. Il m'a accusé d'avoir des sentiments pour toi, et comme je n'ai pas nié, il s'en est pris à moi. C'est là qu'il m'a annoncé qu'il partait en Australie, et il m'a dit que je pouvais bien faire ce que je voulais, qu'il n'en avait plus rien à foutre. Il a aussi eu une grosse rupture avec Jean quand il est parti, et comme je prenais son parti également, il a été très grossier. Il m'a traité de tous les noms et m'a demandé de ne plus jamais lui adresser la parole. Je ne l'avais jamais vu se comporter ainsi auparavant, on aurait dit qu'il me haïssait. Peut-être que c'est le cas ? Jean ne méritait rien de tout ça. Il n'a jamais digéré notre relation, à sa mère et moi, mais il ne fait rien pour aller mieux. On a essayé de lui parler avant qu'il parte, mais ça ne l'intéressait pas, expliqua-t-il avec tristesse. Il est tellement têtu…

— À qui le dis-tu ! renchérit Emma en lui tenant les mains. Je suis désolée que les choses aient mal tourné entre vous, mais tu n'as aucun reproche à te faire. Tu as toujours été un excellent ami pour Charlie, et il ne t'a jamais apprécié à ta juste valeur.

Frankie l'embrassa de nouveau. Emma ne pouvait réprimer un sourire béat.

— Tu reviens ? demanda-t-elle en l'entraînant dans l'appartement.

Elle ne pouvait cacher son bonheur à retrouver Frankie. Sa place était avec lui, elle en était certaine. Rien n'avait jamais semblé aussi naturel de toute sa vie.

— Ah ça oui, répondit-il en l'embrassant dans le cou.

Elle rit de joie, et referma la porte.

Remerciements

Je tiens tout d'abord à remercier ma merveilleuse éditrice, Charlotte Mursell, ainsi que toute la fabuleuse équipe de HQ Digital. Merci d'avoir été si enthousiastes et de m'avoir mise sur le bon chemin. Je suis pleine de reconnaissance pour tout ce travail en coulisses, et aussi pour votre accueil chaleureux.

Je tire mon chapeau à mon agente chez Hardman and Swainson, Hannah Ferguson, ainsi qu'à l'adorable Jo Swainson.

Ma famille mérite toute ma reconnaissance : mon mari, Terry, toujours plein de ressources quand je dois boucler à une date précise, mes jumeaux Harry et Darcey (raison pour laquelle j'ai toujours du mal à boucler à une date précise), mes parents dont le soutien me donne des ailes (et qui jouent les baby-sitters pour que je puisse écrire). Merci aussi à mes amies Danielle, Carolyn et Claire, toujours prêtes à m'écouter radoter sur ma dernière idée.

Et le plus important pour la fin : merci à vous, mes lecteurs. Chacun de vos messages me donne le sourire. Merci du fond du cœur : j'espère que vous avez pris autant de plaisir à lire ce livre que moi à l'écrire.

Achevé d'imprimer en mai 2021
Par CPI Brodard & Taupin à La Flèche
N° d'impression : 3042618
Dépôt légal : juin 2021
Imprimé en France
38122143-1